Vladimir Vertlib

VIKTOR HILFT

Roman

Deuticke

Gefördert von der Kulturabteilung der Stadt Wien,
Literatur, und vom Land Salzburg

1. Auflage 2018

ISBN 978-3-552-06383-9
© 2018 Deuticke in der Paul Zsolnay Verlag Ges.m.b.H., Wien
(Gedicht in: Tamar Radzyner: Nichts will ich dir sagen.
Gedichte und Chansons. Mit Zeichnungen der Verfasserin.
Herausgegeben von Joana Radzyner und Konstantin Kaiser.
Verlag der Theodor Kramer Gesellschaft, Wien 2017)
Satz: Eva Kaltenbrunner-Dorfinger, Wien
Autorenfoto: www.corn.at/Deuticke Verlag
Umschlag: Anzinger und Rasp, München
Illustration: © Blanca Gómez
Druck und Bindung: CPI books GmbH, Leck
Printed in Germany

MIX
Papier aus verantwortungs-
vollen Quellen
FSC® C083411

Die Grenze

Man sagt
wir kennen uns
Aber ich kenne
die Anderen nur so
wie man ein Haus kennt
an dessen Toren man vorübergeht
das Leben ahnend
aber nicht begreifend

Die Worte
reichen wir uns
wie Schlüssel
Sie passen nicht
und schließen nichts auf

Gemeinsam horchend
hören wir verschieden
und mit verschiedenem
Geschmack im Mund
mit verschiedenen
Bildern auf der Netzhaut
gehen wir weiter
jeder in seine Richtung
lauthals behauptend
einander zu kennen

Tamar Radzyner

TEIL 1

1

Der Mann beugte sich hinunter zu dem Kind. Das Kind wich aus, machte einen Schritt zurück. Der Mann verzog das Gesicht zu einem bemühten Lächeln, sagte ein paar Worte in der fremden Sprache und streckte die Hand nach dem Kind aus. Die Geste hatte etwas Zaghaftes und Insistierendes zugleich. Der Tonfall der Sprache, den das Kind zu deuten glaubte, obwohl es kein Wort verstand, machte ihm Angst. Der Mann war alt. Alt, traurig und mächtig. Sein Gesicht war rau und dunkel wie der Himmel des fremden Landes, die Haare weiß und schütter, die Augen graugrün wie das brackige Wasser in dem Tümpel hinter dem abbruchreifen, längst nicht mehr bewohnten Haus, das dem Kind als Spielplatz diente. Es schien dem Kind, als schauten diese Augen durch es hindurch, bis zur Wand hinter seinem Rücken oder noch weiter – hinaus auf die Straße, wo die Abgase an der Kreuzung das Licht verdüsterten. Hinter der scheinbaren Freundlichkeit des Mannes erkannte das Kind den Spott, dem es immer öfter ausgesetzt war, jenes ungeduldige Staunen, die Empörung der Erwachsenen, die ihm die Schamröte ins Gesicht trieben. Die dicken Finger mit den eingerissenen Fingernägeln näherten sich dem Kind, die Finger der anderen Hand umklammerten eine Tafel Schokolade. Das Kind wusste, dass es die Schokolade haben könnte, wenn es den Fingern erlauben würde, durch sein Haar zu streichen oder seine Wange zu tätscheln, aber es konnte und wollte sich nicht berühren lassen. Nie wieder würde es sich von Fremden berühren lassen!

Man hatte es hierher versetzt, in ein Land, in dem der Himmel senkrecht stand und die Sprache stets wie Hohn in sein Gesicht geschüttet wurde. Seine Mutter wechselte mit dem Mann einige Sätze in der fremden Sprache. Sie sprach sehr langsam, stockend, und ihr Tonfall ließ jene Selbstsicherheit vermissen, die das Kind sonst von ihr kannte. Dann fasste sie das Kind sanft an den Schultern und schob es in Richtung des Mannes.

Viktor hielt dem Kind den geflochtenen Korb mit Süßigkeiten und Keksen hin. Die Augen des Kindes leuchteten auf, doch war es zu scheu, in den Korb zu greifen, und schaute seine Mutter fragend an. Viktor bewegte den Korb sanft nach links und nach rechts, vor und zurück, so als wäre er ein Schiff auf hoher See. Die Frau redete dem Kind zu, nickte, lächelte. Sie war jung, so jung, dass sie Viktors Tochter sein könnte, und hatte denselben Blick wie Jahrzehnte zuvor Viktors Mutter, eine Mischung aus Wehmut, Angespanntheit, Erschöpfung und Resignation, erwartungsvoll und gleichzeitig in sich gekehrt.

Die Menschen im Zelt rochen nach Schweiß, nach Salz und Meer, und Viktor wunderte sich, wie strahlend weiß das Kopftuch der Frau war, wie sie es sauber halten konnte in all den beschwerlichen Tagen, vielleicht Wochen, die sie unterwegs gewesen war.

Schnell streckte das Kind seine dünne Hand aus, holte ein in Zellophan eingewickeltes Ei aus Schokolade aus dem Korb und, nachdem Viktor nicht sofort zur nächsten Frau mit Kind weiterging, noch einen Keks und einen Schokoriegel. Die Mutter erklärte dem Kind etwas, das wie eine Mahnung klang.

»Schukran«, flüsterte das Kind und senkte den Blick.

»Thank you, Sir«, sagte die Mutter.

»You're welcome.«

Jemand in der Runde machte eine scherzhafte Bemerkung,

ein paar junge Männer lachten, und Viktor sah, wie die Wangen und Ohrenspitzen des Kindes rot anliefen.

Viktor löste sich aus der Umklammerung seiner Mutter und versteckte sich hinter ihrem Rücken. Wäre er ein oder zwei Jahre jünger gewesen, wäre er vielleicht unter ihren Rock gekrochen, doch er war fünf Jahre alt, er wollte nicht, dass man ihn für ein Kleinkind hielt. Der Mann grinste, zuckte die Schultern, steckte die Schokolade wieder in seine Sakkotasche, ging um den Schreibtisch herum zurück an seinen Platz und öffnete die schwarze Flügelmappe. Viktor wusste, dass der Mann sehr wichtig und die Flügelmappe noch wichtiger war. Längst hatte er verstanden, dass Mappen, vor allem aber die Papierstücke, die sich in den Mappen befanden, mächtiger waren als Menschen, mächtiger sogar als Menschen, die das Papier beschrifteten, bestempelten, unterschrieben, kuvertierten, ablegten oder weiterreichten. Er fragte sich, ob er sich vom bedruckten Papier berühren lassen würde, wenn es Hände hätte.

Raschids Stimme brachte Viktor aus den siebziger Jahren des vorigen Jahrhunderts in die Gegenwart zurück. Den ganzen Nachmittag war Raschid in der Tiefgarage der ehemaligen Zollamtsstation gewesen, wo er gemeinsam mit Dari-Dolmetscher Mohammed und einem Unteroffizier namens Kurt die Gruppen – immer etwa zehn bis fünfzehn Personen – zusammengestellt hatte, die über die Grenze nach Deutschland gehen sollten. Nun war Raschid hier oben im Zelt und schäumte vor Wut. Ein Kurde hatte ihn als Tier bezeichnet. Der rothaarige Kurde mit markantem Haarschopf, sommersprossigem Gesicht und himmelblauen Augen war Viktor schon aufgefallen, als er mit den anderen Flüchtlingen aus dem Bus ausgestiegen war. Auch wenn Raschid nicht Kurdisch sprach, glaubte er, die

Beleidigung verstanden zu haben, klang doch, laut Raschid, das Wort für Tier im Kurdischen ähnlich wie im Arabischen, und so konnte es nur diese Bedeutung haben, und nur er konnte damit gemeint sein, so verächtlich, wie es ausgesprochen worden war. Die Kopfbewegung, der Tonfall, der Blick seien »deutlich und unmissverständlich« gewesen. Nun hingen Raschids Worte als kehlige Drohung im Raum. Die Kinder verstummten, die Frauen drehten sich weg, und nur die Frau, die Viktor an seine Mutter in ihrer Jugend erinnerte, eine Irakerin, deren weißes Kopftuch mehr entblößte, als es zu verdecken vorgab, schaute kurz auf, musterte Raschid spöttisch und wandte sich wieder dem Kind zu, das auf ihre Knie gekrochen war und sich nun an ihrem Oberarm festklammerte.

Der Kurde ignorierte Raschid. »You are okay, you are really very kind, but this Arab is a bad man«, erklärte er Viktor. »Why don't you get rid of him?« Die anderen aus der Gruppe schauten konzentriert auf die Displays ihrer Mobiltelefone, auch wenn sie dort wohl kaum etwas Neues entdecken konnten: Es gab kein WLAN im Camp.

Raschid, ein Meter neunzig groß, stand im vorderen Teil des Zeltes, die Hände zu Fäusten geballt und in die Hüften gepresst, und schoss über die Köpfe der Frauen und Kinder hinter der ersten Absperrung ein arabisches Wort nach dem anderen auf die jungen Männer ab, die auf den Bänken hinter der zweiten Absperrung Platz genommen hatten. Viktor musste plötzlich daran denken, dass Raschid auf seiner Facebook-Seite gerne Katzenbilder und rosafarbene Herzen postete.

Um die Situation zu deeskalieren, teilte Viktor nochmals Schokolade und Kekse aus, ging mit dem Korb in den Bereich des Zeltes, wo die jungen Männer saßen. Es hatte schon Schlägereien im Camp gegeben. Das sollte nicht wieder passieren. Der rothaarige Kurde schüttelte den Kopf und drehte sich mit beleidigter Miene weg, die anderen aus seiner Gruppe griffen unwillig zu, versenkten die in Zellophan eingewickelten Schokostücke in ihre Manteltaschen, bedankten sich mürrisch.

Viktor hielt sich keineswegs für eine respektable Persönlichkeit, aber man respektierte ihn, weil seine Haare grau waren und weil er noch um einiges älter aussah als dreiundvierzig. Sogar die jungen Frauen ließen sich von ihm berühren, wenn er ihnen mit einer Sicherheitsschere die Papierbänder, die sie im *Camp alte Asfinag*, dem viel größeren Transitlager und der ersten Anlaufstation für Flüchtlinge in Salzburg, bekommen hatten, vom rechten Unterarm herunterschnitt. Manchmal fasste er sie am Arm oder krempelte ihre Ärmel hoch. Manche Frauen zuckten zusammen oder verzogen das Gesicht, doch die meisten reagierten gleichmütig. Er war für sie kein Mann, sondern ein Herr – in Würde ergraut und in die Breite gewachsen.

»Don't get upset«, sagte Viktor leise und schielte Richtung Raschid. »Just wait, in twenty minutes you will cross the border, and you will never see this man again.«

Die jungen Kurden ließen düstere Blicke durch den Raum schweifen, schienen wütend und resigniert zugleich, vor allem aber müde, unendlich müde wie fast alle Menschen, die in dieses Doppelzelt an der Grenze kamen und es durchquerten, indem sie von einem Bereich in den nächsten vorrückten, um schließlich zu Fuß über die kleine Fußgänger- und Fahrradbrücke, die seit Ende September ausschließlich für Flüchtlinge reserviert war, nach Deutschland zu gehen, wo ein weiteres Camp mit Zelten auf sie wartete. »Auslass der Flüchtlinge« wurde dies hier, auf österreichischer Seite, genannt. Die Farben der Papierbänder und die Buchstaben, die mit schwarzem Filzstift auf die Bänder geschrieben waren, regelten die Reihenfolge des Grenzübertritts. Für jeden Buchstaben waren hundert Personen vorgesehen. In eigenen, abgetrennten Bereichen mussten die Hundertergruppen in der Tiefgarage warten, um dort in kleinere Gruppen geteilt und ins Zelt vorgelassen zu werden.

Der Rothaarige winkte Viktor zu sich. Er war Anfang zwanzig, sprach gut Englisch. Seit vielen Tagen werde er von Absperrung zu Absperrung, von Baracke zu Baracke, von Schlafsaal zu Schlafsaal geschoben, ohne dass ihm jemand erkläre, was wirklich vor sich gehe, erzählte er Viktor. Er wisse nicht einmal, wo genau er sich befinde und wie die Orte diesseits und jenseits der Grenze hießen. Er sei aus Syrien geflohen und Tausende Kilometer unterwegs gewesen, um Menschen wie jenem dort (er machte eine schnelle Bewegung des Kopfes in Richtung Raschid) nie mehr begegnen zu müssen, und nun müsse er sich wieder von ihnen demütigen lassen. »They are animals, animals!«, sagte er leise. »Dogs«, fügte er nach einer kurzen Pause hinzu.

2

Der deutsche Grenzpolizist meldete sich per Funk: »Ihr könnt das nächste Paket schicken.« Raschid hieß die Menschen, die im vordersten Bereich des Zeltes saßen, aufstehen, befahl ihnen, anzutreten, führte sie aus dem Zelt hinaus ins Freie, ließ sie warten.

»One line please!«, sagte Viktor. »One line!« Drei Meter weiter war der erste Gitterzaun mit improvisiertem Tor, dahinter ein Rad- und Fußweg, der am Fluss entlangführte, dann ein weiterer beweglicher Gitterzaun, wie auf Baustellen üblich. »Elf, zwölf, dreizehn«, zählte Viktor. Wo war die vierzehnte Person dieser Gruppe? Er zählte noch einmal. »Ich glaube, einer ist noch auf der Toilette«, meinte Raschid und rief der Gruppe etwas auf Arabisch zu.

»Hakiiim!«, schrie ein junger Mann. »Hakiiim!«

Er solle ihn holen, meinte Viktor. Der junge Mann rannte wieder zurück ins Camp. »Hurry up!«, rief ihm Viktor nach. Der Soldat, der den Eingang zum Zelt bewachte, ließ ihn passieren, und er verschwand um die Ecke, hinter der sich die Toilettencontainer befanden.

Viktor schaute auf die Uhr und nutzte die entstandene Pause dafür, auf das Display seines Smartphones zu schauen, das er aus der Innentasche seines Mantels herausholte, während er das Funkgerät in die Außentasche steckte. Er hatte dreiundzwanzig ungelesene E-Mails – die meisten davon Spams, ein paar unbeantwortete Anrufe von Kerstin, einen Anruf aus dem Büro sowie acht Anrufe von einer unbekannten Nummer. Viktor hob grundsätzlich nicht ab, wenn ihn jemand, den er nicht kannte, anrief und keine Nachricht hinterließ. Die Mailbox war leer, doch im Posteingang befanden sich drei neue SMS.

Die erste lautete: *Hallo Viktor! Ich bin Gudrun. Gudrun Seifert. Weißt du noch? Können wir uns treffen? Ich habe dir etwas Wichtiges zu sagen.*

Wer? Viktor kannte keine Gudrun Seifert.

»Deutschland an Österreich«, meldete sich per Funk wieder der Bundespolizist von der anderen Flussseite. »Bitte kommen.«

»Österreich an Deutschland. Ja?!«

»Wir warten auf das Paket. Wann kommt es an?«

»Dauert noch ein paar Minuten. Ein Flüchtling ist gerade am Klo.«

»Wie viele sind denn noch auf Toilette?« Die Polizistenstimme klang ruhig, professionell, mit einem leicht ironischen Unterton.

»Einer. Soll ich die anderen schon rüberschicken?«

»Nee. Wir warten, bis die Gruppe komplett ist.«

Die Flüchtlinge standen und warteten geduldig. Es regnete heftig. Am Abend würde die Temperatur wahrscheinlich unter den Gefrierpunkt fallen. Es war Dezember und für die Jahreszeit zu warm, für Flüchtlinge mit dünnen Jacken, die immer wieder und oft stundenlang herumstehen und warten mussten, aber trotzdem kalt. Vom Fluss zog Nebel herauf, hüllte die fünf Zelte des deutschen Camps am anderen Ufer ein, sodass man im Zwielicht nur mehr schemenhaft ihre Konturen und die Wipfel der Bäume erkennen konnte. Eine Aulandschaft trennte den Fluss von der bayerischen Kleinstadt Freilassing, wo sich ein Camp in einem ehemaligen Möbelhaus befand, in dem die Flüchtlinge ein weiteres Mal bebändert werden würden. Das wussten sie noch nicht, wussten nicht, wie viele Transporte, Registrierungen, Einvernahmen und Notquartiere ihnen noch bevorstanden, glaubten, fast am Ziel zu sein. Neben dem Eingang zum Zelt hing ein Plakat: *Freilassing 100 m, Munich 125 km, Berlin 600 km, Syria 2700 km, Stockholm 2200 km, Kabul 5000 km, Teheran 3500 km.* Ein kurzer Fußweg über eine schmale Brücke – dann waren sie im Land ihrer Träume, in »Germany«.

Viktor erinnerte sich an einen jungen Syrer, der geglaubt hatte, in Österreich werde Holländisch gesprochen. Aber er hatte gewusst, dass sich Österreich für die Endrunde der Fußball-Europameisterschaft qualifiziert hatte, und kannte David Alaba.

Die zweite SMS lautete: *Erinnerst du dich? Sommer 1991. Lieber Viktor, ich bin deine Gudrun. Seifert. So hieß ich damals. Geh bitte, bitte ans Telefon, wenn ich anrufe!*

Gudrun? Sommer 1991? Viktor versuchte, sich daran zu erinnern, was er vor vierundzwanzigeinhalb Jahren getan und wem er damals begegnet war. Er brauchte einige Zeit, bis es ihm einfiel. Ach ja!?, war seine erste Reaktion. Oje!, seine zweite.

Viktor öffnete das erste Tor und ließ die Gruppe bis zum zweiten Gitter vorrücken – die Menschen folgten seinen Anweisungen, still, gehorsam, ohne Fragen zu stellen. Der Regen nieselte auf ihre Haare, Kapuzen und Kopftücher. Die Kinder hatten gelernt, still zu warten. Sogar die Babys hatten aufgehört zu schreien. Manche stellten ihre Rucksäcke und Taschen auf den nassen Asphalt, manche umklammerten sie krampfhaft; viel Gepäck hatten sie ohnehin nicht. Ein korpulenter Mann um die dreißig band sich einen Schal um, räusperte sich, spuckte aus, zündete sich eine Zigarette an. Seine Hände zitterten, so stark, dass ihm das Feuerzeug zweimal aus der Hand fiel. Die Flüchtlinge befanden sich schon außerhalb des Camps, versperrten einen Radweg. Kein Soldat durfte sie hierher begleiten, weil die Stadt Salzburg, die für Transitflüchtlinge zuständig war, darauf bestand, dass Bebänderung und Auslass nicht von Polizisten oder Soldaten, sondern nur von Freiwilligen durchgeführt wurden, auf dass die deutschen Behörden nicht auf die Idee kämen, die Flüchtlinge nach Österreich zurückzuschicken, damit sie dort ihre Asylanträge stellten. Nichts, was an dieser EU-Binnengrenze geschah, sollte einen offiziellen Charakter haben. Die Bebänderung durfte nicht wie eine Registrierung aussehen, der Transport der Flüchtlinge von Grenze zu Grenze, von Camp zu Camp nicht als Weitertransport ins Ausland, sondern als Binnentransport, und der Auslass war, trotz Abfertigungsbereich, keine Grenzabfertigung, weil es die Grenze eigentlich nicht mehr gab.

Viktor fragte sich oft, was geschehen würde, wenn die Flüchtlinge einfach weggehen, in diesem Grenzgebiet im Gebüsch am Flussufer oder in einer der Seitengassen verschwinden oder die Brücke überqueren würden, ohne auf den Auslass zu warten. Viktor konnte und durfte niemanden auf- oder gar festhalten, doch er trug eine Warnjacke und einen Ausweis, und beschriftetes Papier war auch in Zeiten des Internets und der postfaktischen globalen Vernetzung weiterhin mächtig.

Viktors Ausweis war an seine orangefarbene Warnweste geheftet – es war nichts weiter als ein Stück Karton in einer Schutzhülle, auf dem sein Vorname stand. Zweieinhalb Monate zuvor hatte sich Viktor in der Einsatzzentrale des Camps im ehemaligen Zollamtsgebäude angemeldet, hatte seinen Namen und seine Adresse genannt (niemand überprüfte die Angaben, niemanden interessierte, wer er wirklich war, er hätte behaupten können, er heiße Dagobert Duck und wohne in Entenhausen), hatte eine Erklärung unterschrieben.

Die Dame am Schreibtisch malte mit rotem Filzstift das Wort *Viktor* auf ein weißes Stück Karton, das sie in eine Hülle steckte und ihm aushändigte, ohne zu ihm aufzuschauen. Er heftete den Ausweis an seine Jacke, ging hinaus, sah sich um. Einige Flüchtlinge gingen auf ihn zu, wollten von ihm etwas erfahren, worauf er ihnen keine Antwort geben konnte. Eine freiwillige Helferin, die er anhielt, als sie aus der Tiefgarage zum Zelt hastete, erklärte ihm in wenigen Sätzen die Abläufe, eine andere, die vorbeikam, noch beiläufiger, was er als Nächstes zu tun hatte. Zehn Minuten später wies Viktor zwanzig Männer sowie einige Frauen und Kinder an, sie mögen sich setzen, aufstehen, ihm folgen, sich wieder hinsetzen, aufstehen, Schlange stehen. Alle taten, was er von ihnen verlangte. Alle folgten seinen ungeschickten, manches Mal widersprüchlichen oder auch ganz und gar unsinnigen Anweisungen. Viktor war erleichtert, als er merkte, dass ihm dieser Umstand keine Freude bereitete.

In der dritten SMS stand: *Ich bin verzweifelt. Du musst mir helfen! Du bist der Einzige, der mir noch helfen kann! Wir müssen uns treffen. Ich komme heute nach Salzburg. Bitte, bitte ruf mich an.*

Hakim war außer Atem, und der Freund, der die Toilettencontainer nach ihm abgesucht hatte, noch mehr. Hakim, ein kleiner, korpulenter Mann, der eine Jacke trug, die ihm zu klein war und sich deshalb nicht zuknöpfen ließ, grinste verlegen, entschuldigte sich, holte seine Reisetasche aus dem Zelt und reihte sich am hinteren Ende der Schlange ein. Raschid öffnete das Schiebetor. Der Weg auf die Brücke war frei. »Good bye and good luck!«, sagte Viktor und bemühte sich, seiner Stimme einen hellen und fröhlichen Klang zu verleihen. Die meisten Flüchtlinge bedankten sich, als sie an ihm vorbeigingen. Die Irakerin mit dem schneeweißen Kopftuch lächelte ihm zu. Sie hatte ihren Sohn hochgehoben und hastete den anderen hinterher.

Als Viktor das Tor geschlossen hatte und ins Zelt zurückgekommen war, wo Raschid gerade die Zahl vierzehn und die Uhrzeit in eine Liste eintrug und danach den Knopf der Zählmaschine vierzehnmal drückte, las er die SMS noch einmal und stellte fest, dass inzwischen eine vierte angekommen war: *Alles, was geschieht, geschieht mit Recht. Es ist nichts umsonst. Ich erkläre dir alles! Melde dich!*

Was zum Henker …?

»Schlechte Nachrichten?«, fragte Raschid. »Ist dir nicht wohl? Setz dich kurz hin.«

»Was war das für eine Geschichte zwischen dir und dem Kurden?«, fragte Viktor und klappte das Mobiltelefon zu.

Raschid zog die Kapuze über den Kopf, um ihn vor dem Regen zu schützen, der allerdings plötzlich nachgelassen hatte, setzte sich auf die Bank, die zwischen der Zeltwand und dem Gitter stand, nachdem er sie sorgfältig mit einem Tuch abgewischt hatte, und zündete sich eine Zigarette an, machte einen tiefen Zug, zog ein zweites, ein drittes Mal daran und sagte mit gepresster Stimme: »Ich kenne diesen Menschenschlag. Ich bin stolz auf meine Herkunft, aber ich kenne meine Leute. Ihr Leben lang wurden sie herumgeschubst, wurden wie der letzte Dreck behandelt, waren ganz klein, und wenn sie protestierten ...« Er drückte seinen Daumen gegen das Holz der Bank und machte eine Drehbewegung mit der Hand. »Und wenn jemand gar nicht parierte ...« Er warf die Zigarette auf den Asphalt und schlug mit der rechten Faust heftig gegen seine linke Handfläche. »Jetzt kommen sie her und werden das erste Mal menschlich und nicht wie in ihren Heimatländern, in der Türkei oder den Lagern auf dem Balkan wie Fußabstreifer behandelt, auch wenn das hier nur ein Transitcamp ist.«

»In dem sie glücklicherweise meist nur wenige Stunden bleiben müssen«, sagte Viktor, der sich nicht hinsetzen wollte, sondern stattdessen auf dem nur wenige Quadratmeter großen, mit Kippen übersäten Vorplatz zwischen Zelt und Gitterzaun auf und ab ging.

»Kaum sind sie hier und merken, dass man freundlich zu ihnen ist, werden manche von ihnen sofort schamlos, frech und fordernd und glauben, sie können sich alles erlauben.«

»Das kenne ich«, sagte Viktor. »Migranten aus Russland, der Ukraine oder anderen Ländern der ehemaligen Sowjetunion verhalten sich manchmal genauso.«

»Russen, Araber, Österreicher, wir sind alle in erster Linie Menschen, Gott hat uns alle gleich geschaffen.« Viktor seufzte. Das war einer jener typischen Raschid-Sätze, die man auf seiner Facebook-Seite zu lesen bekam. Trotzdem hatte er ihm nach all den gemeinsamen Hilfsdiensten, die sie im Camp gemacht, und einigen persönlichen Gesprächen, die sie geführt hatten, nie erzählt, dass er Jude war, so wie er das bis jetzt auch keinem Flüchtling und keinem der anderen Dolmetscher verraten hatte. Oft erwähnte er zwar, dass er selbst Migrant gewesen sei und aus der Sowjetunion stamme, dass seine Muttersprache Russisch sei und seine Geburtsstadt, Lemberg, heute in der Ukraine liege. Das Verschweigen dessen, was für ihn selbst von fundamentaler Wichtigkeit war und worüber er anderenorts seit Jahren offen zu sprechen vermochte, ließ ihn in seinen eigenen Augen schwach, manchmal sogar erbärmlich erscheinen. War es Angst? Selbstschutz? War er das Opfer seiner eigenen Vorurteile? Und wenn, sollte er sich dessen wirklich schämen, wenn er die Bürde seiner eigenen Erinnerungen und die damit verbundenen Gefühle auf sich nahm und seine Freizeit regelmäßig in diesem Camp verbrachte?

»Du weißt, warum ich hier bin«, sagte Raschid. »Ich möchte Österreich etwas zurückgeben. Als ich als ganz junger Mensch hierherkam, hat man mich gut aufgenommen. Ich habe Fremdenfeindlichkeit erlebt, aber es gab Leute, die mich unterstützten, ich erhielt eine Ausbildung, fand Arbeit, habe seit einigen Jahren die Staatsbürgerschaft. Jetzt, während dieser Krise, möchte ich mich revanchieren, und ich werde dafür sorgen, dass die Leute, die heute hierherkommen, sich ordentlich benehmen. Ich werde ihnen Respekt beibringen. Ich bin stolz, Österreicher zu sein!«

Auf Raschids Facebook-Profil waren eine österreichische Fahne und die große Moschee in Wien abgebildet. Neben Koransuren und *Free-Palestine!*-Aufrufen hatte er einige Tage zuvor Rainhard Fendrichs Lied *I am from Austria* gepostet.

»Wie gesagt: Manche kommen hier an«, sprach Raschid weiter, »und kaum füttert man sie nur ein bisschen mit Zuneigung und Verständnis, gleich werden sie zu Tieren. Sie haben keinen Respekt, bellen und beißen. Mein Hund hat mehr Respekt. Aber manche Menschen sind schamlos.«

»Auch der Kurde?«

»Weißt du, ich bin vor zwanzig Jahren ausgewandert, um solchen Leuten wie diesem Kurden nicht mehr begegnen zu müssen. Jetzt komme ich jeden dritten Tag hierher, manchmal auch öfter, und treffe genau solche Leute wieder. Ich habe mich wieder so zu Hause gefühlt, als er mich als Tier bezeichnet hat, so als wäre ich immer noch in diesem beschissenen Slum in Alexandria, in dem ich aufgewachsen bin.«

»Was hat er denn getan, der Kurde?«

»Frag ihn doch selbst!«

3

Während die kurdische Gruppe über die Grenze ging, erhielt Viktor eine weitere SMS: *Kommst du um 20 Uhr ins Café Bazar?* Nur wenige Augenblicke später las er: *Ich warte auf dich! Es ist wirklich, wirklich wichtig! Bitte!!!*

Viktor schob das Handy wieder in eine Innentasche seines Mantels und schüttelte dem Rothaarigen, der ihm erklärte, er werde Österreich gut in Erinnerung behalten und irgendwann als Tourist zurückkommen, zum Abschied die Hand. Der Kurde schaute sehnsüchtig auf die Zelte am anderen Flussufer. In einem davon würde man ihn befragen, erstregistrieren und perlustrieren: Er würde sich anstellen, warten, viele Fragen beantworten und sich völlig nackt ausziehen müssen. »I'm so happy to go to Germany!«, verkündete er euphorisch.

»I wish you all the best!«

»Can I go to Munich? I would like to live in Munich. I have there cousin and uncle of my brother-in-law and best friend of brother-in-law, and my cousin has family with four children, three daughters and one son. Will they give me flat?«

»No«, sagte Viktor. »You won't get a flat, and you can't choose your place of living. Good bye and good luck.«

Er schloss den Drahtzaun, der den Weg auf die Brücke freigab und wieder versperrte, versuchte, seine Erinnerungen wegzuwischen, bemühte sich erfolglos, nicht an die SMS zu denken, die er bekommen hatte. Er dachte an Gudrun, sogleich aber wieder an das Kind, das vor sehr vielen Jahren im Büro des mächtigen alten Mannes gesessen war und das Kinn auf den Schreibtisch gelegt hatte, die behaarte, mit hellbraunen Flecken überzogene, Papiere unterschreibende, Stempel schwingende Hand vor Augen, eine Hand mit tiefen, halbmondförmigen Falten rund um die Fingergelenke, die rötlichblass waren, so als hätte man sie geschrubbt, und diesen gelblichen, ekelerregenden Fingernägeln, die dem Kind sofort aufgefallen waren, kaum dass es sich dem Mann das erste Mal genähert hatte. Während die Hand die Papiere beiseiteschob und eine Flügelmappe zuklappte, wurde die Stimme des Mannes sanfter und dennoch auf eine seltsame Weise unangenehmer, fordernder, und seine breite Hand bewegte sich langsam auf die viel schmalere Hand der Mutter des Kindes zu, bis sie diese berührte.

Es war dunkel geworden. In den Zelten auf der anderen Seite des Flusses brannte Licht. Die Dunkelheit und der Nebel hatten sie scheinbar in die Ferne gerückt, so als wären sie weit weg und winzig klein und würden einige Meter über der Erde schweben: leuchtende Fenster, Konturen im Zwielicht, und rundherum nur Dunkelheit, der Wind, den man pfeifen hörte, und das Rauschen des Grenzflusses. Russische Märchen fielen Viktor ein, die ihm vor vielen Jahren seine Mutter vorgelesen hatte. Er dachte an die Hexe Baba Jaga und ihr Häuschen, das auf Hühnerfüßen mitten im Wald steht und sich fortbewegt, wenn man ihm als ungebetener Gast zu nahe kommt.

Wenn die Flüchtlinge in der Nacht über die Brücke gingen, hatte man den Eindruck, sie würden, sobald sie den Lichtkegel der Straßenlaterne verlassen hatten, im Nichts verschwinden, und es drängte sich Viktor zum wiederholten Male die Frage auf, was er hier eigentlich machte, warum all diese Menschen nicht in Istanbul in den Zug oder in ein Flugzeug steigen konnten, um bequem und ohne Zwischenstopps nach Deutschland zu kommen, wenn sie schon nach Deutschland einreisen durften. Stattdessen mussten sie stundenlang in der Tiefgarage eines heruntergekommenen Zollamtsgebäudes, draußen in der Kälte und in einem Doppelzelt warten, um zu Fuß eine Grenze zu überqueren, die mehr als fünfzehn Jahre lang nicht mehr bewacht worden war, während Viktor und seine Kollegen ihre Freizeit opferten, um Erinnerungen zu erschaffen. Hunderte Flüchtlinge hatten sie an diesem Tag in die Zelte hinein, durch die Zelte hindurch und aus den Zelten hinausbegleitet. Nur wenige von ihnen würden ihnen im Gedächtnis bleiben. Viele von ihnen, dachte Viktor, würden sich allerdings sehr gut an die freiwilligen Helfer erinnern, war dies doch ein existenzieller Moment ihres Lebens. Später würden sie über diese Nacht berichten, die Nacht, in der sie in Deutschland angekommen waren. Sie würden sich das Datum merken, Schulaufsätze darüber schreiben, Interviews geben, ihren Kindern davon erzählen. Manche würden nie vergessen, wie die Menschen in den gelben und orangefarbenen Warnjacken ausgesehen und was sie getan hatten. Welches Bild würde sie ihr Leben lang begleiten? Ein Lächeln? Eine nette Geste? Ein schroffer Befehl? Eine Schokolade, die Viktor einem verletzten Zehnjährigen gab, der am Boden lag? Ein Kreisel und eine Quietschente, die er einem anderen Kind schenkte? Sollten wir das alles nicht mitbedenken, fragte sich Viktor? Und wenn wir das mitbedenken, sind wir dann überhaupt noch handlungsfähig?

Ein Soldat kam heraus, fragte, wie viele Leute diesmal über die Grenze gegangen waren, gab die Zahl über sein Funkgerät in die Einsatzzentrale durch.

»Ich dachte, du hättest vorgestern abgemustert«, bemerkte Viktor erstaunt.

Der Soldat, ein großgewachsener, blonder Unteroffizier Mitte zwanzig mit der sanften Stimme eines verlegenen Teenagers, meinte, man habe ihm »nahegelegt«, sich für ein weiteres Dienstjahr beim Militär zu verpflichten. Fünf Jahre sei er nun beim Heer, habe genug, habe schon die Tage gezählt, um dem Verein endlich den Rücken kehren zu können, wollte die Matura machen und ein Studium beginnen.

»Sie hatten versprochen, mir die Maturaschule und weitere Ausbildungen zu bezahlen und mir dann ein Studium durch ein Stipendium zu finanzieren«, erzählte er, »aber wenn ich mich nicht, natürlich ganz freiwillig, für ein weiteres Jahr verpflichte, dann würden sie im Gegenteil ...«

»Deutschland an Österreich. Bitte kommen.«

Viktor wandte sich vom Soldaten ab.

»Österreich an Deutschland!?«

»Sag mal, Viktor, ich hätte eine Bitte an dich.«

Polizist Marcel hatte einen für Viktor undefinierbaren bundesdeutschen Tonfall, stammte aber hörbar nicht aus Bayern, Schwaben oder Sachsen. Das waren die Regionen, deren Dialekte Viktor erkennen und zuordnen konnte.

»Ja?«

»Könntest du mir beim nächsten Auslass eine Gruppe mit Frauen und Kindern schicken?«

»Wir werden das Zelt bald neu auffüllen, meine Schicht ist gleich zu Ende, aber ich gebe es an die Kollegen weiter.«

»Ach bitte, sei so nett. Wir hatten nämlich ebenfalls Schichtwechsel. Es sind gerade neue Polizistinnen eingetroffen, und die müssten von den Frauen aus der alten Schicht eingeschult werden. Dafür bräuchten wir Frauen und Kinder, um den Neuen zeigen zu können, wie alles geht.«

»Ich verstehe.«

»Damit die Mädels nicht so lange herumstehen, ohne etwas zu tun«, erklärte Marcel und lachte. »Sonst werden sie unruhig.«

Raschid, Kurt und Mohammed, ein Iraker, der zwei Jahre zuvor Asyl erhalten hatten, waren gerade dabei, in der Tiefgarage fünf neue Gruppen zu etwa zehn Personen zusammenzustellen. Diese sollten nun in das Zelt begleitet werden. Im gleißenden Scheinwerferlicht des Areals zwischen dem Zelt und der Rampe, die in das Halbdunkel der Tiefgarage hinabführte, wurde Viktor von einem Afghanen in gebrochenem Englisch angesprochen. Er wolle nach Finnland, sagte der junge Mann. Ob er Chancen habe, dorthin zu gelangen? »Finland, Finland«, wiederholte er und reichte Viktor das Passfoto eines ernst schauenden etwa fünfzehn Jahre alten Mädchens mit schmalem Gesicht, mandelförmigen Augen und gelbem Kopftuch, das er als seine Cousine bezeichnete. Sie lebe mit ihrem Bruder und einer Tante schon seit einiger Zeit in Finnland, erklärte er. Dann öffnete er seine Tasche und zeigte Viktor stolz eine dicke Daunenjacke. »Finland!«, wiederholte er. »Very cold. And Ramadan in summer is very difficult. It never gets dark.« Er grinste.

Er dürfe den deutschen Behörden auf keinen Fall erzählen, dass Finnland sein Ziel sei, erklärte Viktor. Die Deutschen würden alle Transitflüchtlinge sofort nach Österreich zurückschicken.

Der Afghane lächelte. Viktor war sich nicht sicher, ob er das, was er gerade gesagt hatte, verstanden hatte, und wiederholte es langsamer und in einem noch simpleren Englisch. Wie bedauerlich, dachte er, dass an diesem Tag kein Farsi-Dolmetscher im Camp war.

»What shall I do?«

Er müsse alles versuchen, sich von den Deutschen nicht offiziell registrieren zu lassen, weil er sonst in keinem anderen Land mehr Anspruch auf Asyl hätte, erklärte Viktor. Er solle sich in der Nacht aus dem Camp im ehemaligen Möbelhaus in Freilassing hinausschleichen, sich quer durch ganz Deutschland bis zur dänischen Grenze durchschlagen, Dänemark und Schweden durchqueren und sich dabei nicht von der Polizei erwischen lassen.

»Yes«, sagte der Afghane und nickte.

Der einfachste und beste Weg wäre allerdings, in Deutschland zu bleiben. Deutschland sei das reichste europäische Land, die Willkommenskultur sei dort am stärksten, und es gebe keinen Ort, an dem er nicht Ramadan feiern könne: Sogar in Flensburg werde es im Hochsommer für ein paar Stunden dunkel.

»What shall I do?«, fragte der Afghane.

»I don't know. It's up to you to decide.«

Der Afghane schaute ihn weiterhin fragend an.

»I'm only a volunteer, I help you here in this camp, but there's not much more I can do for you. You're the one to decide what you really want. It's your life.«

»Yes! It's my life.« Das Gesicht des Afghanen verzog sich zu einem noch breiteren Grinsen, er nickte einige Male und fragte wieder: »What shall I do?«

»I'm sorry, but you have to understand: I'm not the master of your destiny. Am I?«

»Yes!«

4

Es war der Tag, an dem Frau Schnürpel einen Oberschenkelhalsbruch erlitten hatte, Frau Hasiba und Frau Kratochwil sich so heftig um einen Sitzplatz am Fenster im Speiseraum stritten, dass die Leiterin selbst eingreifen musste, um zu schlichten, und die Ergotherapeutin Gabriele Viktor während der Mittagspause »ganz im Vertrauen« erzählte, dass Altenpflegerin Emma eine entzündete Scheide habe. Emmas Lebensgefährte, Taxifahrer Georg, bestehe trotzdem darauf, mit Emma weiterhin regelmäßig Geschlechtsverkehr zu haben, erzählte Gabriele, obwohl das für Emma äußerst schmerzvoll sei. Gabriele benutzte nicht das Wort »Geschlechtsverkehr«, sondern einen deftigeren Ausdruck, und lachte, als Viktor den Blick senkte und rot wurde.

Der Aufenthaltsraum, in dem Gabriele Viktor ins Ohr flüsterte, dass Georg stets »einen Gummi« verwendete, um sich durch Emmas Pilzinfektion nicht selbst anzustecken, und »glücklicherweise meist rasch fertig sei«, machte den Eindruck einer Selchkammer, weil die meisten Mitarbeiterinnen und alle anderen Zivildiener rauchten, nur Viktor nicht. Dass der Rauch in den Gang und in den Speiseraum zog, in dem sich die Heimbewohner aufhielten, störte damals, im Jahre 1991, niemanden, zumal dort, wo der Gang eine Biegung machte, sich ohnehin eine Raucherecke befand, in der Herr Nawratil nach dem Essen meist eine Zigarre genoss. Als jemand aus der Verwaltung den Vorschlag machte, das gesamte Areal des Sozialmedizinischen Zentrums zur rauchfreien Zone zu erklären, wurde er ausgelacht.

Gabrieles Offenheit machte Viktor verlegen. Ihr vertraulicher Tonfall und ihre gedämpfte Aufgeregtheit waren ihm unangenehm. Zweimal schon hatten sich Gabriele und Viktor außerhalb der Dienstzeit auf einen Kaffee getroffen, und beide Male hatte Viktor das Treffen unter einem nichtigen Vorwand bald wieder beendet. Auch wenn er es als Vertrauensbeweis ansah, dass sie ihm etwas erzählte, das sicher niemals für seine Ohren bestimmt gewesen war, wusste er nicht, wie er reagieren sollte. Er versuchte, Gabriele nicht ins Gesicht zu schauen. Viktor war neunzehn und hatte bis dahin noch nie ein solches Gespräch mit einer Frau geführt. Niemand, den er kannte, wäre je auf die Idee gekommen, ihm Derartiges zu erzählen. Gabriele war nur wenige Jahre älter als Viktor, höchstens fünfundzwanzig. Sie war hübsch, aber sie gefiel ihm nicht. Er mochte die Art, wie sie sprach und wie sie sich bewegte, nicht, empfand die engen Shorts und Oberteile angesichts ihrer pummeligen Figur als vulgär und die Tatsache, dass sie stets Kaugummi kaute, wenn sie nicht gerade rauchte, als unangenehm.

Warum sich denn Emma nicht schlichtweg weigere oder die Beziehung beende?, fragte Viktor leise. Eine Antwort erhielt er nicht, denn gerade in diesem Augenblick betrat Emma den Raum und ging schnurstracks auf Viktor zu. Und während Gabi verstummte, sich grinsend wegdrehte, ihre Zigarette ausdrückte und einen Schluck Kaffee nahm, konnte Viktor seine Augen nicht von Emmas Unterleib losreißen, was er gerade in diesem Moment unter keinen Umständen wollte, und doch gehorchten ihm seine Augen nicht, und sein Blick wanderte unwillkürlich gerade dorthin, wohin er nicht sollte. Es schien Viktor, als wäre Emma längst klar, dass er Bescheid wusste; er fing Gabis spöttischen Blick auf und wäre am liebsten im Boden versunken.

Emma kam näher. Noch fünf, noch vier, noch drei Schritte. Mitten im Raum blieb sie stehen und zündete sich eine Zigarette an. Wenige Augenblicke später stand sie vor ihm und blies ihm den Rauch ins Gesicht. Ob er nachmittags etwa eine

Stunde erübrigen könne?, fragte Emma. Viktor nickte. Eine Gruppe von Krankenschwesterschülerinnen würde die Geriatrische Abteilung besichtigen. Ob er sie herumführen würde? Die Chefin meine, er sei am besten dafür geeignet, weil er gut erzählen und gut erklären könne. Sie selbst habe keine Zeit. Sie hoffe, dass ihm das keine großen Umstände machen würde. Wenn er aber nicht wolle, dann könnte vielleicht Gabi ... Nein, nein, er freue sich sehr darüber, die Mädchen herumzuführen, versicherte Viktor schnell. »Ich verstehe«, sagte Emma und grinste. »Um vierzehn Uhr im Vorraum. Viel Spaß!«

Im *Café Bazar* war um halb acht Uhr abends nur mehr ein einziger Tisch frei, und der war reserviert. In der Adventzeit war die Stadt voller Touristen, und das traditionsreiche Kaffeehaus hatte regen Zulauf. Sogar im Wintergarten, einem verglasten Anbau, in dem geraucht werden durfte und wo es um diese Zeit kalt und ungemütlich war, waren alle Plätze besetzt. Viktor machte zwei Runden durch den Saal, blieb kurz vor dem großen Wandspiegel stehen, erschrak ob der eigenen Blässe und der Bestürzung, die ihm, wie er glaubte, ins Gesicht geschrieben war, fluchte einige Male leise vor sich hin, fragte sich, warum er denn überhaupt hier war, und machte schon einige Schritte Richtung Ausgang, als ihn eine der Kellnerinnen ansprach: »Entschuldigen Sie, sind Sie vielleicht Herr Levin?«
»Der bin ich.«
»Viktor Levin?«
»Ja.«
»Für Sie und zwei weitere Personen ist der Tisch am Fenster reserviert«, sagte sie und zeigte auf den einzigen noch freien Tisch.

Wieso zwei Personen? Woher kannte Gudrun das *Café Bazar* in Salzburg und vor allem: Woher hatte sie seine Handynummer? Er war gleichermaßen neugierig wie verärgert und irritiert. Kerstin hatte er gesagt, er würde noch länger im Camp bleiben, doch statt über die Brücke nach Freilassing war er in die Salzburger Innenstadt gefahren – ein langer Weg mit dem Fahrrad und höchst unangenehm an einem verregneten Dezemberabend –, um eine Frau zu treffen, an die er seit über zwanzig Jahren möglichst nicht denken wollte, und wenn sie ihm einfiel, versuchte er, die Bilder, die in seinem Kopf entstanden, rasch wegzuschieben.

Er bestellte einen schwarzen Tee und eine Gulaschsuppe, schaute auf die Uhr, ging auf die Toilette, wusch seine Hände ein weiteres Mal mit Seife, schrubbte sie unter heißem Wasser, bis sie schmerzten, wusch sein Gesicht. Seine Hände rochen immer noch nach Desinfektionsmittel, so wie seine Kleidung diesen unangenehmen, schwer zu beschreibenden Geruch des Flüchtlingslagers angenommen hatte, eine Mischung aus nassen Kleidern, Schweiß, Desinfektionsmittel, billigem Parfüm und Eau-de-Cologne, kaltem Zigarettenrauch und Staub, der diesen Geruchscocktail in verdichteter Form mit sich führte, der von den elektrischen Heizstrahlern durch die Zelte geblasen wurde, ein Geruch, der sich nicht abwaschen ließ, der Viktor zurückversetzte in die Zeit, als er selbst in einer Unterkunft in einem abbruchreifen Haus in Wien leben musste, ein Haus, an dessen Aussehen und Interieur er sich kaum erinnern konnte, während er den Geruch von damals sofort in der Nase hatte, wenn er an diese Zeit zurückdachte. Der alte, mächtige Mann aus seiner Kindheit fiel ihm wieder ein, und er hatte dieses nicht mehr zu verdrängende und von einem Mal auf das andere immer klarer werdende Bild vor Augen, sah, wie der Mann seine Mutter berührte, einmal und dann ein weiteres Mal – auf eine Art und Weise, die ihn, das kleine Kind, so erschreckt und verwirrt hatte, dass er sofort weinen musste, und als ihn seine

Mutter kurze Zeit später bat, die Geschichte zu vergessen und nie mehr darüber zu sprechen, versprach er dies ohne zu zögern und versuchte sich einzureden, es sei alles nur ein böser Traum gewesen. Jetzt aber, Jahrzehnte später, verfolgten ihn die Bilder von damals wie ein nie enden wollender Albtraum.

Zwölf Krankenschwesterschülerinnen, einige von ihnen höchstens sechzehn oder siebzehn Jahre alt, wurden von einer ältlich wirkenden Dame im weißen Kittel begleitet. Oberschwester Korinna hatte ein Gesicht, das Freudlosigkeit und Strenge ausstrahlte, eine respekteinflößende Körperhaltung und einen schweren Gang. Sie stellte sofort klar, dass sie das Sagen hatte, und dass keiner ihrer Schützlinge sich von der Gruppe entfernen oder gar ohne ihre Erlaubnis mit den alten Leuten ein Gespräch anfangen dürfe, und wenn Viktor nicht so hartnäckig gewesen wäre, hätte wahrscheinlich Schwester Korinna selbst die Führung gemacht, doch Viktor war nicht auf den Mund gefallen, und einige Male, als die Oberschwester eingreifen wollte, redete er einfach weiter – noch lauter und schneller als zuvor. Den Mädchen schien dies recht zu sein. Sie lächelten in einem fort, folgten ihm und stellten hin und wieder Fragen, doch während Viktor sie durch die Schlafräume, die Krankenstation, den Ruheraum, die Fernsehecke und den Musikraum, die Küche, den Speisesaal und die Werkstätten führte, während er ihnen die Räume zeigte, in denen Ergotherapie und Gedächtnistraining stattfanden, und sie kurz in die Intensivpflegestation »mit Palliativcharakter«, die »Postgeriatrie« genannt wurde, hineinschauen ließ, während er erklärte, wie die Sonderbetreuung für Alzheimer- und Demenz-Patientinnen geregelt wurde, hatte er nur Augen für ein einziges Mädchen. Und weil er sich einbildete, die junge Frau würde ihm noch etwas mehr zulächeln, als es die anderen taten, legte er sich ganz besonders ins Zeug, versuchte, die Tücken des Alltags in der Geriatrie einnehmend und spannend zu erzählen, reicherte seine Schilderung mit Anekdoten an, erwähnte, dass Frau Krechtlinger jeden Zivildiener mit »Herr Böser Teufel« ansprach, behauptete, dass man am Geruch von Frau Slabys Stuhl erkennen konnte, ob sie wieder einmal zu viel Alkohol getrunken hatte, berichtete anschaulich, wie ihn Frau Nagy in den Hintern gezwickt und wie ihm Frau Huber den oberen Hemdknopf aufgeknöpft hatte, um laut, sodass es alle anderen älteren Damen im Raum hören konnten, zu verkünden: »Ja, er ist auch auf der Brust behaart! Und die Haare sind ganz schwarz!«

Die Mädchen kicherten, Oberschwester Korinna fragte trocken, ob es denn noch etwas »Substanzielleres und Wichtigeres« gäbe, was ihre Schülerinnen zu erfahren hätten, ein paar ältere Damen, die sich gerade in der Nähe aufhielten und mitgehört hatten, lachten, doch Viktors Vortrag war in erster Linie für ein einziges Mädchen bestimmt, und je mehr er sich bemühte, Eindruck auf sie zu machen, umso mehr tuschelten und lachten die anderen, stellten Fragen oder taten sich mit witzigen Bemerkungen hervor, die Viktor sofort vergaß, während das Mädchen, für das er diese Show veranstaltete, sich vornehm im Hintergrund hielt und lächelte, verhalten, verschmitzt, wie ihm schien, unnahbar.

Ein Drittel der alten Leute, die Viktor bei Antritt seines Zivildienstes ein halbes Jahr zuvor kennengelernt hatte, waren inzwischen verstorben. Auch dies erwähnte er. Wie sehr ihn der Tod einiger von ihnen mitgenommen hatte, erwähnte er nicht. Genauso wenig sprach er von den durchwachten Nächten, den Tränen der Demenz-Patientinnen, die immer wieder dieselben Fragen stellten und die Antworten sofort vergaßen, und den Bildern, die er nicht mehr aus seinem Gedächtnis würde bannen können.

Als die Führung vorbei war und die Schülerinnen sich verabschiedet hatten, ging Viktor ins Badezimmer, betrachtete sein Gesicht im Spiegel, seufzte, strich mit der Hand durch sein lockiges Haar, das ihn in diesem Augenblick mehr als je zuvor an das Fell eines räudigen Pudels erinnerte, rückte seine Brille zurecht, berührte mit dem rechten Zeigefinger seine gebogene, etwas schiefe »jüdische« Nase und dachte: Wie hast du jemals glauben können, ein solches Mädchen könnte sich für dich interessieren? Was glaubst du, wer du bist? Diese junge Frau ist in einer anderen Spielklasse als alle Frauen, die für dich in Frage kommen, für dich jemals in Frage kommen werden. Wenn du ihr unter anderen Umständen begegnet wärst, hätte sie dich keines Blickes gewürdigt.

Die durchschnittlich aussehende Frau ist treu, die schöne Frau ist für den Nachbarn, fiel Viktor ein Spruch seiner Mutter ein. Manchmal hasste er sie.

Als Viktor das Badezimmer verließ, rief eine Frau im Rollstuhl nach ihm, und während er sie auf die Toilette begleitete und ihr die Windel wechselte, überkam ihn plötzlich eine Sehnsucht, ein Wunschtraum, die aberwitzige Phantasie, das Mädchen könnte unter irgendeinem Vorwand zurückkommen, diesmal allein, um ihm ihre Telefonnummer zu geben oder ein Treffen auszumachen. Er kannte nicht einmal ihren Namen.

Draußen im Korridor zwischen hellblau gestrichener Toilettentür und dem gedämpften grünen Licht in dem schmalen Gang, der zur Postgeriatrie führte, wurde Viktor von einem Tumult mitgerissen. Jemand fasste ihn am Ärmel, und er lief, die Frau im Rollstuhl immer noch vor sich herschiebend, in die Richtung, in die er gezogen worden war, hörte immer lauter und deutlicher die Worte »Das Ende!« und »Aus!« und den knarrenden Dialektausdruck »Kruzihaxn!«.

Frau Schnürpel lag zwei Meter vor dem Eingang zum Speisesaal auf dem Boden, krümmte sich vor Schmerzen und schrie, einmal mit krächzender, das andere Mal mit sich überschlagender Stimme: »Kruzihaxn!« Zwei andere Zivis, ein Arzt, Emma und die jüngste der drei Sozialarbeiterinnen waren bei ihr, versuchten zu helfen. »Die Gier!«, sagte die Frau im Rollstuhl. »Gierig ist die, kann ihren greisen Schlund nicht voll bekommen. Wer so gierig ist, der erstickt, den tragen die alten Haxen nimmer.«

Viktor schob den Rollstuhl mit der alten Frau schnell um die Ecke, ließ ihn dort stehen, ging zu den anderen zurück, beugte sich über die stöhnende Frau Schnürpel, doch die Sozialarbeiterin wies ihn an, sich um andere zu kümmern. Der Aufenthaltsraum solle nicht unbeaufsichtigt bleiben. Also verließ Viktor wieder den Unfallort, »das Ende« im Ohr, das »Aus« im Nacken, und das »Kruzihaxn« ließ seine Beine zittern, doch durfte er sich nichts anmerken lassen, und wenn er in seinem Leben, in der frühesten Kindheit schon, etwas gelernt hatte, dann war es, sich nichts anmerken zu lassen. Dutzende ältere Menschen drängten in den Korridor. Mit Mühe gelang es Viktor, sie zu beruhigen, zurückzudrängen, den Weg frei zu halten. Nein, er wisse nicht, was los ist, nein, es gebe keinen Grund zur Sorge.

»Sie spielen sich hier auf wie ein Oberfeldwebel!«, schrie Herr Elšik mit seinem ausgeprägt tschechischen Tonfall, den man in Wien früher »böhmakeln« nannte. »Wir werden hier herumkommandiert, und Sie sind der Ärgste von allen!«

»Sie haben recht«, sagte Viktor ruhig und versuchte die Kränkung zu unterdrücken, humorvoll zu klingen. »Ich bin der geborene Unteroffizier, ich bin schon in einer Uniform auf die Welt gekommen, deshalb mache ich Zivildienst.« Einige ältere Damen protestierten, meinten, dass »der Herr Viktor doch so nett und fürsorglich« sei, mit allen rede und allen zuhöre, wenn sie etwas zu sagen haben.

»Die Fürsorge bringt uns alle ins Grab«, knurrte Herr Elšik. »Und am Tor zur Unterwelt müssen wir dann erst recht wieder strammstehen.«

In diesen Augenblick sah Viktor Gabrieles grinsendes Gesicht. »Ich löse dich ab«, sagte sie. »Im Vorraum wartet jemand auf dich.«

»Wer?«

»Geh hin. Ich schaffe das hier schon allein. Rasch! Geh! Du wirst es nicht bereuen.« Sie lachte, aber ihr Lachen klang nicht fröhlich. Er nahm einen Weg, der etwas weiter war und ihn dreimal um die Ecke biegen ließ, der es ihm aber ersparte, der verletzten Frau Schnürpel und ihren Helfern noch einmal begegnen zu müssen. Auf der Bank im Vorraum, gleich neben der Glaswand, die den Blick auf die Rampe, eine in den Farben Ocker und Grün gestrichene Wand, ein paar frisch gepflanzte Bäumchen, einen auf Bürstenhaarschnittlänge gestutzten Rasen und die Endhaltestelle der Straßenbahnlinie 26 freigab, saß das Mädchen! Dieses!! Mädchen!!! Sein Mädchen. Es lächelte ihm zu, und er spürte, wie sein Gesicht zu glühen begann, während sein Herz raste.

5

»Jeder Mensch hat seine eigenen Vorstellungen und Illusionen, doch schließlich stellt die Zeit alles an den richtigen Platz.« Seit er denken konnte, hatte Viktor dies für eine der zahlreichen überflüssigen Floskeln und pseudotiefsinnigen Bonmots seiner Mutter gehalten und erst in den letzten Jahren zu verstehen begonnen, was sie damit gemeint hatte. Gudrun war immer noch eine attraktive Frau, aber der Ausdruck in ihrem Gesicht spiegelte jetzt, fast ein Vierteljahrhundert, nachdem er sie das letzte Mal gesehen hatte, genau das wider, was Viktor empfand, wenn er an sie und den Sommer 1991 zurückdachte, und der trübe, längst nicht mehr so strahlende Glanz ihrer Augen passte besser zu jener Mischung aus bitterer Melancholie und Scham, die er selbst mit ihr in Verbindung brachte.

Es war Viktor unangenehm, dass Gudrun ihn zur Begrüßung umarmte, dass sie ihre korpulente Figur an seinen Körper schmiegte und ihre Lippen auf seine Wangen drückte. Warum hatte er sich für dieses Begrüßungsritual überhaupt von seinem Sitz erhoben? Ihren Begleiter, einen Mann um die sechzig mit Bauchansatz, Glatze, Spitzbart und einem spöttischen Blick, stellte Gudrun als »Lupo« vor. »Das ist Luitpold, Lupo, ein Maler, Freund der Familie, Helfer in der Not«, sagte sie. Lupos Händedruck war weich, und er schüttelte Viktors Hand genau ein bis zwei Sekunden länger, als es bei einer ersten Begegnung angemessen war. Die Bemerkung, er freue sich »ganz außerordentlich, um nicht zu sagen über alle Maßen über diese außerordentliche Begegnung«, fand Viktor unpassend und befremdlich, murmelte aber nichts weiter als »Meinerseits«.

»Was darf ich euch bestellen?«, fragte Viktor, nachdem Gudrun und Lupo Platz genommen und ein paar weitere Höflichkeitsfloskeln ausgetauscht worden waren.

»Whisky«, sagte Gudrun.

»Kamillentee«, sagte Lupo.

Viktor winkte den Kellner zu sich.

»In den drei Wochen vor Weihnachten trinkt er niemals Alkohol«, erklärte Gudrun. »Luponalien nennt er das …«

»Schönes Altwiener Kaffeehaus, dieses *Bazar*, und das mitten in einem verzopften Spießerparadies wie Salzburg«, unterbrach sie der Maler, während er sich umschaute. »Ich finde es in vielerlei Hinsicht stimmig, dass wir uns gerade hier treffen. So bekommt unsere Zusammenkunft eine nachhaltige Symbolkraft. Habt ihr gewusst, welch berühmte Persönlichkeiten hier verkehrten? Max Reinhardt, Hugo von Hofmannsthal, Frida Kahlo, Stefan Zweig und Thomas Bernhard ...« Die Gegenwart des Malers war Viktor unangenehm: Das runde Gesicht, die hohe Stimme, der bayerische Akzent, der von einem Wiener Tonfall überlagert wurde, der schüttere, graue Spitzbart, der etwas schief sitzende Anzug und das hellblaue Hemd, dessen obere drei Knöpfe geöffnet waren, sodass man Lupos von rötlichen Flecken überzogene Haut sehen konnte, die schwarze Aktentasche, in die ein Herz und ein Pfeil eingeritzt waren – dies alles empfand Viktor als abstoßend. Für ihn sah der Mann wie eine nachlässig gekleidete alte Kleiderpuppe aus. »Greta Garbo, Marlene Dietrich, und sogar dieses vulgäre Pop-Sternchen Lady Gaga waren einmal hier«, fuhr Lupo fort.

»Könnt ihr mir erklären, was ihr von mir wollt?«, fragte Viktor wütend. Es fiel ihm schwer, nicht zu schreien. »Ich hatte einen anstrengenden Tag.«

»Der ehemalige US-Präsident Jimmy Carter ...«

»Jetzt reicht es aber, ich gehe!«

Die Gäste an den Nachbartischen schauten Viktor erstaunt an. Diesmal hatte er eindeutig zu laut gesprochen.

»Gut schaust du aus«, bemerkte Gudrun leise. »Bist immer noch fesch und hast es im Leben zu etwas gebracht. Das freut mich für dich.«

»Sag mir jetzt sofort, was los ist und woher du meine Handynummer hast, sonst bin ich weg.«

»Bitte bleib! Bleib bitte, ich komme gleich zur Sache. Ich brauche deine Hilfe.«

Der Kellner nahm die Bestellungen auf.

»Sie sind Manager, nicht wahr, Viktor?«, säuselte der Maler. »Und ja, gutaussehend, ja, natürlich, fesch, kein Wunder, Lisa ist auch sehr hübsch.« Er grinste.

»Stellvertretender Leiter eines Mittelbetriebs. Ich würde mich nie als Manager bezeichnen. Seid ihr hergekommen, um mit mir über meinen beruflichen Werdegang und mein Aussehen zu reden? Wer ist Lisa?«

»Alles der Reihe nach.«

»Ober, zahlen!«, schrie Viktor, doch der Kellner ignorierte ihn.

»Warte! Ich möchte dir etwas zeigen.« Gudrun öffnete Lupos Aktentasche und begann darin zu kramen. Der Kellner brachte die Getränke. Ob die Herrschaften auch etwas essen wollten, fragte er. »Nein!«, sagte Viktor schroff. »Sie werden bald gehen.«

»Die Rindsroulade«, murmelte Gudrun. »Und noch einen Whisky.«

»Einen Käsetoast bitte!«, sagte Lupo. »Also einen Schinken-Käse-Toast ohne Schinken.«

»Sehr wohl!« Der Kellner reagierte mit professioneller Gelassenheit.

»Schau, das sind meine beiden Töchter – Elisabeth und Monika.«

Viktor blätterte im Fotoalbum vor und zurück.

»Nett.«

Eine der beiden jungen Frauen war eine stattliche Blondine, die auf fast allen Abbildungen silberne Reifenohrringe trug, die andere war dunkel, zierlich, hatte einen strahlenden, leicht melancholischen Blick und grüne Augen und erinnerte Viktor sehr an Gudrun in ihrer Jugend.

»Hübsch.«

Einundzwanzig und dreiundzwanzig Jahre seien sie alt, erzählte Gudrun.

»Dann hast du ja sehr früh mit dem Kinderkriegen angefangen.«

Sie selbst lebe seit vielen Jahren in Langenlois, ihr Mann arbeite in der Gemeindeverwaltung, die Ausbildung zur Krankenschwester habe sie aufgegeben, bald nachdem sie mit Lisa schwanger wurde. Später aber habe sie auf dem zweiten Bildungsweg die Matura nachgeholt und an einer Pädagogischen Akademie studiert und sei nun Volksschullehrerin.

»Interessant. Gratuliere, dass du dich so gut entwickelt hast, und was geht das alles mich an?« Viktor klappte das Album zu. Die Kinderfotos hatte er schnell überblättert.

»Lisa ist am 3. Mai 1992 geboren.«

»Aha.«

»Ich würde Ihnen empfehlen, sich die Fotos genauer anzuschauen«, meinte Lupo.

»Warum?«

»Kannst du denn nicht rechnen?«, fragte Gudrun mit heiserer Stimme, während sie krampfhaft in ihrer Handtasche kramte. »Mai 1992!«

»Was?!!«

»Ja, genau!«

»Unsinn!«

»Ich weiß es, schließlich bin ich die Mutter.«

Gudrun holte aus ihrer Handtasche eine kleine Glasflasche heraus, die mit winzigen, weißen Kugeln, die wie Fischeier aussahen, gefüllt war. Auf dem Etikett waren ein lateinischer Ausdruck und die Buchstaben- und Ziffernkombination $D12$ zu lesen.

»Als wir vor zehn Jahren in Israel auf Urlaub waren, haben sie viele für eine Jüdin gehalten. Kein Wunder, sie hat deine Nase.«

»Was wollt ihr eigentlich von mir?« Es gelang Viktor kaum mehr, seine Wut und Irritation zu unterdrücken. »Wollt ihr Geld?«

»Nein, wo denken Sie hin!«, rief Lupo. »Doch nicht Geld! Wir legen sogar noch was drauf, wenn's sein muss.«

»Es ist ganz anders, als du denkst«, sagte Gudrun, während sie ein paar Globuli auf ihre Handfläche schüttete und mit einer raschen Bewegung in den Mund leerte. »Ginge es um Geld, hätte ich mich schon viel früher gemeldet.«

»Die Situation ist …«, Lupo stockte kurz, versuchte, Viktors Blick auszuweichen, »… etwas kompliziert und heikel.«

»Sie ist verschwunden!«, flüsterte Gudrun und wischte sich mit dem Ärmel ihrer Bluse die Tränen aus den Augen.

»Und ich soll sie nun finden, oder was?«

»Wir wissen, wo sie ist«, erklärte Lupo. »An einem schlimmen Ort.«

»Einem grauenvollen Ort!«

In diesem Moment erschien der Kellner mit den Speisen und Gudruns zweitem Whisky. Ob der Herr auch noch etwas bestellen möchte, fragte er Viktor.

»Jetzt brauche auch ich einen Whisky«, sagte Viktor.

»Nur du kannst sie zurückholen«, stöhnte Gudrun mit schwacher Stimme und spülte das homöopathische Mittel mit vierzigprozentigem Alkohol hinunter. Ihr Gesicht verzerrte sich, der ganze Oberkörper wurde von einer kurzen, aber heftigen Konvulsion geschüttelt.

»Warum ich?«

»Weil du Jude bist.«

6

Das erste Rendezvous, die erste Berührung, ein überwältigendes, in Worten nicht wiederzugebendes Gefühl der Wärme, der Nähe, der erste zaghafte und der erste richtige Kuss. Und eine Einladung zum Abendessen, wie es sich gehört. Viktor holte Gudrun vor dem Eingang zum Internat der Schwesternschule ab, und während sie mit der Straßenbahn unterwegs waren, hatte er den Eindruck, er sei in den letzten Stunden gewachsen, sei nun einen Kopf größer geworden, größer und stärker. Stolz schaute er sich um, und es kam ihm vor, als würden ihn alle, denen er an diesem heißen Juliabend begegnete, um das schöne Mädchen beneiden, das sich jemanden, der so unansehnlich und unbedeutend war wie er, als Begleiter auserkoren hatte. Kaum jemals zuvor war er so aufgewühlt gewesen. Dieses Gefühl wurde noch stärker, als er mit Gudrun sein Lieblingslokal in Wien betrat, das *Ma Pitom* in der Seitenstettengasse, gegenüber der großen Wiener Synagoge, ein stilvolles, aber nicht zu teures Restaurant im Bermuda-Dreieck, das damals bei jungen Leuten, vor allem bei Studenten, als In-Lokal galt. Das Deckengewölbe war niedrig, die Säulen brachten einen Hauch von Mittelalter in die Ausgelassenheit der studentischen Atmosphäre, die noch nicht durch Smartphones, iPods, Notebooks und ähnliches Gerät entsozialisiert worden war. Die Kerzen auf den Tischen gaukelten Heimeligkeit vor, die Musik war zwar kommerzieller Trash aus der Dose, trällerte aber so sanft im Hintergrund, dass sie die Gespräche kaum störte, und die Kellner waren höflich, korrekt und dabei trotzdem nicht allzu förmlich – so wie es sich für ein Jungeleutelokal gehört.

Viktor bestellte eine orientalische Platte, Gudrun ein Paar Würstchen mit Pommes. Viktor trank Rotwein, Gudrun Bier.

Viktor sprach von seiner Arbeit in der Geriatrie, vom Betriebswirtschaftsstudium, das er vor seinem Zivildienst begonnen hatte, von der Emigration, von der kleinen Wohnung seiner Mutter, in der ihm kein eigenes Zimmer, sondern nur eine durch zwei im rechten Winkel zueinander stehende Schränke vom Rest des Raumes abgetrennte Ecke zur Verfügung stand. Er machte ein paar Witze, erzählte die eine oder andere Anekdote aus seiner Schulzeit, bestellte sich ein zweites Glas Wein.

Noch nie sei sie in einem so feinen Lokal gewesen, sagte Gudrun. Sie sei hingerissen, fühle sich geehrt, hatte zwar nicht erwartet, Viktor würde mit ihr »zum Würstlstand« gehen, aber mit einem Beisl in Stadlau unweit ihres Internats oder einem netten Gastgarten an der Alten Donau gerechnet. In Stixneusiedl, ihrer Heimatgemeinde, gebe es ein einziges Lokal, in das junge Leute hingehen können. *Maulwurfhügel* heiße das Etablissement, auf den Geruch der Gaststube wolle sie nicht im Detail eingehen – nicht während des Essens und schon gar nicht in einem Lokal, in dem kluge und gebildete Menschen saßen.

Gudrun trug ein weinrotes Kleid mit weitem Ausschnitt. Das gefiel Viktor. Gudrun trug schwarze Stöckelschuhe. Das gefiel Viktor auch. Gudrun hatte dunkles, wallendes Haar. Sie hatte große, graublaue Augen und Hände so schmal und zart, eine Figur so schlank, so vollkommen, Brüste und Hintern so rund wie in den schönsten von Viktors feuchten Träumen. Gudrun war perfekt.

Sie sei nicht so weit herumgekommen wie Viktor, sei nie in Russland oder anderen fernen Ländern gewesen, erzählte Gudrun. Nach der Hauptschule und dem Polytechnikum habe sie eine Verkäuferinnenlehre angefangen, in einem Kleiderladen in Parndorf, die Lehre jedoch nach einiger Zeit abgebrochen, um mit der Ausbildung zur Krankenschwester zu beginnen. Ihre Eltern seien dagegen gewesen, aber sie habe sich durchgesetzt. Sie wollte nicht ihr Leben lang in Parndorf bleiben. Wenn es ein Fegefeuer gebe, meinte sie, dann bestehe dieses darin, tausend Jahre in Parndorf verbringen zu müssen, ohne jemals den Ort verlassen zu dürfen.

Ob er ihr eine Nachspeise bestellen solle?, fragte Viktor.

Nein, sie sei satt, und außerdem kenne sie die Hälfte der Speisen auf dieser Karte nicht, sitze ohnehin die ganze Zeit wie auf Nadeln. So toll sie dieses »feine Restaurant« finde, so habe sie doch ständig das Gefühl, etwas falsch zu machen und fehl am Platz zu sein. Sogar auf der Toilette habe sie einige Zeit gebraucht, um zu erkennen, wo das »Weiberklo« sei. An der Tür sei nur ein Dreieck mit der Spitze nach oben und einem Kreis darüber angebracht – für Frauen. Bei den Männern zeige die Dreiecksspitze nach unten. Wer denn auf eine so blöde Idee gekommen sei!

Das sei eben modernes Design, murmelte Viktor, winkte den Kellner zu sich und verlangte nach der Rechnung. Daraufhin stellte sich für kurze Zeit betretenes Schweigen ein.

Ob sie denn gerne Verkäuferin gewesen sei, fragte Viktor, weil ihm nichts anderes einfiel. Oh, sie sei sehr geschickt gewesen, erzählte Gudrun. Eine geborene Verkäuferin. Manchmal seien Frauen gekommen, alte, dicke Frauen, weit über dreißig und noch älter, und hätten sich hauchenge, modische Kleider gekauft. Darin haben »die alten Schachteln« wie abgepackte Fleischstücke und Knackwürste ausgesehen. Sie, Gudrun, habe aber stets bei diesem peinlichen Spektakel des Anprobierens und Vor-dem-Spiegel-Posierens, des Hinauf- und Hinunterziehens aller möglichen Ecken und Enden, des Unterwäsche-und-Büstenhalter-Zurechtrichtens, des Körperteile-hin-und-her-Drehens und Lippenstiftnachziehens gute Miene gemacht und den schon etwas in die Jahre gekommenen Damen gut zugeredet. Wenn die eine oder andere sie einmal gefragt hatte, wie ihr das Kleid denn stehe, was denn Gudruns Meinung sei, habe sie stets »Wunderbar, gnädige Frau!« gerufen und große Augen gemacht und sich dabei innerlich »zerkugelt vor Lachen«, und so sei Frau Potzinger, die Besitzerin des Geschäfts, immer zufrieden mit ihr gewesen. Sogar mit der Tochter von Frau Potzinger, einer widerlichen, kapriziösen Göre, habe sie sich gut verstanden. Sie habe sich sehr bemüht, sich mit ihr anzufreunden, was ihr schließlich gelungen sei.

Gudrun war perfekt. Solange sie schwieg.

Ob sie denn mit der Schwesternausbildung zufrieden sei, fragte Viktor mit trauriger Stimme.

Der Unterricht sei anspruchsvoll, aber sehr spannend, leider seien die anderen Mädchen überhebliche Ziegen. In der Hauptschule sei sie eine der besten Schülerinnen gewesen und habe sich mit allen gut verstanden. In der Krankenschwesternschule hingegen gäbe es einige Maturantinnen und Studienabbrecherinnen, die sich für etwas Besseres hielten. Eine von ihnen schreibe sogar Gedichte über die Liebe, die Natur und über Pferde. Ihre Eltern hätten in der Steiermark einen Pferdestall, und eines der Pferde gehöre ihr ganz allein. Zur Strafe habe sie, Gudrun, in ihrer Gegenwart einmal eine Pferdeleberkässemmel gegessen. Das habe richtig Spaß gemacht!

Als Viktor und Gudrun das Lokal verließen, war es halb elf, vielleicht auch etwas später, jedenfalls zu spät für Gudrun, um im Internat der Schwesternschule anzurufen und die Etagenschwester zu bitten, etwas später nach Hause kommen zu dürfen. Mit neunzehn würde Gudrun bei rechtzeitiger »Abmeldung« und »unverfänglicher Begründung« eine Nacht wegbleiben dürfen, aber sie war erst achtzehn, also noch nicht volljährig, müsste also um spätestens zehn Uhr abends hinter Schloss und Riegel im Internat sein. Macht nichts, meinte

Gudrun. Den Rüffel der Internatsleiterin und einen weiteren negativen Disziplinarpunkt nehme sie in Kauf.

Sie könnten nicht zu ihm nach Hause gehen, meinte Viktor, sein Bett sei nur drei Meter von dem seiner Mutter entfernt.

Wohin dann?

Ins Sozialmedizinische Zentrum Ost, in das Geriatrische Tageszentrum. Dort würden sie ungestört sein. Die Betten im Saal, in dem die Besucher ihren Mittagsschlaf machen, seien noch nicht frisch überzogen, und der Nachtportier gehe immer an diesem Trakt vorbei, wenn er seine Runden mache, aber nie hinein.

Ob er einen Gummi dabeihabe, fragte Gudrun.

»Nein.«

»Aber ich.«

Mit der U-Bahn fuhren sie zurück in die traurige Gegend auf der anderen Seite der Donau, stiegen in Kagran in die Straßenbahn um und setzen die Reise nach Stadlau fort – dorthin, wo die Großstadt schrumpfte, zerfaserte und sich auflöste wie altes Fleisch.

7

Liebe Eltern, ich verschwinde, ich steige aus, ich lasse diese Welt hinter mir, sucht mich nicht. Ich melde mich in zehn Jahren wieder. Seid mir nicht böse. Ich muss mich selbst finden. Bussi Euch beiden, ich hab Euch lieb, Lisa stand auf der ausgedruckten E-Mail, die Gudrun Viktor zeigte.

»Das war im April«, erzählte Gudrun. »Sie hat in Wien studiert, hatte dort eine Wohnung zusammen mit einer anderen Studentin, alles war ganz normal, und dann plötzlich das, und weg war sie, von einem Tag auf den anderen.« Sie begann zu weinen. »Sie hat alles zurückgelassen, alles, ihre Kleider, ihre vielen Schuhe, die Gesichtscremen und Wimperntuschen, die ihr so wichtig waren, nicht einmal ihr iPad hat sie mitgenommen.«

»Nichts war normal«, widersprach Lupo. »Ihr habt sie schlichtweg überfordert, du und Karl. Überfordert und gleichzeitig verzogen. Das Doppelstudium: BWL und Jus sind keine leichten Studien. Die vielen Kurse. Wozu denn noch Betriebsmanagement als Zusatzkurs? Die Arbeit in diesem Callcenter, um sich die ganzen Extravaganzen leisten zu können. Ein erbärmlicher Job. Das Lehramtsstudium, das sie beginnen wollte. Das alles habt ihr ihr eingeredet, wenn auch nicht direkt. Sanfter Druck. Ich mache euch keinen Vorwurf, dir am allerwenigsten, ich bin nur kein Realitätsverweigerer. Man muss den Fakten ins verzerrte Antlitz schauen.«

»Hör auf mit deinen saublöden Kalauern!«, schrie Gudrun und fuhr sich mit der zitternden rechten Hand durchs Haar. »Ich glaube, mir wird wieder schwindlig.«

»Das war kein Kalauer. Das war ein Aphorismus.«

»Ist doch scheißegal, Lupo!«, sagte sie wütend, lehnte sich aber einen Augenblick später zu ihm hinüber und umarmte ihn heftig. »Lupo, Lupo, was würde ich nur ohne dich machen«, schluchzte sie. »Das dünne Eis unter meinen Füßen würde brechen, und ich würde untergehen, versinken, erstarren, manchmal komme ich mir jetzt schon vor wie eine Wasserleiche.«

»Könnt ihr mir nun bitte, bitte erklären, warum ihr mir das alles erzählt?! Und vor allem: warum heute?«, fragte Viktor. Es war ihm unangenehm, dass die Gäste von den Nachbartischen zu ihnen herüberschauten. Lupo löste sich aus Gudruns Umklammerung. Sie richtete sich wieder auf, rückte ihr Kleid zurecht. »Wissen dein Mann und Lisa eigentlich, dass angeblich ich der Vater bin?«

»Ja. Aber erst seit kurzem.«

Es wurde Viktor klar, dass der Abend um einiges länger dauern würde, als er es erhofft hatte. Er musste Kerstin eine SMS schicken und schreiben, sie solle nicht auf ihn warten. Wahrscheinlich würde er nach Hause kommen, wenn sie schon längst zu Bett gegangen war. Aber er schrieb keine SMS, sondern sagte: »Also, nun bitte ganz sachlich, ruhig und der Reihe nach! Ich höre euch zu.«

»Ich habe Karl noch damals, im Sommer 1991, kurz nachdem, na du weißt schon, kennengelernt und mich sofort verliebt. Als ich merkte, dass ich schwanger war, habe ich ihm natürlich nicht erzählt, dass das Kind nicht von ihm ist.«

»Wieso natürlich?«

»Ach komm!«

»Ja. Gut. Weiter!«

»Karl ist nie auf die Idee gekommen, dass Lisa nicht seine Tochter sein könnte, und sie hatte nie den Gedanken, dass Karl nicht ihr Vater sein könnte. Es spielte ja auch keine Rolle. Was glaubst du, wie viele Kuckuckskinder es gibt. Unzählige!«

»Männer sind von Natur aus dumm«, erklärte Lupo, doch Gudrun ignorierte diese Bemerkung.

»Nachdem Lisa verschwunden ist, waren wir verzweifelt. Wir wussten nicht, was wir tun sollten.«

»Sie ist längst volljährig«, sagte Lupo.

»Jetzt sei doch still! Du hast keine eigenen Kinder, du weißt nicht, wie das ist.«

»Ich habe mir nur erlaubt, darauf hinzuweisen, dass sie volljährig ist. So unwesentlich ist das schließlich nicht. Außerdem ...«

»Ich verstehe!«, unterbrach Viktor. »Weiter!«

»Wir haben mit ihren Freunden geredet, mit Studienkollegen, den Kolleginnen, mit denen sie im Callcenter gearbeitet hat, E-Mails, Facebook, Twitter, Instagram, WhatsApp und diesen ganzen Quatsch geprüft. Sie hatte engen Kontakt mit einer alten Frau in Tirol, und einmal tauchte in ihrer Wohnung in Wien, als wir gerade dort waren, tatsächlich eine alte Frau in Begleitung eines jungen Mannes auf, und wir dachten zuerst, es sei diese Facebook-Freundin von ihr …«

»Ach, lass doch, das ist eine andere Geschichte!«, unterbrach sie Lupo.

»Ja, du hast recht. Ich habe dann etwas mehr getrunken, und Karl hatte schwere Konflikte mit Monika, unserer jüngeren Tochter. Ständig fragten wir uns, was wir falsch gemacht hatten, bis …«

»Ja, bis ich die glorreiche Idee hatte, einen Privatdetektiv zu engagieren«, fiel ihr Lupo ins Wort.

»Das war unglaublich teuer, aber wir haben Ersparnisse, Karl ist bei der Gemeinde angestellt, und wenn es notwendig gewesen wäre, hätten wir einen Kredit aufgenommen. Karl hat gute Kontakte zur Sparkasse in Langenlois …«

»Weiter!«, zischte Viktor.

»Es hätte ja sein können, dass sie irgendwo in Amerika oder in China ist, und dann hätte uns kein Privatdetektiv helfen können. Aber er hat sie gefunden. Sie ist in Deutschland. Gigricht heißt die Stadt.«

»Ein ödes Kaff«, bemerkte Lupo. »Keiner weiß, warum sie gerade dort gelandet ist.«

»Ich hatte keine Ahnung, dass ein solcher Ort überhaupt existiert. Deutschland hat mich nie interessiert.«

»Sie ist also in Deutschland. Und?«

»Und? Sie ist in eine Gruppe völlig verrückter Fanatiker hineingeraten. Ganz miese Typen sind das. Gefährlich.«

»Rechtsradikale«, präzisierte Lupo. »Wie gefährlich sie wirklich sind, können wir nicht einschätzen. Noch haben sie aber keine Straftaten begangen, was ich weiß. Du musst nicht alles so dramatisieren.«

»Dramatisieren?!«, schrie Gudrun. »Dramatisieren? Du weißt doch, was für ein mieses Weib das ist, und dann auch noch diese Drecksau von Bruder.«

»Was denn für ein Weib? Wessen Bruder?«, fragte Viktor entnervt. »Kommt doch endlich auf den Punkt!«

»Okay, lass lieber mich erzählen.« Lupo beugte sich vor, räusperte sich und holte tief Luft. Er gefiel sich sichtlich in seiner Rolle. »Der Privatdetektiv hat alles sehr genau dokumentiert, und ich habe mir alles gemerkt: Beate Beck, achtundvierzig Jahre alt, ledig, alleinstehend, keine Kinder, lebt in Gigricht mit ihrem Bruder zusammen, Bruno Beck, einundfünfzig Jahre alt, verheiratet mit einer Frau, die ... äh ... Luise heißt. Ja, Luise. Die haben einen Sohn, der in Hamburg Maschinenbau studiert. Schwester und Bruder samt Gattin wohnen in einem Wohnblock in zwei Wohnungen, die übereinander liegen. Die beiden Wohnzimmer sind durch eine eigene Treppe verbunden, sodass es sich eigentlich um einen gemeinsamen Wohnbereich handelt. Er ist Inhaber einer kleinen Speditionsfirma, die Schwester bezeichnet sich selbst als Journalistin, was in Wirklichkeit nicht mehr heißt, als dass sie eine Online-Zeitschrift mit dem Titel *Weiberpower* betreibt, die in früheren Zeiten einmal links war und in den sozialen Netzwerken sehr aktiv ist. Kurz gesagt: Der Bruder hat die Kohle, die Schwester ist die gescheiterte Intellektuelle. Sie selbst hat irgendwann Soziologie studiert, war einmal bei den Grünen und sehr feministisch, ist dann aber weit nach rechts abgedriftet. Heute ist dieses Geschwisterpaar gut vernetzt und organisiert Demos, er engagiert sich in der Kreisleitung der AfD und pflegt Kontakte zu verschiedenen Rechtsradikalen in ganz Europa. Seit dem Sommer wohnt unser liebes Kind in dieser sinistren Wohngemeinschaft, und zwar in der Wohnung besagter Beate Beck, arbeitet nicht, studiert nicht, lässt sich aushalten. So weit, so schlecht.«

»Das Kind wird indoktriniert und sicher gegen uns aufgehetzt!« Gudrun wurde von einem Augenblick auf den anderen immer aufgeregter. »Ich mache mir große Sorgen! Bald marschiert sie bei irgendeiner Nazi-Demo an der Seite eines Skinheads, wird vielleicht verhaftet. Wenn sie einmal in diese Kreise hineingerät, hängt ihr das ihr Leben lang nach. Den Schmutz kriegt man nie mehr los. Vorstrafen. Kompromittierende Fotos und Videos im Internet. Wenn sie dann einen Job sucht, wenn sie Karriere machen möchte, taucht sowas sicher genau zum falschen Zeitpunkt auf. Wir wissen doch alle, in welcher Welt wir leben!«

»Du hast kein großes Vertrauen zu deiner Tochter«, entgegnete Lupo.

»Das finde ich auch«, sagte Viktor.

»Diese Frau! Schau dir an, was sie auf Facebook und in ihrem Blog schreibt.«

»Muss ich wirklich?«

»Soll ich dir ein Foto von dem Weib zeigen?«, fragte Gudrun.

»Nein danke, nein. Nein, wirklich nicht!«

»Eine Rechtsradikale hat mein Kind verführt. Ich habe mich immer bemüht, Lisa zu einem anständigen Menschen zu erziehen. Ich habe mein Bestes getan. Ich bin eine gute Mutter! Ich war ihre beste Freundin! Und plötzlich spricht sie kaum mehr mit mir, und wenn, dann wirft sie mir die ärgsten Dinge vor, sie schmeißt ihr Studium hin, verschwindet, zieht zu dieser deutschen Faschistin. Warum ausgerechnet zu dieser Frau?«

»Sie war einmal, wie ich schon erwähnt habe, eine radikale grüne Feministin«, unterbrach sie Lupo, »und kritisiert heute Moslems, Flüchtlinge, Ausländer, überhaupt alle Fremden, aus identitärfeministischer Sicht im Sinne einer neuen völkischen

Revolution zum Schutze von Frauenrechten, und das mit verschwörungstheoretischem Hintergrund. Das heißt: Moslems, Mainstream, Lügenpresse, der militärisch-industrielle Komplex der USA, die Zionisten und das System haben sich gegen die deutsche Frau verschworen. Origineller Ansatz natürlich, aber ...«

»Eine radikalfeministische Nazi-Schlampe mit Grünen-Hintergrund!«, ereiferte sich Gudrun.

Lupo wandte sich Viktor zu: »Ich habe beiden gesagt, sowohl Gudrun als auch Karl: Das Kind ist satt, gesund, bettelt nicht irgendwo auf der Straße, nimmt keine Drogen, ist nicht zum Islam übergetreten, ist nicht als Gotteskriegerin nach Syrien gezogen, ist in keinem Bordell gelandet, ist nicht in die Fänge einer obskuren, gefährlichen Sekte geraten. Natürlich sind die Typen, bei denen sie lebt, durchgeknallt, aber letztlich können wir nichts dagegen machen. Sie ist erwachsen! Ihr müsst loslassen, habe ich den beiden gesagt.«

»Ich hasse dich, wenn du so sprichst«, sagte Gudrun, diesmal leise, mit weinerlicher Stimme. »Soll ich dich daran erinnern, wie es dir ging, als dich Ursula wegen Andreas verlassen hat?«

»Ursula war meine Lebensgefährtin, nicht mein Kind! Und schließlich habe auch ich loslassen müssen.«

»Nachdem wir dich vom Kirchturm wieder heruntergeholt hatten.«

»Das war reine Attitüde. Ich wäre niemals gesprungen.«

»Ja, das sagst du heute.«

»Ihr habt also Lisa bei dieser rechtsradikalen Dame und ihrem Bruder in Deutschland ausfindig gemacht, ja und weiter?«, fragte Viktor ungeduldig.

»Und weiter?« Lupo lachte. »Anstatt abzuwarten, steigt unsere Gudrun ins Auto und fährt nach Gigricht, nur um gegen die Wohnungstür der Becks zu hämmern und schließlich die Tür vor der Nase zugeknallt zu bekommen.«

»Ich habe Lisa nicht einmal zu Gesicht bekommen. Dieser Bruno, ein primitives Schwein ist das, das kannst du mir glauben, hat mich gar nicht in die Wohnung gelassen, weil Lisa mich angeblich nicht sehen wollte. Mich, ihre Mutter, wollte sie nicht sehen! Ich verstehe immer noch nicht, wieso. Also bin ich in ein Hotel gegangen, habe mich dort einquartiert und Lisa einen Brief geschrieben.«

»Einen Brief! Man beachte, einen Brief! 2015!«, rief Lupo aufgeregt und hob den rechten Zeigefinger in die Höhe. »Der Privatdetektiv hatte uns alle E-Mail-Adressen, Facebook- und Twitter-Accounts, Telefonnummern und Handynummern besorgt. Aber unsere Gudrun schreibt einen Brief mit der Hand und schickt ihn mit der Schneckenpost weg.«

»Ich kann doch so etwas nicht in eine Mail schreiben«, jammerte Gudrun. »Ja, ich bin altmodisch. Übrigens war es meine Tochter Monika, die mir den Rat gegeben hat, Lisa einen Brief zu schreiben oder eine Mail zu schicken. Sie hat mich damals im Hotel angerufen, was mich selbst überrascht hat.«

»Sie schrieb alles, was sie nicht hätte schreiben sollen, unsere Gudrun, unter anderem, dass Karl nicht Lisas Vater ist, sondern ein gewisser Viktor Levin, ein russischer Jude, der in Freilassing, in Bayern, wohnt, medizintechnische Geräte produziert und verkauft und in der Flüchtlingshilfe aktiv ist und mit einer Frau namens Kerstin verheiratet ist, die als Anwältin in Traunstein arbeitet. Das steht ja alles auf Ihrer Facebook-Seite, mein lieber Freund.«

Viktor spürte, dass ihm übel wurde. »Wieso hast du das getan?«, fragte er Gudrun. »Was fällt dir überhaupt ein!«

»Bitte entschuldige, aber ich war nicht ganz bei mir an diesem Abend. Ich war acht Stunden mit dem Auto unterwegs gewesen, ohne Pause, nur, um mich von diesem widerlichen Proleten beschimpfen zu lassen. Zuerst war er freundlich, aber als ich nicht gehen wollte, hat er mir erklärt, meine Tochter will mich nicht sehen. Dieses Weib hat sich ebenfalls geweigert, mit mir zu sprechen. Nicht einmal in die Wohnung haben sie mich gelassen. Dabei wollte ich nur verstehen, ausgleichen, versöhnen, nett zu allen sein und Lisa mit nach Hause nehmen. Ich soll verduften, hat er mir schließlich gesagt, der Sauhund. Verduften! Das war das Wort, das er verwendet hat. Dieses Nazischwein!« Sie begann wieder zu weinen.

»Ich schätze«, sagte Lupo mit ruhiger Stimme, »es handelte sich um einen Akt der Verstörung. Besser gesagt, um eine verstörte Aktion. Gudrun dachte in diesem Augenblick wohl, soweit man das, was in ihrem Kopf vorging, überhaupt als denken bezeichnen darf, Lisa würde diese Rechtsradikalen verlassen, wenn sie erfährt, dass sie jüdischer Herkunft ist und dass ihr echter, also ihr biologischer Vater politisch ganz woanders steht. Völlig albern, nicht wahr?«

»Ich weiß, ich weiß, ich weiß, dass ich blöd bin«, schluchzte Gudrun. »Ich habe nicht wirklich nachgedacht und Scheiße gebaut. Aber an diesem Abend hatte ich das Gefühl, ich muss reinen Tisch machen, mit ihr, mit mir selbst, mit der Welt, und alles erzählen, was wirklich war, was ich fühle, was ich ihr immer schon sagen wollte, schon damals, als sie sich geritzt hat, aber damals kam ich nicht auf die Idee, dass ich dafür ein Blatt Papier brauche und eine Füllfeder, meine alte Füllfeder aus der Schulzeit, ich habe sie immer noch und immer mit dabei. Soll ich sie dir zeigen?«

»Nein!«, zischte Viktor und erschrak selbst ob des Klangs seiner Stimme.

»Es war ... Es war wie ein Dammbruch.«

»Mit weitreichenden Folgen«, bemerkte Lupo.

8

Sie schalteten das Licht nicht ein. Die Notbeleuchtung – zwei Lampen über der Eingangstür – reichte aus, tauchte den Ruheraum des Geriatrischen Tageszentrums mit seinen dreißig Betten in ein schummriges, blaues Licht. Einige Betten waren am Vortag nicht benutzt worden und deshalb noch sauber. Am Morgen würde sicher niemandem auffallen, dass ein Bett mehr zu überziehen war.

Sie öffneten ein Fenster, weil es im Raum nach alten Leuten und nach Krankheit roch. Die Fenster gingen auf einen Innenhof. Der gegenüberliegende Trakt, wo einige Fenster beleuchtet waren, war weit entfernt. Niemand würde sie sehen oder hören können.

Bevor sie sich ins Bett legten, holte Gudrun eine Packung Präservative aus ihrer Handtasche.

Als Gudrun zu stöhnen begann, fragte er, ob er denn auch ohne Gummi »hineindürfe«.

»Ich habe Erfahrung«, log Viktor, während er Gudrun streichelte. »Ich weiß genau, wann ich hinausmuss. Dann streife ich den Gummi über und mache gleich weiter. Du kannst mir vertrauen!«

Zu Viktors großem Erstaunen war Gudrun einverstanden.

»Aber du passt auf, ja?«, flüsterte sie.

»Ja.«

»Pass bitte wirklich auf, es ist gerade die gefährlichste Zeit!«, stöhnte sie, umarmte ihn heftig und zog ihn zu sich.

»Keine Angst, vertrau mir!«, keuchte er und drang in sie ein.

Später fragte sich Viktor, ob er das intime Zusammensein mit Gudrun tatsächlich so genossen hatte, wie er sich die erotischen Momente mit einer so schönen jungen Frau immer erträumt hatte. Zweifellos kam ihr Äußeres seinen Phantasien und Wunschvorstellungen sehr nahe. Einige der Zeichnungen von nackten Mädchen, die er schon mit dreizehn anzufertigen begonnen hatte, hatten eine frappierende Ähnlichkeit mit Gudrun. Zu Gudruns Körper fühlte er sich hingezogen, doch ihre Persönlichkeit stieß ihn ab, und je leidenschaftlicher er sie begehrte, desto weiter entfernte er sich von ihr, ja, er hatte sogar den Eindruck, dass er sich gerade deshalb so lustvoll und hemmungslos dem Sex mit Gudrun hingeben konnte, weil er sie immer mehr als eine seiner Zeichnungen wahrnahm, der plötzlich Leben eingehaucht worden war.

Später schämte er sich dafür, dass er sich weder in jener Nacht noch in den nachfolgenden Tagen Gedanken darüber gemacht hatte, wie sich eigentlich Gudrun fühlte, doch in jenem Sommer 1991 kreisten die Überlegungen des neunzehnjährigen Viktor in erster Linie um die eigene Befindlichkeit.

Viktor spürte bald, dass der Augenblick, da er »hinausmusste«, früher kommen würde, als er gehofft hatte. Trotzdem zögerte er ihn hinaus, was ihm gelang, indem er an Frau Hasiba und Frau Kratochwil und einige der anderen alten Damen sowie an Emma und ihren Taxifahrer-Freund dachte, doch bald blieben ihm höchstens noch fünf Sekunden. An ein Überziehen des Gummis und eine Fortsetzung war nicht mehr zu denken. Er würde froh sein, wenn er rechtzeitig herauskam und sich wegdrehte. Fünf. Vier. Dr…

Plötzlich ging das Licht an. Mit ihrem spezifischen Surren und kurzem Flackern zerstörten die Neonröhren die magisch-schummrige Ruhe des Raumes, tauchten ihn in ein kaltes Licht. Viktor zog reflexartig die Decke über den Kopf, Gudrun zuckte zusammen, gab einen spitzen Schrei von sich, und schon war es zu spät und jegliches Zählen überflüssig.

»Scheiße!«, schrie Gudrun.

»Mist!«, schrie Viktor.

»Oje, das tut mir jetzt wirklich leid«, sagte Emma, denn sie war es, die in der Tür stand und gerade den Lichtschalter betätigt hatte. Ihre Haare waren zerzaust, die Augen rot, verweint. In der rechten Hand hielt sie eine große, vollgepackte Tragtasche.

»Ich wollte euch nicht den Spaß verderben«, sagte Emma, während sie die Tasche auf den Boden fallen ließ, »aber ich hatte ja keine Ahnung, dass hier jemand ist.« Gudrun und Viktor hatten die Decke bis zum Kinn hochgezogen, sodass nur ihre Köpfe über den Deckenrand lugten, und starrten Emma mit weit aufgerissenen Augen an.

»Sag einmal, bist du nicht eine der kleinen Krankenschwesterschülerinnen, die vorgestern bei uns zu Besuch waren?«, fragte Emma und lächelte bitter.

»Ja«, piepste Gudrun. Ihre Stimme klang jämmerlich. »Ich. Ich. Also wir.«

»Du brauchst doch nichts zu erklären, ich verstehe alles«, sagte Emma. »Ich heiße übrigens Emma.«

»Ich denke, wir sollten gehen«, flüsterte Viktor.

»Ich bin von zu Hause geflüchtet«, erklärte Emma. »Manchmal halte ich es einfach nicht aus, es gibt Nächte, in denen ich allein sein möchte, allein, damit er mich nicht wieder … Dieses Tier! Irgendwann mache ich schnipp, schnapp, damit endlich Schluss ist.« Sie zwang sich ein bemühtes, wenn auch armseliges Lächeln ab und meinte: »Ihr habt also auch diesen Raum entdeckt. Ein echtes Refugium. Ein Fluchtraum! Jedenfalls für mich.«

»Wir sind gleich weg«, stammelte Viktor mit heiserer Stimme und schielte auf seine und Gudruns Kleidungsstücke, die auf einem anderen Bett lagen, das etwa zwei Meter entfernt war.

»Wenn es nach mir geht, könnt ihr die ganze Nacht hierbleiben«, erklärte Emma, während sie den Raum durchquerte und sich am offenen Fenster eine Zigarette anzündete. »Ihr stört mich nicht, ich störe euch nicht. Tut einfach so, als wäre ich nicht da.« Sie schaute Viktor und dann Gudrun und wieder Viktor an, seufzte, warf die Zigarette aus dem Fenster, holte die Kleidungsstücke vom Nebenbett, reichte sie den beiden, drehte sich um und meinte: »Lasst euch ruhig Zeit mit dem Anziehen, ich schau nicht zu, ich kann warten, schlafen werde ich heute Nacht sowieso nicht mehr können. Und, Viktor, wenn du mit der Kleinen wieder einmal hier in der Geriatrie vögeln möchtest, sag mir bitte vorher Bescheid. Machst du das, ja?«

Viktor gab keine Antwort. Er zog gerade hastig die Hose an, während Gudrun in ihre Stöckelschuhe schlüpfte.

»Wir sehen uns dann morgen früh«, murmelte Viktor, während er Gudrun nachlief, die schon vor der Tür stand.

»Heh, ihr Frischverliebten, ihr habt was vergessen!«, hörte er Emmas Stimme hinter seinem Rücken, drehte sich um, sah, wie etwas in seine Richtung geflogen kam, griff reflexartig danach und hatte Gudruns Schachtel mit Präservativen in der Hand. »Kauft euch lieber andere«, bemerkte Emma. »Das sind die, die ständig reißen.«

9

»Nein, nein, du irrst dich!«, beteuerte Gudrun. »Sie will dich sehen. Sie will dich kennenlernen, aber du musst den ersten Schritt setzen. Du musst zu ihr. Ich will dir nicht erzählen, was sie mir alles an den Kopf geworfen, was sie ausgespien hat, als wir am übernächsten Tag schließlich doch telefoniert haben.

Telefoniert! Ich stand unten vor dem Haus, mit dem Handy in der Hand. Sie war oben in der Wohnung, aber sie wollte nicht zu mir herunterkommen. Ich hätte Tag und Nacht vor der Haustür lauern sollen. Irgendwann musste sie ja aus diesem Gebäude herauskommen.«

»Das wäre keine gute Idee gewesen«, meinte Lupo.

»Die Vorwürfe, mit denen sie mich überschüttet hat, mich und Karl und die ganze Welt, waren so infam, so unfair. Ich habe trotzdem nicht verstanden, warum sie ihr Studium abgebrochen und in dieses deutsche Kaff zu diesen Leuten gezogen ist. Warum? Ich wollte immer, dass sie es besser hat als ich. Du erinnerst dich sicher, was für ein dummes, naives Trutscherl ich als junges Mädchen gewesen bin. Meine Eltern hat meine Bildung und meine Zukunft nie wirklich gekümmert.«

»Und was sagt dein Mann zu alledem?«, fragte Viktor.

»Karl geht es schlecht, er macht eine Therapie.«

»Zwei Therapien, um präzise zu sein«, erklärte Lupo. »Eine systemische Familientherapie und eine Psychoanalyse. Als pragmatisierter Beamter kann er sich das leisten.«

»Mit der Psychoanalyse hat er begonnen, nachdem er während der Familienaufstellung einen Nervenzusammenbruch erlitten hatte.«

»Wundert dich das?«, fragte Lupo. »Du hast ihm ein Kuckucksei ins Nest gelegt, und vierundzwanzig Jahre später bist du dummdreist genug, ihm das auch noch zu erzählen.«

»Was sollte ich denn machen?«, jammerte Gudrun. »Es war das Beste, mit offenen Karten zu spielen, sonst wäre früher oder später alles noch schlimmer gekommen. Es hat ja immer schon Kuckuckskinder gegeben …«

»Wen meinst du denn?«, unterbrach sie Lupo. »Jesus?«

»Ja, ich weiß, gib's mir! Ich habe es verdient, gedemütigt zu werden. Ich weiß, dass ich an allem schuld bin.«

»Das habe ich nie behauptet!«, widersprach Lupo empört. »Es hat keinen Sinn, über Schuld und Sühne zu reden.«

»Apropos Kuckuckskind«, sagte Viktor, »bist du wirklich ganz sicher, Gudrun, dass Lisa mein Kind ist? Waren da vielleicht noch andere in jenem Sommer außer mir und Karl?«

»Nein.«

»Und ein Vaterschaftstest …?«

»Zu einem solchen habe ich Karl geraten«, erzählte Lupo, »aber er weigert sich. Stattdessen macht er Yoga.«

»Weiß er überhaupt, dass ihr hier seid und euch mit mir trefft?«, fragte Viktor, erhielt darauf aber keine Antwort.

»Bitte fahr nach Gigricht!«, sagte Gudrun. »Vielleicht kannst du Lisa ja von dort irgendwie wegbringen, und vielleicht erzählt sie dir, warum sie verschwunden ist, warum sie mich und Karl nicht mehr sehen möchte, warum …« Sie brach ab.

»Ja, fahren Sie bitte nach Gigricht«, meinte auch Lupo. »Ob das viel bringt, bleibt dahingestellt, aber Sie sollten diese Reise unternehmen, finde ich. Unsere Lisa ist etwas überspannt und in Wirklichkeit noch längst nicht erwachsen, aber alles in allem ein liebenswertes Mädchen. Ich hoffe doch sehr, dass Sie Ihre Tochter kennenlernen möchten, nachdem sie Ihnen, wenn auch mit etwas Verspätung, sozusagen zugefallen ist. Sie haben sonst keine eigenen Kinder, oder?«

»Was ist eigentlich mit Lisas Schwester?«, fragte Viktor. »Ist sie denn nie zu ihrer Schwester nach Gigricht gefahren?«

»Monika weigert sich strikt, in dieser Sache irgendetwas zu unternehmen. Sie macht mir jetzt die Hölle heiß, und mit Karl redet sie nicht mehr. Ihr Freund Patrick hat ihn als verbeamteten Wischlappen bezeichnet, worauf es zu Handgreiflichkeiten gekommen ist.«

»Ein schwieriges Pärchen, die Monika und ihr Patrick«, bemerkte Lupo. »Wenn sie im Doppelpack auftreten und in Fahrt geraten, ist ein Tsunami dagegen ein harmloser Badewannenspaß.«

»Meine Familie ist im Eimer«, schluchzte Gudrun.

»Das kann ich mir vorstellen«, murmelte Viktor.

»Bitte, bitte, fahr so bald wie möglich nach Gigricht!«, bettelte Gudrun und bestellte beim Kellner, der gerade ihren leeren Teller abräumte, einen weiteren Whisky, doch Lupo schüttelte den Kopf und sagte: »Nein, die Dame nimmt einen Orangensaft gespritzt und ein Glas Leitungswasser«, während Viktor den Kellner fragte, ob dieser vielleicht eine Aspirintablette hätte.

10

Kerstin hatte im roten Ledersessel Platz genommen, ihr Gesicht drückte Fassungslosigkeit aus, doch wusste Viktor, dass sie ihm zuhören und ihn nicht unterbrechen würde. Die Tatsache, dass sie eine Zigarette nach der anderen rauchte, war allerdings kein gutes Zeichen. Vor ewigen Zeiten schon war das Haus zur rauchfreien Zone erklärt worden, sodass sich Kerstin auf die Terrasse oder den Balkon zurückziehen musste, um ihrer Sucht zu frönen, doch diesmal wagte Viktor nicht zu protestieren.

Der Rauch von Kerstins Mentholzigaretten war für Viktor an diesem Abend das geringste Problem, und nicht einmal Anastasia, die auf Kerstins Oberschenkeln ruhte und schnurrte, schien der Rauch zu stören. Man hörte das Rattern der letzten S-Bahn, die nun – nach wochenlanger Sperre des gesamten grenzüberschreitenden Bahnverkehrs – wieder regelmäßig von Salzburg nach Freilassing fuhr. Es war kurz vor Mitternacht.

Viktor saß in einem schwarzen Ledersessel in dem großen Wohnzimmer seines Hauses, das er »Salon« nannte, und erzählte. Er erzählte lang und ausführlich, machte Pausen, um sich Früchtetee nachzuschenken, schob kleine Geschichten über seine Zeit als Zivildiener ein, vielleicht auch, um Kerstins vorhersehbare Reaktion hinauszuzögern, doch als er mit seinem Bericht endlich fertig war, sagte Kerstin kein Wort, sondern schaute ihn regungslos und schweigend an, und genau in diesem Augenblick hob Anastasia ihren Kopf, zuckte kurz mit den Ohren und schaute ebenfalls in Viktors Richtung, sodass es Viktor plötzlich vorkam, als würden ihn vier weit aufgerissene, grüne Katzenaugen anstarren, durchdringend, mit magischem, hypnotisierendem Blick, vorwurfsvoll. So vergingen einige endlos lange Sekunden.

Endlich holte Kerstin tief Luft und sagte mit überraschend ruhiger, sehr leiser, beinahe schon freundlicher Stimme: »Aber was soll denn der ganze Blödsinn? Du bist doch unfruchtbar. Dieses Mädchen kann nicht deine Tochter sein! Du hattest deine Mumpserkrankung ja schon mit dreizehn.«

»Das weiß aber niemand außer dir und meiner Mutter.«

»Und du hast es natürlich der Mutter dieses Mädchens weder damals als junger Mensch noch heute erzählt.«

»Du weißt, dass ich darüber nicht rede.«

»Die Präservative …«

»Alles nur Show.«

»Dieses Mädchen ist nicht deine Tochter!«

»Aber sie glaubt, ich sei ihr Vater.«

»Soll ich dir sagen, was du bist?«

»Nicht nötig. Nichts, was du mir sagst, kommt an das heran, was ich mir selbst sage, wenn ich in den Spiegel schaue.«

»Fährst du nach Gigricht?«

»Ich habe mich noch nicht entschieden.«

»Wenn du nicht aufhören kannst, dich selbst zu quälen, dann verschone wenigstens andere.«

»Wenn es nach Gudrun ginge, müsste ich gleich morgen früh aufbrechen.«

»Sie spinnt. Aber du spinnst noch mehr!«

»Ich habe ihr nichts versprochen. Ich sagte, ich würde nachdenken. Vielleicht, habe ich gesagt. Vielleicht!«

»Aber auch nicht nein.«

»Nein.«

»Typisch.«

»Ich weiß.«

»Feigling!«

Viktor wusste, dass es keinen Sinn hatte, mit Kerstin zu streiten, wenn sie diesen düsteren, besonders teerhaltigen Tonfall hatte, der ganz tief aus ihren Bronchien und aus ihrer Seele kam. Manchmal schien es ihm, als wären ihre Gedanken, Überzeugungen und Wünsche, ihre Stimmungen und Attitüden genauso wie ihre – allesamt modischen und stilvollen – Kleider, wenn diese an der Stange im offenen Vorzimmerschrank hingen, sichtbar für alle, die sie sehen wollten, geschmackvoll geordnet, farblich stets zueinanderpassend. Aber sie hingen. Sie schaukelten, wenn man die Kleiderbügel hin und her schob, aber sie berührten den Boden nicht. So war Kerstin, außer wenn sie leidenschaftlich war, wenn sie sich entgrenzte und sich fallenließ, und in ihren leidenschaftlichen Momenten hatte sie meistens recht, so wie jetzt. Sie verstand, worum es ging. Viktor brauchte nichts zu erklären, und sie brauchte nichts zu sagen, doch als sie wortlos das Zimmer verließ, wusste er, dass sie in fünf, spätestens in zehn Minuten zurückkommen würde.

Seit mehr als zehn Jahren waren sie nun ein Paar. Kennengelernt hatten sie sich 2002, kurz nachdem Kerstin als junge Rechtsanwältin aus Stuttgart nach Traunstein umgezogen war.

Die Kanzlei, bei der sie sich beworben hatte, vertrat das Unternehmen, als dessen Stellvertretender Geschäftsführer Viktor schon seit Jahren tätig war, bei einer Rechtsstreitigkeit, die schließlich vor Gericht ausgetragen werden musste. Viktors Firma verlor den Prozess, Viktor aber war trotzdem glücklich wie selten zuvor in seinem Leben. Kerstin und er zogen zusammen, trennten sich bald wieder, blieben einander in einer Art emotionaler Pattstellung für einige Monate fern, nur um ein zweites Mal zueinanderzufinden – diesmal dauerhaft. Ein weiteres Jahr später heirateten sie. Gemeinsam kauften sie das zweistöckige, alte Haus etwas abseits der Freilassinger Zollhäuslstraße, direkt am Fluss, mit schönem Blick auf die österreichische Seite und auf jene Stelle, wo sich einst eine Brücke befunden hatte, die im Krieg zerstört und nie mehr wiederaufgebaut worden war. Bei genauem Hinschauen war das längst mit Gestrüpp überwachsene Fundament immer noch zu sehen. Zweifellos gab es Häuser in der Stadt, deren Lage vorteilhafter war, doch Viktor hatte dieses Haus schon ins Herz geschlossen, als er an einem sonnigen Frühlingstag des Jahres 1996 das erste Mal mit der Bahn von Salzburg nach Freilassing gefahren war. Es war damals seine erste Fahrt nach Deutschland, und es war das erste Haus, das er in jenem Land erblickte, das seine Mutter niemals betreten wollte. Das Haus strahlte Freundlichkeit aus, es schien, als wollte es ihm sagen, dass er die richtige Entscheidung getroffen hatte, als er das Job-Angebot eines ehemaligen Studienkollegen angenommen hatte und nach Oberbayern gezogen war, und als das Haus einige Jahre später zum Verkauf angeboten wurde, nutzte er die Gelegenheit.

Viktor entleerte Kerstins Aschenbecher und ging hinaus auf den Balkon. In der Nacht erinnerte der Fluss an eine dunkle Schlucht, die ihm zu Füßen lag. Schwarz kratzte der regenschwere Himmel am Dach des Hauses, und plötzlich kam es

Viktor vor, als hätte die Welt ihr Innerstes nach außen gekehrt und stehe kopf, und der Fluss über ihm würde demnächst niederbrechen und ihn hinauf in den Himmel spülen – zu den Vögeln, die unter seinen Füßen flogen, und zum Mond, der in dieser Nacht unsichtbar blieb. In den Häusern auf österreichischer Seite brannte kein Licht mehr. Ihre Konturen waren im Regen kaum auszumachen, die Fundamente der alten, im Mai 1945 gesprengten Brücke nicht mehr erkennbar, die Straßenlaternen am Ufer flimmerten so schwach, als wären es Öllampen. Die Eisenbahnbrücke war in völlige Dunkelheit gehüllt, sodass die einsame Diesellok, die gerade die Grenze Richtung Freilassing überquerte, den Eindruck eines langsam dahingleitenden Luftschiffs machte. Nur die neue, nach dem Krieg entstandene und danach mehrfach erneuerte Straßenbrücke einen halben Kilometer stromabwärts war beleuchtet, genauso wie, wenn auch erheblich schwächer, die auf einem kleinen Kraftwerk liegende schmale Fußgänger- und Radbrücke, auf der auch jetzt, mitten in der Nacht, die Flüchtlingsgruppen ins Gelobte Land übersetzten, von einem bewachten Camp zum nächsten, doch stets unbegleitet, um die Fiktion aufrechtzuerhalten, sie seien vom Himmel gefallen oder aus der Unterwelt des Orients an das Ufer des bayerischen Ellis Island gespült worden. Wenn Viktor genau hinschaute, konnte er die Silhouetten der Menschen erkennen. Eine Gruppe wechselte gerade die Seite, und Viktor bedauerte den Kollegen, der jetzt, mitten in der Nacht, bei diesem Wetter am Auslass arbeiten musste. Bewundernswert, dass Raschid sich für eine Dreifachschicht bis zum Morgen angemeldet hatte. Wo war er jetzt wohl? Am Gitterzaun? Im Zelt? In der Tiefgarage? Im alten Zollamtsgebäude? Sollte er ihm eine SMS schicken und alles Gute wünschen? Seltsam, dass er nach diesem Abend ausgerechnet an Raschid denken musste. Viktor versuchte die Gedanken an seinen Kollegen im Camp und an den ganzen Grenzeinsatz wegzuschieben – ohne Erfolg. Eine kurze SMS: *Viel Glück für die Nacht!* oder *Bleib tapfer!* oder etwas in dieser Art sollte er wohl schreiben. Doch bevor er nach seinem Handy greifen konnte, spürte er Kerstins Hände auf seinen Schultern, dann auf seiner Brust, und als er sich umdrehte, waren ihre Lippen auf den seinen, und sie zog ihn aus dem Regen und der Kälte zurück ins Haus.

11

»Ich habe nur ein einziges Mal mit ihr geschlafen«, erzählte Viktor, während er Kerstin umarmte. Anastasia kratzte draußen an der Tür und miaute empört, aber es gab Zeiten, in denen das Schlafzimmer für sie tabu war. Das wollte sie auch diesmal nicht einsehen, protestierte lautstark, verstummte und wartete lauernd, um Augenblicke später, kaum dass sie Kerstins und Viktors Stimmen hörte, von neuem mit ihrem Lamento zu beginnen.

»Danach habe ich sie nur noch zweimal getroffen.«

»Warum?«, fragte Kerstin.

»Einmal gingen wir tatsächlich in eines jener Gasthäuser an der Alten Donau, die sie so mochte. Sie freute sich sehr darüber, die vielen Gelsen ebenfalls.«

»Du meist Mücken, nicht wahr?«

»Nimm diesen Insekten bitte nicht ihre regionale Identität!«

»Sie stechen auch ohne Identität.« Viktor streichelte Kerstins Oberschenkel und Pobacken und dachte plötzlich, dass sie so völlig anders aussah als Gudrun, dass sie weder früher noch jetzt so schön war wie Gudrun, dass sie für ihn aber trotzdem stets begehrenswerter bleiben würde als alle anderen Frauen in seinem Leben. Groß war sie, blond und knochig, ein wenig maskulin wirkte sie mit ihren schmalen Hüften, ihrem imposanten Oberkörper und breiten Gesicht. Sie hatte eine helle Stimme, aber eine schnoddrige Aussprache, verschluckte Wortenden und Silben und begann, wenn sie aufgeregt war, ihre Sätze mit den Worten »Mensch!« oder »Mann!«. Ein Freund aus Wien hatte Viktor erklärt, Kerstin sei in ihrer ganzen Art so deutsch, wie man nur deutsch sein konnte. Preußisch, hatte er hinzugefügt und ließ sich von dieser Zuschreibung auch dann nicht abbringen, als ihm Viktor erklärte, sie komme aus Württemberg.

»Du kennst die Wiener Gelsen nicht«, sagte Viktor. »Sie sind wie die Menschen dieser Stadt.«

»Wie denn?«

»Hinterfotzig.«

»So tief stechen sie nicht«, meinte Kerstin und klang dabei ernster, als es gemeint war.

»Nach den koordinierten Angriffen Tausender Gelsen war an Sex nicht mehr zu denken. Es vergingen ein paar Tage, bis ich Gudrun wiedertraf. Ich lud sie in ein Konzert ein: Schostakowitschs fünfte Sinfonie.«

»Was? Wie irre warst du denn?« Kerstin schob Viktors Hand weg, richtete sich auf und trocknete ihren Unterleib mit einem Handtuch ab, das sie vorsorglich auf die Kommode neben dem Bett gelegt hatte. »Mensch, mit so einem Mädel gehst du in ein Konzert, und dann ausgerechnet in Schostakowitschs fünfte Sinfonie?! Wenn's wenigstens die zehnte gewesen wäre.«

»Egal, sie hätte den Unterschied nicht gehört.«

»Ja, dann wozu …?«

»Frau Schnürpel war in der Nacht davor gestorben.«

»Und?«

»Sie spielten gerade Schostakowitsch im Konzerthaus. Fünfte Sinfonie. Ich musste hingehen. War für mich eine Form des Abschieds, jedenfalls bildete ich mir das ein.«

»Was hatte das mit Gudrun zu tun?«

»Vielleicht wollte ich ihr imponieren. Oder sie erziehen.«

»Auf dein Niveau heraufheben?«

»Ja, so ähnlich.«

»Sowas geht nie gut.«

»Frau Schnürpel war mir besonders ans Herz gewachsen. Ich hatte ihr stundenlang zugehört, wenn sie vom Krieg und der Flucht aus dem Sudetenland erzählt hat. Ihre Eltern sind im Sommer 1945 auf dem Marsch von Brünn nach Niederösterreich umgekommen. Sie hat sich jedes Mal bedankt und meine Hand gehalten und nicht losgelassen. Niemand hatte ihr bis dahin so geduldig zugehört, hat sie gemeint.«

»Wahrscheinlich, weil sie es bis dahin niemandem so ausführlich erzählt hatte.«

»Ja, wahrscheinlich. Es war gerade die Zeit, als die alten Leute angefangen hatten zu reden.«

»Und du hast ihr natürlich nichts von deiner eigenen Lebensgeschichte oder der deiner Familie erzählt.«

»Damals? Natürlich nicht. Ich war neunzehn. Die anderen Zivis und ich haben Rollstuhlwettrennen im Innenhof veranstaltet. Die alten Leute saßen im Rollstuhl, wir schoben sie um die Wette – vom Wohnheim bis zum Eingang zur Geriatrie und retour.«

»Das habt ihr lustig gefunden?«

»Sicher. Die alten Leute übrigens auch, oder zumindest taten sie so, als fänden sie es lustig. Wir Zivis waren jung. Einer war siebenundzwanzig und kam mir uralt vor. Wir hatten Spaß, obwohl wir ständig mit Krankheit und Tod konfrontiert waren. Wir haben sogar Theater gespielt – Rollenspiele unter Anleitung eines echten Theaterregisseurs, der gleichzeitig Therapeut war. Ich war immer der Vater, die alten Leute und die Ergotherapeutin Gabi waren meine Kinder.«

»Wie passend.«

»Sie meinten, ich sei ein sehr bürgerlicher Vater, ich hätte eine viel zu gepflegte Sprache. Außerdem sei ich zu freundlich. Kinder brauchen Disziplin. Die meisten dieser alten Leute kamen aus der Unterschicht, hatten ihr Leben lang in Fabriken gearbeitet. Frau Kratochwil ist in den dreißiger Jahren zu Fuß von Eßling nach Favoriten in die Textilfabrik gegangen und abends wieder zurück, jeweils zweieinhalb Stunden – um das Geld für die Straßenbahn zu sparen.«

»Dann passt ja Gudrun gut in diese Lebensphase von dir«, meinte Kerstin.

»Während des gesamten Konzerts hat sie mit dem Schlaf gekämpft. Sie hat mehrmals gegähnt und ein paarmal auf die Uhr geschaut. Dabei hatte sie so wunderschöne, elegante schwarze Lackschuhe an. Stöckelschuhe. Und wie sie sich zu bewegen und wie sie zu sitzen verstand, wenn sie diese Schuhe trug – unglaublich. Doch dann kam dieses vulgäre Gähnen.«

»Ich verstehe«, sagte Kerstin trocken. »Du musst mir nicht alles erzählen.« Sie nahm das Nachthemd, das – ebenfalls sorgfältig zusammengelegt – auf der Kommode lag, und zog es an.

»Nachher, schon draußen auf der Straße, hatten wir eine kurze, aber heftige Auseinandersetzung. Ich warf ihr vor, sie habe Schweinsohren.«

»Als ob du so viel von Musik verstehen würdest ...«

»Ich habe sie schließlich ausgelacht und gesagt, der *Musikantenstadl* im Fernsehen würde ihr sicher besser gefallen als ein Besuch im Konzerthaus. Ja, genau, hat sie geantwortet, der *Musikantenstadl* ist mir lieber! Darauf ich: Dann bleibst du eben für den Rest deines Lebens eine dieser typischen dummen Puten, die sich in der schäbigen Welt von versifften Provinzspelunken und besoffenen Halbanalphabeten zu Hause fühlen.«

»Das hast du ihr wirklich gesagt?«

»Ja, habe ich, so oder so ähnlich. Leider. Ich bin nicht stolz darauf, das kannst du mir glauben. Sofort, nachdem ich es gesagt hatte, habe ich es bereut. Aber sie lief weinend davon, und ich bin ihr nicht nachgegangen.«

»Mensch, was warst du nur für ein Schnösel!«

»Ich war unsicher, und ich war gekränkt. Ich war so stolz darauf, dass ich Gudrun in einen so schönen Saal führen und ihr etwas ganz Neues und Besonderes schenken konnte. Ich wollte ein bisschen damit prahlen, was ich alles weiß, wie kultiviert ich bin, und ich war stolz darauf, dass ich mir mit dem Geld, das ich als Zivildiener verdiente, endlich einen richtig schönen, modischen Anzug leisten konnte und nicht die abscheuliche Massenware tragen musste, die mir meine Mutter immer kaufte. Übrigens mochte ich klassische Musik nicht einmal, sondern hörte am liebsten Popmusik auf Ö3, aber eine Freundin meiner Mutter hatte mir Karten für das Konzerthaus geschenkt, und so bin ich hingegangen, weil ich geglaubt habe, das gehöre sich für einen gebildeten Menschen, der etwas auf sich hält. Nebenbei hatte ich Gudrun vor Beginn des Konzerts erzählt, dass ich mit Auszeichnung maturiert hatte, und tat dabei so cool, als sei dies das Selbstverständlichste auf der Welt. In Wirklichkeit aber wollte ich ihr sagen, dass ich kein typisches Gastarbeiterkind war und mehr erreicht hatte als die meisten anderen, deren Mütter, so wie meine eigene, ohne ein Wort Deutsch zu können nach Österreich gekommen waren, um hier als Putzfrauen oder Supermarktkassiererinnen zu arbeiten. Ich wollte ...«

»Sie aber hat das alles nicht verstanden und nicht zu würdigen gewusst«, unterbrach ihn Kerstin. »Nein, du warst kein Schnösel, sondern ein armes Kind.«

»Beides. Glaubst du, mir war damals bewusst, was ich treibe?«

»Ihr habt euch also gestern das erste Mal wiedergesehen?«

»Am Tag nach dem Konzertbesuch habe ich versucht, sie anzurufen, wollte mich entschuldigen, aber sie ging nicht ans Telefon. Damals hatten wir natürlich noch keine Handys. Ich musste im Internat anrufen und mich von der Schwester, die gerade Telefondienst hatte, in die dritte Etage hinauf verbinden lassen. Das habe ich zweimal versucht, und beide Male ist nicht Gudrun, sondern ein anderes Mädchen an den Apparat gegangen und hat mir mit hörbarer Schadenfreude erklärt, Gudrun wolle nicht mit mir reden. Danach habe ich nie mehr angerufen.«

»Ich glaube, wir können Anastasia jetzt ins Zimmer lassen«, sagte Kerstin.

Sosehr sich Viktor auch bemühte, er konnte sich an eine von Gudruns SMS nicht mehr erinnern, und doch war es gerade diese, ganz bestimmte SMS, die ihm den ganzen Nachmittag nicht aus dem Kopf gegangen war. Wie hatte er diese Sätze nur vergessen können? Er lag auf dem Rücken und starrte in die Dunkelheit. Kerstin war längst eingeschlafen, ihr linker Arm lag auf seiner Brust, ihr Kopf ruhte auf seinem Kissen, und ihr Gesicht war so nahe an seinem Ohr, dass er ihren Atem fühlen konnte. Anastasia war unter die Bettdecke gekrochen, Viktors Zehen berührten ihr Fell, und er spürte, wie sich ihre Schwanzspitze langsam hin und her bewegte. Es war still, still und friedlich wie in unzähligen Nächten davor, man hörte nur den Regen, der das Ticken der Uhr an der Wand übertönte. Um halb sieben würde Kerstins Wecker läuten. Sie würde mit dem Auto nach Traunstein fahren und erst im Büro beim Durchsehen der Akten oder dem Lesen der neuen E-Mails frühstücken. Er selbst musste um Viertel nach sieben aus dem Haus. In seiner Jugend hätte er viertel acht gesagt, doch hier verstand das niemand. »Viertel acht«, flüsterte er und schloss zum wiederholten Male die Augen, doch er konnte nicht einschlafen. »Viertel acht«, wiederholte er, ganz leise, um Kerstin nicht zu wecken, aber deutlich genug, um das eigene Flüstern hören zu können. »Tschétwertj wasjmówa.« Viertel acht war die Welt, aus der er kam, Viertel nach sieben war wie eine Perchtenmaske.

Viktor schob vorsichtig die Decke beiseite, stand auf, ging auf Zehenspitzen aus dem Zimmer und dann die Treppe hinunter in den Salon, wo sein Handy lag, fand Gudruns SMS, las sie, las sie ein weiteres Mal: *Alles, was geschieht, geschieht mit Recht. Es ist nichts umsonst.*

12

Viktor hatte Spielsachen und Schokolade gekauft, Papier und Stifte und einige Bilderbücher – einen Plüschhasen hatte er besorgt, Legosteine, Wackelköpfchen, *Star-Wars*-Figuren aus Plastik, eine Barbiepuppe, ein blaues Pony mit rosafarbener Mähne, eine *Hello-Kitty*-Mütze. Das Dreirad, das jemand ins Zelt mitgebracht hatte, als das Camp Ende September errichtet worden war, musste bald ersetzt werden. Darum würde sich Viktor das nächste Mal kümmern. Tausende Kleinkinder waren schon darauf gesessen, und nun drohte es, in sich zusammenzubrechen.

Als Viktor an diesem Samstag ins Camp kam, erfuhr er, dass sich bald einiges ändern würde. Die deutsche Bundespolizei werde die Flüchtlinge direkt aus dem Salzburger *Camp Grenze* mit Bussen abholen und ins *Camp ehemaliges Möbelhaus* nach Freilassing bringen. Nach wochenlangen Diskussionen hatten sich die politisch Verantwortlichen auf diese Regelung geeinigt. Kein Warten im Zelt mehr. Keine Familien mit Kleinkindern, die bei jedem Wetter, bei jeder Temperatur und zu jeder Tages- und Nachtzeit zu Fuß über die Grenze gehen mussten. Kein Bodycheck und kein Warten im Polizeicamp auf der deutschen Seite des Flusses. Die Übergabe an die deutsche Bundespolizei werde im ehemaligen Zollamtsgebäude auf österreichischer Seite erfolgen. Für vierzehn Uhr war ein Probelauf des neuen Systems angesetzt. Deshalb wurde mittags der »normale Betrieb« eingestellt.

Es war ein warmer, sonniger Dezembertag, eher herbstlich als winterlich. Die Flüchtlinge verließen die Tiefgarage, spielten Fußball oder schlenderten auf dem Areal zwischen Zollamtsgebäude, Toilettencontainern und Zelten herum. Kurz vor zwei würden die Bürgermeister von Salzburg und Freilassing ins Camp kommen und mit ihnen das Fernsehen, weitere Honoratioren und die gesamte für Transitflüchtlinge zuständige Bezirkseinsatzleitung. Eine feierliche Zeremonie sollte es werden, bei der sich alle gut fühlen und stolz verkünden würden, was sie für Menschen in Not geleistet und erreicht hatten.

Viktor und Angelika, eine agile, blonde Frau Mitte dreißig, kehrten den Asphaltboden im Zelt, schafften den Müll weg, stellten Bänke und Tische wieder gerade. Der Soldat vor dem Eingang wurde – trotz Pause – nicht abgelöst, durfte seinen Posten nicht verlassen und urinierte gleich neben dem Eingang zum Zelt. Er hieß Bernhard, gehörte einer Spezialeinheit an, die »immer dort eingesetzt wird, wo es brenzlig ist«, und hatte wenige Wochen zuvor in Spielfeld an der slowenischen Grenze seinen Dienst versehen. Er berichtete von Chaos, Schlägereien unter Flüchtlingen, von Menschenmassen, die durch den berühmten, durch Gitterzäune geschaffenen »Trichter« zur Grenze drängten, von Situationen, die kaum zu bewältigen waren, zeigte Fotos, die auf seinem Smartphone gespeichert waren. Ein Flüchtling habe einem anderen in vollem Lauf mit der Faust ins Gesicht geschlagen. »Ich genieße es sehr, hier zu sein«, sagte er. »Im Vergleich zu anderen Zwischenstationen auf der Balkanroute ist dies hier das Paradies.«

Eine halbe Stunde später saß Viktor neben dem rauchenden Raschid auf der Bank vor dem Auslasszelt. »Aber klar fährst du hin«, meinte Raschid. »Dein Kind ist dein Kind, egal, ob du siehst, wie es geboren wird, oder ob du es erst kennenlernst, wenn es Anfang zwanzig ist. Freu dich! Wenn du nicht hinfährst, bereust du es dein ganzes Leben lang. Was soll denn passieren? Rechtsradikale?« Er grinste. »Soll ich dir einen Schlagring schenken? Neonazis verstehen nur eine Sprache, die der Faust.«

In den letzten Tagen hatte Viktor mit einigen Freunden gesprochen, hatte ihnen ausführlich vom Treffen mit Gudrun erzählt, allerdings ohne jemals das wesentliche Detail zu erwähnen, dass er nicht der Vater des Mädchens sein konnte.

»Diese Gudrun nimmt dich aus wie eine Weihnachtsgans«, hatte Andreas erklärt. »Letztlich geht es immer nur ums Geld. Ich habe zwei Scheidungen hinter mir, ich weiß, wovon ich rede. Pass ja auf!«

»Bist du wahnsinnig!«, hatte sich Christine empört. »Ohne Vaterschaftstest würde ich nicht einmal mit der kleinen Zehe wackeln, geschweige denn, irgendwohin fahren. Diese Gudrun legt dich rein. Hundert Pro!«

»Wenn du dir so sehr ein Kind wünschst, dann mach doch der Kerstin eins«, hatte Gisela erklärt. »Noch ist es nicht zu spät. Ihr könntet auch ein Kind adoptieren. Aber hinter dieser obskuren Geschichte steckt irgendeine Gemeinheit. Das sagen mir sowohl mein Verstand als auch mein Bauchgefühl.«

Peter hatte verkündet: »Ich vermute irgendeine Verschwörung, vielleicht sogar etwas Obszönes. Oder etwas Politisches. Oder beides. Rechtsradikale. Gerissene Präservative. Geriatrie. Eine rosarote Geschichte mit braunen Tupfen. Plötzlich taucht eine flüchtige Affäre von vor einem Vierteljahrhundert in deinem Leben auf, begleitet von einem dubiosen Freund, bestellt dich in ein Kaffeehaus. Du gehst hin und lässt dich bequatschen. Sag mal, hast du sie noch alle? Kerstin ist doch Rechtsanwältin. Wie ist eigentlich die rechtliche Seite des Ganzen?«

Und Jens hatte nur gemeint: »Vielleicht will diese Gudrun einfach wieder mit dir vögeln.« Aber auf Jens' Meinung hatte Viktor nie besonders großen Wert gelegt. Dies war der Freund, mit dem er Berg- und Radtouren machte und mit dem es sich sehr gut gemeinsam schweigen ließ.

Von Viktors Freunden gab es keinen einzigen, der die Situation nicht als bedrohlich, absurd und negativ eingeschätzt hätte, und alle hatten Viktor den Rat gegeben, auf der Hut zu sein. Raschid war der Einzige, der ein strahlendes Lächeln aufsetzte und meinte, Viktor solle sich freuen.

»Ich kenne übrigens jemanden, der wieder jemanden kennt, der einen Verwandten in Gigricht hat«, erzählte Raschid. »Auch ein Ägypter. An den kannst du dich wenden, wenn du Hilfe brauchst. Das kann ich organisieren. Es gibt kaum einen Ort in Deutschland, an dem nicht jemand lebt, der irgendwen kennt, der wieder jemanden kennt … Na ja, du verstehst, was ich meine.«

»Danke«, sagte Viktor und beschloss, das Camp für eine Stunde zu verlassen, einen Spaziergang zu machen oder seine Schicht ganz ausfallen zu lassen, nachdem kein Auslass aus dem Zelt mehr geplant war, und an diesem Tag offenbar ohnehin nur wenige Flüchtlinge unterwegs waren. Als er schon zum Aufbruch bereit war, bat ihn Bernhard, der Soldat, ihm eine Packung Zigaretten und eine Wurst- oder Käsesemmel zu kaufen. Er selbst würde noch mehrere Stunden auf seinem Posten ausharren müssen.

Auf der anderen Seite der Münchener Bundesstraße, dem Camp schräg gegenüber, stand eine eingeschoßige Betonkonstruktion, in der sich eine Tabak Trafik und ein kleiner Imbissladen befanden, dem ein winziger Gastgarten angeschlossen war. Viktor kaufte zwei Packungen Zigaretten, eine Wurst- und eine Käsesemmel und bestellte für sich selbst einen Cappuccino. Es war warm genug, um draußen zu sitzen, so dass er auf einem der alten, rostigen Klappstühle im Gastgarten Platz nahm.

Die Münchner Bundesstraße mündete nur hundert Meter rechts vom Imbissladen in die Brücke über die Saalach. Genau auf der Mitte der Brücke hatten die deutschen Behörden zweieinhalb Monate zuvor einen Container aufgestellt, eine improvisierte Grenzstation. Nun kontrollierten Bundespolizisten alle Fahrzeuge, die nach Deutschland einreisten, während jene, die in die Gegenrichtung, von Deutschland nach Österreich, unterwegs waren, ungehindert weiterfahren durften. Viktor erinnerte sich an das Chaos, das hier im September geherrscht hatte, als es noch keine Camps gab, aber Tausende Menschen vom Salzburger Hauptbahnhof zu Fuß zur Grenze gegangen waren, um sich stundenlang, manchmal auch einen ganzen Tag und eine Nacht lang auf der Brücke und der Münchner Bundesstraße anzustellen, zu kampieren und zu warten, auszuharren, bis sie endlich an der Reihe waren, nach Deutschland gelassen zu werden. Die Bundespolizei hatte die Brücke abgeriegelt und ließ nur zwanzig Asylwerber pro Stunde passieren. Noch bevor die österreichische Polizei und das Bundesheer reagiert hatten, waren freiwillige Helfer, die sich über die sozialen Netzwerke organisiert hatten, vor Ort gewesen. Sie zogen Warnwesten an, verteilten Wasser, Lebensmittel und Kleidung und begannen, etwas Ordnung ins Chaos zu bringen. Ein älterer Herr aus Oberbayern hatte die Idee, allen mit Filzstift eine Nummer auf den rechten Unterarm zu schreiben. Das gab ihnen, vor allem Frauen und Kindern, die Möglichkeit, auszutreten, um unter der Brücke oder im Gebüsch ihre Notdurft zu verrichten, ohne dabei ihren Platz in der Warteschlange zu verlieren. Bis dahin hatte das Recht des Stärkeren geherrscht. Junge Männer hatten sich vorgedrängt, Kinder waren Gefahr gelaufen, erdrückt zu werden.

Es dauerte einige Zeit, bis die Polizei am Ort des Geschehens eintraf. Später kam das Militär und übernahm die Kontrolle. Es sollten mehrere Tage vergehen, bevor die Camps in der »alten Asfinag«, einer ehemaligen Autobahnmeisterei, sowie jenes direkt an der Grenze, in dem Viktor seinen Hilfsdienst versah, entstanden. Auf die mit Filzstift auf die Unterarme geschriebenen Nummern gab es einige empörte Kommentare und kritische Berichte in den Medien. Eine solche Vorgehensweise sei aus »historischen Gründen« bedenklich, hieß es. Bald wurden die Nummern durch bunte Papierstreifen – Bänder – ersetzt.

Viktor erinnerte sich an die Kleinkinder ohne Schuhe und Socken, denen er Ende September vor dem Salzburger Hauptbahnhof begegnet war, an Menschen mit Kriegsverletzungen, an schwangere Frauen, die Tausende Kilometer unterwegs gewesen waren. Wie viel Glück er doch selbst gehabt hatte! Nach jeder Schicht dankte er dem Schicksal und gab sich selbst das Versprechen, ab sofort das Leben richtig zu genießen. Das war leichter gesagt als getan.

13

Viktors Leben hatte unter keinen guten Voraussetzungen begonnen. An seinen Vater erinnerte er sich kaum. Dieser starb an den Folgen eines Herzfehlers, der zu spät entdeckt worden war und in der Sowjetunion nicht behandelt werden konnte. Damals war Viktor drei Jahre alt.

Vater hatte nie vorgehabt, die Sowjetunion zu verlassen. Er stammte ursprünglich aus der podolischen Stadt Winnyzja, war zu Beginn des Krieges als Kind nach Krasnojarsk evakuiert worden und mit seinen Eltern nach dem Krieg nach Lemberg gekommen. Seine Großeltern waren von den Nazis ermordet worden. Er selbst behauptete, dass er seinem sowjetischen Heimatland das Überleben verdanke, und hatte nie vor, ihm den Rücken zu kehren. Diskriminierungen aufgrund seiner jüdischen Herkunft ertrug er, so erzählte man es Viktor später, mit Fassung. Der Antisemitismus gehörte zur Kultur dieses Landes, war seit Jahrhunderten präsent. Als Jude konnte man nur hoffen, dass die Verhältnisse von Generation zu Generation ein klein wenig besser wurden. Vaters größter Traum war es gewesen, mit seiner Familie irgendwann einmal nach Moskau umziehen zu dürfen.

Nach Vaters Tod spielte Viktors Mutter mit dem Gedanken, nach Israel oder in die USA auszuwandern, doch ihre jüngere Schwester Tatjana, die einige Jahre zuvor nach Israel emigriert war, hatte dem Land enttäuscht den Rücken gekehrt und war nach einigen Zwischenstationen in Wien hängen geblieben. Also beschloss Viktors Mutter, zu ihrer Schwester nach Wien zu ziehen, statt den vorgezeichneten Pfaden der meisten jüdischen Auswanderer zu folgen, die über Wien nach Israel oder in die große Wartehalle Ostia bei Rom und von dort in die USA, nach Kanada oder Australien führten.

Viktors Großmutter trug in nicht unwesentlichem Maße ebenfalls zu dieser Entscheidung bei. Für sie war Wien immer ein Sehnsuchtsort gewesen. Sie war vor dem Krieg in Galizien aufgewachsen, in einer Zeit, als die Erinnerung an das alte Österreich noch sehr präsent gewesen war. Alles, was nach dem Zusammenbruch der Monarchie geschehen war, hätte, so seine Großmutter, Schritt für Schritt ins Verderben geführt: Großmutters Jugend im antisemitischen Polen der Zwischenkriegszeit war von Demütigungen und einem sozialen Abstieg geprägt, der Sowjetterror ab 1939 stürzte die Familie ins Elend, zwei von ihren Brüdern wurden nach Ostsibirien deportiert und kamen im Lager um. Die Flucht vor den Nazis ins ferne Tscheljabinsk im Jahre 1941 war vom Tod begleitet, Großmutters erstes Kind verhungerte, ihre Schwester kam bei einem Bombenangriff ums Leben, die Ermordung sämtlicher Verwandter, die zurückgeblieben waren, darunter ihre Eltern, durch ukrainische Nationalisten und SS-Einsatztruppen, war ein Trauma, von dem sich Großmutter niemals erholen sollte. Die Rückkehr nach Lemberg im Jahre 1945, in eine Stadt, die ihre alten Einwohner und somit ihre Seele verloren hatte, war von Übergriffen gegen Juden begleitet. »Was? Es gibt euch noch?«, hieß es. »Wir dachten, die Deutschen hätten euch längst alle vertilgt.« In der neuen alten Heimat wurde Großmutter fortan stets wie eine Fremde behandelt. Man erlaubte ihr nicht einmal, ihre Herkunft zu verleugnen. Was ihr ohnehin ins Gesicht geschrieben war, stand nun schwarz auf weiß in ihren Papieren: *Nationalität – Jüdin*. Sie hatte jedoch längst den Glauben an Nationen oder Nationalitäten, an Weltanschauungen, Geisteshaltungen, Religionen oder an die Menschheit verloren. Vor dem Krieg hatte sie zwar nicht an Gott, aber zumindest noch an seine Gebote und Verbote geglaubt.

Viktors Großmutter hasste die Deutschen, sie hasste die

Polen, die Ukrainer und die Russen. Eigentlich hasste sie alle, aber sie hatte eine kindliche Begeisterung für Wien, eine Stadt, die sie selbst niemals gesehen hatte, sondern nur aus Erzählungen und von alten Fotografien kannte. In ihrem Zimmer hing ein Bild von Kaiser Franz Joseph an der Wand – mit buschigen Koteletten, rasiertem Kinn und strahlenden Augen. Niemand, auch nicht die Nachbarn, mit denen sie und ihre Familie eine Wohnung in der Lemberger Innenstadt teilen musste, wusste, ob dies als antisowjetische Propaganda oder als pure Dekoration gedeutet werden sollte. War es strafbar, ein solches Porträt an der Wand hängen zu haben, oder harmlos wie eine Daguerreotype von Edgar Allan Poe oder Abraham Lincoln, ein Bild von Puschkin, Cäsar oder Aristoteles? Doch in der Sowjetunion der Nachkriegszeit schien, nach allem, was in den Jahrzehnten davor geschehen war, Franz Joseph schon viel zu fern und zu fremd, als dass er Großmutter gefährlich werden konnte. Hätte sie das Bild des letzten Zaren an die Wand gehängt, wäre dies zweifellos ein Verhaftungsgrund gewesen.

Viktor erinnerte sich an die Taxifahrt zum Bahnhof, er wusste noch, wie sich Verwandte und Freunde von seiner Mutter, der Großmutter und ihm verabschiedeten, er erinnerte sich an die Zugfahrt im Schlafwagen, an die langen Kontrollen, das Filzen der Koffer, die peinlichen Fragen, an das stundenlange Warten im Grenzort Tschop und die Erleichterung der Passagiere, als die Schikanen der Grenzbeamten ein Ende hatten und der Zug in die Tschechoslowakei weiterfuhr, an die Euphorie, die ausbrach, als er mehrere Stunden später nach Österreich – in den Westen, in die Freiheit – rollte, und die Enttäuschung, die er als Fünfjähriger empfand, als der Zug schließlich in Wien ankam, am Südbahnhof, einem tristen Betonklotz aus der Nachkriegszeit. Großmutter hatte von einem Bahnhof voller Glanz berichtet, einem strahlenden Palast, der ihre Eltern bei ihrem Wienbesuch vor dem Ersten Weltkrieg so beeindruckt hatte. Doch dieser Bahnhof existierte längst nicht mehr.

Noch enttäuschender waren die ersten Tage in der neuen Stadt. Die »schöne Wohnung«, von der Viktors Tante in ihren Briefen berichtet hatte, war eine feuchte Absteige in einem abbruchreifen Haus in Floridsdorf, einem Bezirk, an den Großmutter sicher nicht dachte, wenn sie von Wien schwärmte. Tante Tatjanas Freund, ein Österreicher, den sie in ihren Briefen als »Unternehmer« bezeichnet hatte, war der Pächter eines Gasthauses am Floridsdorfer Spitz, ein Mensch, den man nicht unbedingt freundlich und kultiviert nennen konnte. Das Einzige, was Viktor von ihm in Erinnerung blieb, war sein grauhaariger Pudel namens »Faust« und der Satz »Die jüdischen Russen sind mir die liebsten Russen«. Die Tante machte Schluss mit ihm, nachdem er ihr eines Tages eine Ohrfeige verpasst hatte. In Tante Tatjanas Briefen, die Viktors Mutter der Großmutter und dem Sohn in Lemberg vorgelesen hatte, hatte alles anders geklungen, und auch wenn Viktor mit seinen fünf Jahren noch nicht alles verstehen konnte, so erkannte er nun trotzdem rasch, dass die Realität mit dem Inhalt der Briefe nur wenig gemein hatte.

Für Viktor, seine Mutter und Großmutter erwies sich das Leben in Wien als Abfolge von Umzügen: aus Unterkünften für Migranten in gemietete Zimmer, aus gemieteten Zimmern in Substandardwohnungen. Die Behördengänge waren ein Spießrutenlauf, die Arbeitssuche frustrierend. Tatjana verließ Wien und kehrte nach Israel zurück. Die schwer enttäuschte Großmutter begleitete sie und starb Jahre später in einem Altersheim der Wüstenstadt Dimona, die ihr genauso verhasst war wie die Hitze, die Araber und natürlich auch die Juden, von denen es ihrer Meinung nach in diesem Staat zu viele auf einem Fleck gab.

Viktors Mutter blieb in Wien. Sie wollte ihrem Sohn das Leben in einer Krisenregion und den Dienst beim Militär ersparen. Die Lage in Israel, befand sie, sei insgesamt chaotisch, die Wirtschaft liege darnieder, die Bürokratie sei allmächtig, die Konflikte zwischen den einzelnen Bevölkerungsgruppen unlösbar, die Zukunftsaussichten trist. Viktors Mutter war keine überzeugte Zionistin und hatte ihre jüdische Herkunft stets als Bürde, als Ursache für Diskriminierungen und Demütigungen erlebt. Die blieben ihr allerdings auch in Wien nicht erspart. Ihren Beruf als Bauingenieurin konnte sie in Österreich nicht ausüben. Ihre guten Deutschkenntnisse, ihre ausgezeichneten Qualifikationen und einige Jahre Berufserfahrung spielten keine Rolle. Niemand wollte auf einer Baustelle eine Frau sehen, schon gar nicht in leitender Position. Schließlich fand seine Mutter Arbeit als Supermarktkassiererin. Dies sei für eine Ausländerin, eine Alleinerzieherin mit Kind, »angemessen«, hieß es. Im Alter von fünfzig Jahren heiratete sie einen russischen Juden, einen Kontingentflüchtling aus Uljanowsk, Witwer mit drei erwachsenen Kindern, und zog zu ihm nach Berlin.

Und Viktor? Viktor kam in die Schule, ohne ein Wort Deutsch zu sprechen. Er wurde gehänselt und gemobbt und schaffte es trotzdem. Als Zuwanderer und Jude müsse er besser als die anderen sein, hatte ihm seine Mutter eingebläut. Niemand sei ihm etwas schuldig. Wenn Einheimische scheitern, fallen sie auf den Boden, wenn er scheitere, würde er in einen Abgrund stürzen, den andere zuschaufeln. Viktor biss die Zähne zusammen. Es dauerte lange, bis er besser war als die anderen, aber er schaffte es ins Gymnasium und bis zur Matura, die er mit Auszeichnung bestand. Das Studium der Betriebswirtschaftslehre absolvierte er in der Mindestzeit und nahm das Angebot an, nach Oberbayern zu ziehen, weil ihn die Aufgabe reizte, an der Modernisierung eines Unternehmens, das ein Freund und ehemaliger Studienkollege kurz zuvor von seinem Vater übernommen hatte, mitzuwirken. Er schaffte auch das. Das Unternehmen hatte Erfolg, es expandierte, und selbst die Wirtschaftskrise konnte ihm nicht viel anhaben.

Seinen Freunden und Bekannten präsentierte Viktor ein gelungenes Leben. Manchmal erzählte er, ausführlich und launig, wie er als Schüler verprügelt und beschimpft wurde, wie manche Lehrer meinten, ein Ausländer gehöre nicht ins Gymnasium, oder wie er nachts im Winter mit einem Schlüssel in der Hand aus der Wohnung hinaus in den kalten Korridor gehen musste, um zur Toilette zu gelangen, die nicht nur er und seine Mutter, sondern auch zwei weitere Familien auf demselben Stockwerk benutzten.

Wenn er jetzt nach Wien kam, übernachtete er in Fünfsternehotels. Er liebte die Stadt und besuchte sie regelmäßig, aber er war jedes Mal froh, sie wieder zu verlassen. Wenn Kerstin und er in Urlaub fuhren, flogen sie erster Klasse nach Kalifornien, Brasilien oder Südafrika. Er genoss die weiten Reisen, verbrachte aber seine Freizeit noch lieber mit Radtouren und Bergwanderungen in der Region. Er hatte zwei Autos, fuhr aber lieber mit der Bahn. Weder beim Essen noch bei der Kleidung war er anspruchsvoll, tat aber manchmal so, als wäre er das. Er war angesehen, er wurde respektiert, er hatte einige Neider, aber kaum Feinde. Er bezeichnete sich als »linksliberal« – bei jemandem wie ihm überraschte das niemanden. Das Unternehmen, dessen Mitgesellschafter er seit einiger Zeit war, unterstützte lokale Sozial- und Kultureinrichtungen – das wurde erwartet, zu allen lokalen gesellschaftlichen und kulturellen »Events« wurde er eingeladen, das verstand sich von selbst, und es war keine zwei Jahre her, dass der Bayerische Rundfunk über »sein« Unternehmen, vor allem aber über ihn selbst, eine Sendung gemacht und ihn den Zuseherinnen und Zusehern als »Beispiel einer gelungenen Integration« präsentiert hatte. Sowohl auf österreichischer wie auch auf deutscher Seite besuchte er als »Integrationsbotschafter« Schulen der Region, um den Jugendlichen über seine Erlebnisse als Zuwanderer zu berichten und sich als positives Vorbild für Schüler mit Migrationshintergrund zu präsentieren. Manchmal hielt er Vorträge über den Krieg in der Ukraine. Er kritisierte beide Seiten, betonte aber stets, dass in erster Linie der russische Präsident Wladimir Putin und seine imperialistische Politik für die Katastrophe verantwortlich seien. Dafür wurde er sowohl von einigen Menschen, die sich als Linke, als auch von manchen, die sich als Rechte bezeichneten, scharf angegriffen. Doch das störte ihn nicht.

Ja, es ging ihm gut, und niemand wusste, dass ein Schatten auf seiner Seele lag, ein Schatten, der sich mit den Jahren ausbreitete und immer dunkler wurde. Einige von Viktors Freunden vermuteten das wohl, oder vielmehr hatte Viktor den Eindruck, dass sie es vermuteten, doch sprachen sie es niemals an. Er selbst aber hatte schon vor vielen Jahren geahnt, dass dieser Schatten einmal auftauchen würde, damals, als ihm, dem Dreizehnjährigen, der Arzt mit faltigem Gesicht und respekteinflößender Hornbrille plötzlich jovial und etwas zu heftig auf die Schulter klopfte, als er auf unnatürliche Weise laut und allzu schnell zu reden und ihn dabei auf einmal zu siezen begann und mit »Herr Levin« ansprach, was Viktor gleichermaßen verwirrte, wie es ihm peinlich war, so sehr, dass er all das, was ihm der Arzt über »Zeugungsfähigkeit« und »Unfruchtbarkeit« umständlich erklärte und mit tröstlichen Worten anzureichern versuchte, kaum mehr wahrnahm, weil die Peinlichkeit der Situation alles überlagerte, und weil er es unerträglich fand, dass auch seine Mutter im Zimmer war, dass sie weinte, ohne die Tränen aus dem Gesicht zu wischen, und abwechselnd seine Hand hielt und seinen Kopf streichelte.

14

Kurz nach dreizehn Uhr erfuhr Viktor, dass der »Probelauf« abgesagt worden war. Man würde die Flüchtlinge nicht mit Bussen im Camp auf österreichischer Seite abholen und direkt nach Deutschland bringen. Das alte System mit Auslass und Grenzübertritt zu Fuß werde fortgesetzt, teilten die beiden Koordinatoren des freiwilligen Hilfseinsatzes mit. Die deutsche Seite habe »kalte Füße bekommen«, hieß es. Flüchtlingen den Grenzübertritt zu erleichtern sei das falsche politische Signal. Deutsche Polizisten, besonders die Fahrer der Polizeibusse, hätten sich außerdem geweigert, ihren Dienst auf österreichischer Seite zu versehen; sie befürchteten, irgendwann später, wenn sich die politischen Verhältnisse in Deutschland ändern sollten, wegen Schlepperei angeklagt zu werden. *Merkel muss weg!*, lese man doch überall in den sozialen Netzwerken, höre es auf Demos, an Stammtischen und in manchen Chefetagen. Was passiert denn, wenn sie wirklich einmal weg ist? Wird dann die große Abrechnung kommen?

Um vierzehn Uhr sollte der Normalbetrieb wiederaufgenommen werden, doch schon davor war die Tiefgarage voll. Kurz vor zwei begannen Angelika, Raschid und Viktor das Zelt aufzufüllen. Abdallah, ein junger Dolmetscher, der aus Syrien stammte, und ein Soldat, der in der Tiefgarage seinen Dienst versah, stellten die Kleingruppen zusammen. Angelika und Viktor begleiteten sie aus der Garage hinauf und quer durch das Camp ins Zelt, wo Raschid wartete.

Ein Jugendlicher aus Somalia, der allein unterwegs war und

keinerlei Gepäck, nicht einmal einen Rucksack, bei sich hatte, stand verloren in der Tiefgarage herum und traute sich nicht, auf einer der Bänke Platz zu nehmen. Dem Soldaten tat er leid. Er wies ihm einen Sitzplatz zu. Kaum hatte sich der junge Mann hingesetzt, rückten die anderen Flüchtlinge von ihm weg. Sie schauten ihn nicht an, ignorierten ihn. Weder Syrer noch Afghanen wollten mit ihm etwas zu tun haben. Niemand von ihnen schenkte ihm auch nur ein Lächeln. Der junge Mann wirkte niedergeschlagen, verloren, schaute sich ängstlich um, sagte kein Wort. Er stand auf, ging zu einer anderen Bank, setzte sich zaghaft ganz an den Rand, versuchte sich so schmal wie möglich zu machen. Doch auch hier rückten die anderen von ihm ab, wandten ihm den Rücken zu. Wie alt war er? Höchstens sechzehn. Hätte Viktor Zeit gehabt, dann hätte er sich um ihn gekümmert, aber er hatte keine Zeit.

»Jens an Viktor, du kannst die nächste Gruppe schicken.« Der Bundespolizist verzichtete auf das einleitende »Deutschland an Österreich«. Nach zweieinhalb Monaten Auslass begann diese Floskel aus der Mode zu kommen.

Um sechzehn Uhr kam Angelika aus der Tiefgarage, lief Viktor entgegen und rief: »Das nächste kranke Kind!« Auf der Rampe stand eine Gruppe von Syrern oder Irakern – eine Menschentraube, die den Weg versperrte. Abdallah, der Dolmetscher, versuchte, den Leuten etwas zu erklären, doch sie hörten ihm nicht zu, sondern redeten aufgeregt und laut aufeinander ein. Es klang, als würden sie streiten.

Schon eine halbe Stunde zuvor war ein krankes Kleinkind mit seinen Eltern und seinem Bruder im Auslasszelt gesessen – Afghanen, von denen niemand etwas anderes als Dari sprach oder verstand. Eine Rotkreuzmitarbeiterin, die ihren Dienst im Camp versah, eine resolute Medizinstudentin Mitte zwanzig, die auf Viktor einen kompetenten Eindruck machte, hatte Jens, der diesmal persönlich auf die österreichische Seite herübergekommen war, erklärt, warum die Familie sofort die Grenze überqueren müsse. Das Kind habe hohes Fieber, und die Mutter sei »an der Kippe«, habe selbst schon erhöhte Temperatur. »Mach doch eine Ausnahme«, hatte sie den Bundespolizisten beschworen. »Die Familie möchte nach Deutschland. Wir haben erst hier an der Grenze bemerkt, dass der Kleine krank ist. Warum sollen wir ihn in ein österreichisches Krankenhaus bringen und der Familie später, wenn er wieder gesund ist, die gesamte Prozedur mit der Bebänderung und dem Auslass ein weiteres Mal zumuten? Das Ganze ist anstrengend genug, besonders für Kinder.«

Jens hatte protestiert, hatte erklärt, der Krankenwagen aus dem nächsten oberbayerischen Krankenhaus brauche eine gute Stunde für die Strecke zum deutschen Grenzcamp und zurück. Die Bundespolizei habe die strikte Anweisung, keine kranken Menschen über die Grenze zu lassen. Bald jedoch hatte Jens nachgegeben. Von Anfang an hatte Viktor den Eindruck gehabt, der Polizist habe nur pro forma widersprochen, um den Schein zu wahren. Die Familie hatte daraufhin als eigene Kleingruppe über die Brücke gehen dürfen.

Das winzige Behandlungszimmer der Krankenstation, die sich in der Tiefgarage rechts neben dem Ausgang zur Rampe befand, war keine zehn Quadratmeter groß. Ein längliches, schmales Fenster unter der Decke spendete ein wenig Licht. Zwischen einem Schrank mit Medikamenten und einem Bett war gerade genug Platz für einen Schreibtisch und einen Stuhl. Der Junge, höchstens zwei Jahre alt, lag auf dem Bett. Sein Blick war trübe, der Atem schwach, das Gesicht gerötet. Die Mutter, eine schöne, großgewachsene, noch sehr junge Frau mit feinen Gesichtszügen und zarten Gliedern, war hochschwanger. Sie stand neben dem Bett ihres Kindes, nickte, sagte hin und wieder etwas leise, mit trauriger Stimme, schicksalsergeben, während Abdallah auf sie einredete.

»Beide müssen sofort über die Grenze und dort in ein Krankenhaus«, erklärte die Mitarbeiterin vom Roten Kreuz. »Fast neununddreißig Grad Fieber. Wenn es weiter steigt, wird das Kind erbrechen, Durchfall bekommen, dehydrieren, und dann wird's lebensgefährlich. Akut wird das aber erst in ein paar Stunden. Und die Mutter ist ebenfalls schon beim Krankwerden.« Erst jetzt bemerkte Viktor, wie schwach und müde die junge Syrerin wirkte, und dass sie glänzende Augen hatte, die auf eine erhöhte Temperatur hinwiesen.

»Dann ziehen wir die beiden vor und geben sie gleich in die erste Gruppe«, meinte Viktor. »Wir müssen das Zelt sowieso rasch wieder auffüllen. Jens hat sich vor ein paar Minuten gemeldet und wollte, dass wir schon jetzt die erste Gruppe für diese Stunde losschicken.«

Mutter und Kind nahmen im winzigen Wartezimmer der Krankenstation auf der Bank Platz. Der Junge konnte sich nicht mehr aufrecht halten und wurde von der Mutter auf den Schoß genommen. »Worauf warten wir denn noch?«, fragte Viktor. In diesem Augenblick kam eine weitere junge Frau mit einem Kleinkind in den Raum. Die Rotkreuzmitarbeiterin schaute sie an, berührte zuerst ihre Stirn, dann jene des Kindes und rief: »Mein Gott, die sind ja ebenfalls krank!«

»Also vier Personen für die erste Gruppe«, erklärte Viktor. »Wir brauchen noch sechs weitere, Abdallah. Dann ist eine Zehnergruppe komplett. Ich führe sie hinauf ins Zelt und lasse sie sofort hinaus auf die Brücke.«

Die beiden Frauen machten sich bereit, holten ihre Rucksäcke und Taschen, nahmen ihre Kinder in die Arme, bewegten sich Richtung Ausgang.

Einige Minuten später herrschte Tumult in der Tiefgarage.

Die kranken Kinder gehörten einem syrischen Familienverband mit zweiundzwanzig Personen an, der nicht im ersten Sektor direkt vor dem Ausgang aus der Tiefgarage, sondern im zweiten Sektor, hinter der ersten Absperrung, wartete. Diese Menschen waren nicht mit dem Buchstaben K, sondern mit L bebändert, sollten also erst eine Stunde später ins Auslasszelt hinaufgelassen werden.

»Wir können nicht die gesamte Großfamilie vorziehen«, erklärte der Soldat. »Sonst machen die K-Leute einen Aufstand. Sie warten schon seit Stunden.« Der Soldat war ein Mann um die vierzig. Was vor sich ging, ließ ihn sichtlich nicht kalt. Er wirkte überfordert, verstört und geschockt von dem, was er hier erlebte. Der Zustand der Kinder berührte ihn besonders. »Ich habe selbst Kinder«, erzählte er. »Wenn ich sehe, wie manche hier mit ihren Kindern umgehen, wird mir angst und bange. Sie zerren an ihnen herum, tragen die Kleinkinder irgendwie: manchmal sogar mit dem Kopf nach unten.«

»Wir haben am späten Vormittag, kurz vor der Pause, ohnehin schon eine Gruppe mit Frauen und Kindern allen anderen vorgezogen und gleich hinübergeschickt«, erzählte Angelika. »Die Bundespolizei drüben hatte nämlich Schichtwechsel, und es waren neue Polizistinnen eingetroffen, die eingeschult werden sollten …«

»Ja, ich kenne das«, unterbrach sie Viktor.

»Wir können jedenfalls nicht wieder einen ganzen Familienverband, der hinten gesessen ist, vorlassen.«

»Dann gehen die Kranken jetzt und die restlichen achtzehn Familienmitglieder eine Stunde später über die Grenze«, meinte Viktor.

Abdallah mischte sich unter die Leute, wurde von Augenblick zu Augenblick aufgeregter, lauter, gestikulierte heftig. Die Menschen umringten ihn, redeten von allen Seiten auf ihn ein.

Ein feister Mann mit rundem Gesicht – offenbar der Anführer der Gruppe – stach besonders hervor. Schließlich drehte Abdallah den Kopf zu Viktor und seinen Kollegen und schrie wütend: »Sie wollen nicht!«

»Was?«

»Er lässt sie nicht gehen. Er sagt, entweder alle zusammen oder gar nicht. Die Frauen würden gerne mit den Kindern gleich über die Grenze gehen, aber er erlaubt es nicht.«

»Wer?«

»Der Vater.«

»Aber es treffen sich doch alle bald sowieso wieder im ehemaligen Möbelhaus in Freilassing! Alle kommen in dieses Camp, alle müssen durch dieses Camp, niemand entgeht diesem Camp. Sag ihnen das, Abdallah. Sie brauchen sich keine Sorgen zu machen. Sie werden nur kurz getrennt sein.«

Abdallah versuchte es noch einmal, redete sich in Rage, schrie die Leute an, hatte Schweiß auf der Stirn. Ohne Erfolg. Er war erst achtzehn Jahre alt. Zwei Jahre zuvor war er als unbegleiteter minderjähriger Flüchtling aus Syrien nach Österreich gekommen, hatte in kurzer Zeit Deutsch gelernt, war nun – erfolglos – auf der Suche nach einer Lehrstelle und verbrachte jeden Tag mehrere Stunden im Camp, das inzwischen sein zweites Zuhause geworden war. Er übernachtete sogar oft im alten Zollamtsgebäude oder hielt sich während der Nachtschichten mit Kaffee und Zigaretten wach. Viktor hatte den Eindruck, dass die anderen Helfer und Dolmetscher die einzigen Freunde waren, die dieser Jugendliche hatte. Seine Eltern waren noch in Syrien, ein Teil der Familie umgekommen, ein anderer auf dem Weg nach Europa.

»Sag ihnen, das Kind wird sterben, sag ihnen das, Abdallah«, rief die junge Frau vom Roten Kreuz aufgeregt. »Sag, die Sache ist akut! Sag ihnen …«

»Jaja, ich sag ihnen alles!«, schrie Abdallah nervös, ohne sie anzuschauen. »Ich tu, was ich kann! Ich mach doch alles!«

Wieder redete Abdallah schnell und laut auf den Mann mit dem runden Gesicht ein. Dieser antwortete ruhig, einsilbig, grinste, musterte den Jugendlichen verächtlich von oben nach unten, zuckte die Schultern. Die anderen Männer der Sippe nickten, flochten die eine oder andere Phrase ein, während sich die Frauen im Hintergrund hielten.

»Er sagt, dann soll das Kind eben sterben, er habe ja noch andere Kinder«, erklärte Abdallah und wandte sich ab.

Angelika, Abdallah, Viktor, die Frau vom Roten Kreuz standen einige Augenblicke stumm da – schockiert, erschüttert.

»Do you speak English?«, fragte Viktor den Patriarchen, nachdem er seine Schockstarre überwunden hatte. Dieser schüttelte den Kopf. »Does anyone speak English? English! English? No? Français?« Die Frauen erröteten, senkten die Blicke oder schauten weg. Die Männer grinsten Viktor ins Gesicht, respektlos, höhnisch. Dann verschränkten sie die Arme und schwiegen. Später, vor dem Tor zur Brücke, würden ihm einige von ihnen vor die Füße spucken.

»Dann soll die ganze Familie noch eine Stunde warten«, sagte Viktor leise und fügte wütend hinzu: »Was können wir denn tun? Was?« Es war ihm elend zumute. Er hatte sich noch nie so ohnmächtig gefühlt.

Raschid kam hinzu, fragte, was los sei, warum nichts weitergehe, begann ebenfalls, auf die Wartenden einzureden, schimpfte. Abdallah und Viktor hielten ihn zurück. Es hatte keinen Sinn. Dann wurde das Zelt schnell mit den Flüchtlingen aufgefüllt, die mit dem Buchstaben K bebändert waren.

Hätten wir anders reagieren müssen?, fragte sich Viktor. Hätte man dem Patriarchen befehlen sollen, die Frauen und Kinder »freizugeben«? Hätte man den gesamten Familienverband vorlassen und dadurch einen Aufruhr riskieren sollen? Etwa zehn bis fünfzehn Soldaten versahen im Camp ihren Dienst, in der Tiefgarage warteten aber mehr als zweihundert Flüchtlinge darauf, ins Zelt hinaufgelassen zu werden. Viktor fragte sich, ob er und seine Kollegen das Richtige getan hatten. Kann man in einer solchen Situation überhaupt das Richtige tun? Was ist richtig? Wäre es besser gewesen, einen Krankenwagen zu rufen und den gesamten Clan zu einem längeren Aufenthalt in Österreich zu zwingen, wenn nötig sogar mit Gewalt? Es gab keine Antworten auf diese Fragen, genauso wenig wie darauf, warum der Patriarch in dieser Weise reagiert hatte. Hatte er Angst, dass seine Familie dauerhaft getrennt würde? Wollte er die Frauen stets unter seiner Kontrolle behalten? Vielleicht misstraute er jedem und witterte hinter allem nur Lüge, Gemeinheit, Respektlosigkeit und Verrat. Wollte er sich von einem jungen Burschen wie Abdallah nichts sagen lassen? Ging es um die Ehre? Oder war ihm das Leben des Kindes wirklich gleichgültig? Viktor hatte nicht die Zeit, mit jemandem darüber zu sprechen oder länger nachzudenken, wie es ihm selbst ging und was er empfand. Diese Gedanken würden erst zu Hause kommen, in der schlaflosen Nacht, die ihm bevorsteht.

»Jens an Viktor, bitte kommen.«

»Ja, die Gruppe ist gleich unterwegs, Jens.«

»Alles in Ordnung bei euch drüben? Du klingst gestresst.«

»Der ganz normale Wahnsinn wie jeden Tag. Alles in Ordnung«, sagte Viktor und wunderte sich, wie gut es ihm gelang, seiner Stimme eine sorglose und fröhliche Note zu verleihen.

Eine Stunde später saß die syrische Großfamilie im Auslasszelt. Die beiden Frauen waren blass, ihre Gesichter wirkten unnatürlich schmal. Sie konnten sich kaum aufrecht halten, umklammerten ihre kranken Kinder mit letzter Kraft. Angelika fürchtete, eine der Frauen oder gleich beide würden demnächst ohnmächtig werden. Der feiste Patriarch jedoch war sichtlich gut gelaunt. Er plauderte, scherzte und lachte mit den anderen Männern, machte einen gelösten, beinahe jovialen Eindruck, bat Viktor um ein Glas Wasser oder einen Saft, fragte, wie es auf der deutschen Seite des Flusses weitergehen werde, sprach auf einmal sehr gut Englisch, schaute sich neugierig um. Nur die kranken Frauen und Kinder würdigte er keines Blickes.

Es war dunkel geworden. Die Flutlichter wurden eingeschaltet, zerstörten mit ihrer gleißenden Härte das blasse, aber milde Zwielicht eines langsam verlöschenden, sonnigen Wintertages, machten die Welt hinter den Toren und Absperrungen düsterer und die Zäune höher. In der Tiefgarage warteten nur mehr dreiundvierzig Flüchtlinge auf den Grenzübertritt ins Gelobte Land. Die Ankunft weiterer Busse war für die nächsten Stunden nicht angesagt worden. Viktors Schicht war bald zu Ende. Doch dieser Tag würde für ihn andauern. Immerfort.

15

Das Schiff wusste nicht, wohin es unterwegs war, ja, es wusste nicht einmal, ob es sich in eine bestimmte Richtung fortbewegte, ob es stillstand oder vom Wind und der Strömung hin und her getrieben wurde. Der Steuermann war über Bord gegangen, das Ufer war nicht mehr in Sicht, schmutzig gelbe und graue Wolken verdüsterten den Himmel, sodass man weder Sonne noch Sterne, noch den Mond sehen konnte. Möwen kreisten ängstlich schreiend um das Schiff, dessen Masten sich im aufziehenden Sturm zu biegen begannen, doch war ihr Schreien vielleicht kein Ausdruck der Angst, sondern nur Hohn und Spott. Das Kind war das Schiff. Es hob die Arme wie zwei Masten in die Höhe und wippte den Oberkörper vor und zurück, bis es mit dem Kopf gegen die Tischkante schlug. Das Kind saß in seiner Höhle – der winzig kleinen freien Fläche auf dem Boden zwischen seinem Bett, dem Stuhl und dem Tisch, auf dem seine Bücher und Hefte, Papier und Bleistifte lagen, und wenn es die Knie bis zum Kinn hinaufzog und die Augen schloss, drohte das Schiff auf die Seite zu kippen, und wenn es tief Luft holte, anhielt und rasch wieder ausatmete, so schnell, dass ihm schwindlig wurde, konnte es die Wolken auseinandertreiben, hinter den Horizont blasen und das Schiff bei strahlendem Sonnenschein dorthin steuern, wo sich eine Insel mit einer mittelalterlichen Stadt, einem Hafen voller Segelschiffe und einer Burg befand.

Das Kind stand vom Boden auf, setzte sich auf den Stuhl, knipste die Tischlampe an und zeichnete das Schiff, die Insel und die Stadt, zeichnete sich selbst, die Matrosen, die Koffer seiner Mutter an Bord des Schiffes, zeichnete so lang, bis es alles vergessen hatte, bis es sich frei fühlte, endlich befreit von all den Ungeheuern.

In Wirklichkeit war das Kind noch nie auf einem Schiff gewesen und kannte das Meer nur aus dem Fernsehen, und sein Gesicht schmerzte, das rechte Ohr dröhnte nach dem Schlag des fremden Mannes in der Straßenbahn.

Zweimal hatte der kräftige Mann Viktor geschlagen. Das erste Mal, als dieser nicht sofort aufgestanden war, um seinen Platz für eine alte Frau frei zu machen, das zweite Mal, als er ihm Schimpfwörter nachgeworfen hatte, deren Bedeutung das Kind nur erahnen konnte. Die anderen Fahrgäste hatten weggeschaut, manche gelächelt, einige den Kopf geschüttelt. Jemand hatte gesagt, das Kind sei »schlecht erzogen«, und als Viktor an der nächsten Haltestelle ausstieg, hörte er das Wort »schamlos« hinter seinem Rücken.

Um die halbe Welt war das Schiff gesegelt, ohne dass der Schmerz nachgelassen hätte.

Viktor ging nicht nach Hause, als seine Schicht zu Ende war, sondern fuhr in das *Camp alte Asfinag*, die ehemalige Autobahnmeisterei in Salzburg-Liefering, ein eingezäuntes Areal direkt neben der Autobahnauffahrt eineinhalb Kilometer von der Grenze entfernt. In der Einsatzzentrale, einem nüchternen, zweistöckigen Gebäude mit dem typischen Charme der sechziger Jahre des vorigen Jahrhunderts, holte er sich einen neuen Ausweis ab. Er war aus Kunststoff, im Kreditkartenformat, mit Foto, ID-Nummer und der Aufschrift *ARGE Transitflüchtlinge* und ersetzte den alten handgeschriebenen. Nach wie vor überprüfte niemand die Freiwilligen, doch die neuen Ausweise waren Pflicht.

Das Asfinag-Camp galt als Musterlager. Eine britische Organisation aus Manchester namens *Muslim Hands* hatte Helfer aus England geschickt, die täglich für Hunderte von Menschen Essen zubereiteten. Wochenlang hatten vier Sikhs für alle gekocht – in ihrer Freizeit und auf eigene Kosten. Einige Helferinnen kümmerten sich ausschließlich um Frauen und Kinder. Die Caritas hatte ein eigenes Gebäude, in dem Kleidung, Schuhe und Hygieneartikel verteilt wurden. *Train of Hope* hatte Duschcontainer aufgestellt. Zweimal in der Woche, jeweils nachmittags für ein paar Stunden, durften dort Flüchtlinge duschen. Wer am falschen Tag ankam, hatte Pech gehabt.

In ehemaligen Garagen, brüchigen Betonkonstruktionen, von denen einige wegen Einsturzgefahr inzwischen geschlossen worden waren, standen Feldbetten – dicht gereiht, mit beigefarbenen Laken überzogen. Die dünnen grauen Decken stammten aus Militärbeständen, die winzigen Kissen erinnerten aus der Ferne an längliche, weiße Kaugummis. Es gab große

Zelte, in denen ebenfalls Betten standen, wo die Transitflüchtlinge rasten konnten, bevor sie zur Grenze gebracht wurden, einen Speisesaal, mobile Toiletten, wie man sie auf Baustellen findet, die meisten davon verdreckt, Waschräume mit mehreren Wasserhähnen nebeneinander über einem langen Waschbecken aus Blech, eine Krankenstation des Roten Kreuzes, Absperrungen, Gitterzäune. Der Eingang zum Lager wurde von einer Militärstreife bewacht. Zutritt nur mit Helferausweis, Passierschein, nach Anmeldung oder mit der richtigen Bebänderung: Flüchtlinge, die in Österreich einen Asylantrag gestellt hatten und orangefarbene Bänder am rechten Unterarm trugen, konnten das Lager verlassen und wieder betreten. Transitflüchtlinge, bebändert mit der Farbe des Tages, durften nicht hinaus. Sie warteten auf den Weitertransport zur Grenze. Auf dem Schwarzmarkt wurden die orangefarbenen Bänder für hundert Euro das Stück gehandelt.

Im Bebänderungsraum – gleichzeitig Büro der Gruppe *Helferz*, für die Viktor tätig war, und Anlaufstelle für Flüchtlinge, die sich im Camp befanden – war wenig los. Wenn Busse ankamen, mussten die Menschen aussteigen und sich sofort zur Bebänderung anstellen. Erst danach wurden sie verpflegt oder konnten auf die Toilette gehen. Besonders für Kinder war es anstrengend, dass die Busse von der slowenischen zur deutschen Grenze durchfahren mussten – Essens-, Rauch- und Toilettenpausen waren nicht vorgesehen. Niemand sollte sich unregistriert aus dem Staub machen können, und je mehr Menschen weiter nach Deutschland fuhren, umso besser.

Manchmal standen die Helfer stundenlang und wickelten einem Flüchtling nach dem anderen die bunten, mit Buchstaben beschrifteten Papierbänder um den rechten Unterarm: um den Arm wickeln, Lasche abziehen, zukleben. Viktor selbst hatte diesen Dienst einige Male versehen. Das lag Wochen zurück. Er erinnerte sich an eine junge Helferin, die das erste Mal da gewesen war und jeden Flüchtling, den sie bebänderte, mit einem freundlichen »Welcome!« begrüßt hatte. Nach dem dritten Bus sagte sie kein Wort mehr.

An diesem Abend waren aber keine Busse mit Flüchtlingen aus Kärnten oder der Steiermark angekommen. Die Helfer hatten Zeit, und so erfuhr Viktor die neuesten Gerüchte. Österreichische Polizisten hätten vor einigen Tagen behauptet, die deutsche Bundespolizei habe bei einem Flüchtling im Grenzcamp eine Handgranate gefunden. Diese habe er aus dem Kriegsgebiet in Syrien bis nach Freilassing geschmuggelt. Deutsche Polizisten hätten dies vehement bestritten und erklärt, sie wüssten »ganz genau«, die Handgranate sei in Salzburg von der österreichischen Polizei sichergestellt und konfisziert worden, während der Flüchtling rasch nach Deutschland weitergeschickt worden sei.

Eine erst achtzehn Jahre alte, blonde und sehr hübsche Helferin erzählte, manche jungen Männer würden sie nicht respektieren, andere würden sie »anbaggern«. Immer wieder müsse sie sich wehren. Bei einigen habe sie den Eindruck, sie würden sie mit ihren Blicken ausziehen. Manche würden mit ihren Handys sogar Fotos von ihr machen. Sie habe ihren alten Ausweis, auf dem nur der Vorname stehe, behalten und trage nun diesen so, dass er den neuen Ausweis mit ihrem Familiennamen verdecke. Manche Flüchtlinge, denen sie im Camp begegnet war, hätten sich ihren Familiennamen notiert. Manche hatten begonnen, ihr auf Facebook Nachrichten zu schicken. Kürzlich habe sie versucht, für Ordnung zu sorgen, als sich Dutzende Menschen vor dem Eingang zur Essensausgabe drängten. Man habe sie jedoch einfach zur Seite geschoben.

Warum sie denn trotzdem so oft herkomme, wollte Viktor wissen.

Es seien ja nicht alle so, meinte die junge Frau. Vor allem die Frauen und Kinder täten ihr leid. Diese seien es auch, um die sie sich hier in der Asfinag in erster Linie kümmere.

Plötzlich drängten Menschen in den Raum – Kinder, die etwas zu trinken haben wollten, Männer, deren Bänder gerissen waren und die nun nach neuen verlangten, Familien, die mit verschiedenen Buchstaben bebändert worden waren und nun Angst hatten, getrennt zu werden. Ein Jugendlicher hatte all seine Dokumente zerrissen. Nun hatte er befunden, dies sei keine gute Idee gewesen, und bat darum, man möge ihm helfen, die Papierschnipsel der Grenzübertrittsbescheinigungen aus Griechenland, Mazedonien, Serbien, Kroatien und Slowenien, die er in einer Plastiktüte aufbewahrte, wieder zusammenzukleben. Jemand half ihm, breitete die Papierstücke auf dem Tisch aus, versuchte sie zuzuordnen. Auf einmal überlegte es sich der junge Mann wieder anders, sammelte das gesamte Papier ein und warf es in den Müllkübel.

Ein anderer Jugendlicher, ein Afghane, der einige Tage zuvor in Österreich um Asyl angesucht hatte, wollte nach Deutschland weiterreisen, weil er erfahren hatte, dass seine Eltern, von denen er auf dem Balkan getrennt worden war, in Deutschland seien. Der Farsi-Dolmetscher übersetzte. Was der Jugendliche erzählte, klang nicht sehr glaubwürdig. In welchem deutschen Camp seine Eltern seien? Er zuckte die Schultern und senkte den Blick. Wie er erfahren habe, dass sich die Eltern in Deutschland befinden, wollte Viktor wissen. Jemand habe ihm das erzählt. Wer? Keine Ahnung. Viktor schrieb den Namen des Jugendlichen und ein paar Zeilen auf ein Blatt Papier: *Ich bin sechzehn Jahre alt, meine Eltern sind schon in Deutschland, aber ich weiß nicht, wo. Bitte finden Sie meine Eltern. Ich möchte so rasch wie möglich zu ihnen.* Dieses Papier solle er der deutschen Bundespolizei geben, erklärte Viktor. Der Dolmetscher übersetzte, der Jugendliche nickte. Wahrscheinlich würden ihn die Deutschen trotzdem sofort nach Österreich zurückschicken.

Ein Iraker erzählte, wie er von Islamisten gefangen genommen und gefoltert wurde. Er zählte alle auf, die in seiner Familie ermordet worden waren. Als gerade keine Frauen im Raum waren, ließ er seine Hose runter und zeigte Viktor die beiden roten Punkte auf dem linken Oberschenkel: glatter Durchschuss. Dieser stammte allerdings nicht aus dem Krieg, sondern von der Überfahrt nach Lesbos. Die Schlepper hatten auf ihn und die anderen geschossen, als das Boot von der türkischen Küste abgelegt hatte. Warum sie geschossen hatten, verstand Viktor nicht. Der Flüchtling sprach so schlecht Englisch, dass er dies nicht zu erklären vermochte.

Fünf junge Männer betraten den Raum, riefen laut »Please, change!«, hielten ihre bebänderten Unterarme in die Höhe und begannen, etwas laut auf Arabisch zu erklären. Viktor holte Karim, den Dolmetscher.

»Sie sind aus Syrien und gute Freunde«, erklärte Karim, selbst ein junger Flüchtling aus Syrien, der drei Jahre zuvor nach Österreich gekommen war. »Sie sind verschieden bebändert worden, drei mit Q, zwei mit R. Sie wollen nicht getrennt werden. Sagen, sie sind seit Wochen immer zusammen gewesen.«

»Eigentlich bemühen wir uns nur bei Familien, dass sie nicht getrennt werden«, meinte eine Helferin. »Wenn wir auch bei allen Freunden und Bekannten anfangen, sie neu zu bebändern …«

Hussein übersetzte, die jungen Männer schrien, wurden dabei immer aufgeregter, drängten zum Tisch, hinter dem die Helferin saß.

»Wollt ihr den zweien, die jetzt Bänder mit R haben, nicht

vielleicht doch Q-Bänder geben, oder allen zusammen S-Bänder?«, fragte Viktor. »Vom S ist ja erst die Hälfte vergeben.«

»Dann werden sie an der Grenze noch länger warten müssen«, meinte die Helferin.

»Ja sicher, aber wenn sie doch so gute Freunde sind ...«

»Gute Freunde, gute Freunde, na und?«, brummte Karim verärgert. Er war seit den frühen Morgenstunden im Camp und konnte sich kaum mehr auf den Beinen halten. »Freunde!?«, sagte er höhnisch. »Sind sie vielleicht diese Art von Freunden?« Er machte eine sehr unanständige Handbewegung und lachte laut, doch keiner lachte mit.

Alle fünf Männer erhielten schließlich Bänder, auf denen der Buchstabe Q stand.

Ein Marokkaner beschwerte sich lautstark darüber, dass die deutschen Behörden ihm nicht erlaubt hatten, einen Asylantrag zu stellen. Eine Nacht lang habe man ihn in eine Zelle gesperrt und dann nach Österreich zurückgebracht. Nun war er, wie schon drei Tage zuvor, wieder im *Camp Asfinag*. Das Geld, das er bei sich gehabt hatte – zweihundert Euro –, hätten ihm die Deutschen weggenommen, erzählte er auf Französisch und zeigte den Helfern die von den deutschen Behörden ausgestellte Konfiskationsbestätigung. Ob er nun in Österreich einen Asylantrag stellen wolle? Er schwieg, schaute sich hilflos um und richtete dann seinen Blick starr in eine Ecke des Raumes, enttäuscht, in sich gekehrt, gekränkt. Ob er in ein anderes Land weiterziehen wolle? Nach Frankreich? Italien? In die Niederlande? Zurück nach Marokko? Er wusste es nicht. An diesem Abend war er nicht in der Lage zu sagen, was er vorhatte. »Allahu akbar«, flüsterte er.

Immer mehr Menschen suchten nun in Österreich um Asyl an. Es hatte sich herumgesprochen, dass Deutschland Flüchtlinge zurückschicke. Besonders Menschen aus vermeintlich

»sicheren Ländern« wie Marokko, dem Iran oder Pakistan mussten mit der sofortigen Abweisung rechnen. Zum Asylverfahren wurden sie nicht zugelassen. Für die administrative Bearbeitung der Rückstellung kassierten die deutschen Behörden von den Flüchtlingen Bearbeitungsgebühren bis zu 1200 Euro. Die Höhe wurde von Fall zu Fall festgelegt. Für die Überstellung nach Österreich mit dem Polizeiauto über die Saalachbrücke und die Übergabe an die österreichische Polizei verlangte man von jedem Flüchtling eine Gebühr in der Höhe von mindestens achtzig Euro. Wer weniger besaß, musste hergeben, was er hatte. Manche Flüchtlinge berichteten, dass ihnen die deutsche Bundespolizei vor der Abschiebung die gesamten Ersparnisse abgenommen hätte – Geldbeträge, Wertgegenstände, Handys.

Eine junge Helferin erzählte Viktor, während sie die Bänder für den nächsten Tag beschriftete, die Einsätze in der Asfinag seien für sie eine willkommene Abwechslung. Hier könne sie sich sowohl von ihrer Familie als auch von ihrer Arbeit erholen, müsse keine Verantwortung übernehmen, brauche weder auf den Chef noch auf den Ehemann Rücksicht nehmen, und wenn Kinder schreien würden, so wären es wenigstens nicht ihre eigenen.

»Aber du siehst hier täglich das Elend dieser Menschen, hörst die entsetzlichsten Geschichten«, sagte Viktor.

»Ich bin hier, um zu helfen«, meinte die junge Frau. »Mit der Zeit habe ich gelernt, das meiste auszublenden, was mich belasten könnte. Ich lasse es nicht an mich heran. Es hat nichts mit mir zu tun. Was ich nicht hören will, das höre ich nicht.«

»Du bist ein glücklicher Mensch«, murmelte Viktor.

»Meinst du?«, fragte die Frau erstaunt. »Du kennst mich doch gar nicht.«

16

Üblicherweise besuchten Viktor und Kerstin jeden Samstagabend das japanische Restaurant *Honkakubo* in Traunstein, doch Kerstin verbrachte dieses Wochenende bei ihrer Schwester in Rottweil, und so beschloss Viktor, den Kollegen von der Caritas, die er von gemeinsamen Einsätzen am Hauptbahnhof kannte, einen Besuch abzustatten. Die Caritas war im hinteren Bereich des Camps untergebracht. Um dorthin zu gelangen, musste Viktor die weiträumige Fläche zwischen gesperrten Garagen, Toilettencontainern und Schlafstätten überqueren. Der Platz war fast menschenleer. Einige wenige Flüchtlinge standen in kleinen Gruppen herum, rauchten, unterhielten sich. Ein paar von ihnen waren gerade um die Ecke gebogen und bewegten sich auf Viktor zu. Im Flutlicht warfen ihre Figuren lange Schatten, die sich im spitzen Winkel trafen, kreuzten, länger und wieder kürzer wurden, seltsame Dreiecke und Sterne auf dem Asphalt bildeten.

»Excuse me, Sir?!«

»Yes.«

»Do you speak Arabic?«

»No.«

Der Flüchtling seufzte, begann zu grübeln und nach englischen Worten zu suchen, die er zu einem verdrehten, holprigen, aber dennoch verständlichen Pidgin-Satz zusammenkleisterte. Viktor konnte zwar nicht Arabisch, aber Arabic English hatte er gelernt.

Ob er sie zu ihrer Schlafstätte begleiten könne?, wurde Viktor gebeten.

Diese hätte man ihnen zeigen sollen, sagte Viktor.

Man habe ihnen die Nummer des Schlafsaals genannt, aber sie würden das Gebäude nicht finden. Sie seien erst vor kurzem angekommen, und zwar nicht mit dem Bus, sondern mit der Bahn. Die Polizei habe sie vom Bahnhof hierhergebracht. Sie hätten einen Asylantrag in Österreich gestellt. Nein, sie wollten nicht nach Deutschland.

Viktor wusste, wo sich die Garage befand, in der die Männer übernachten sollten, und bat sie, ihm zu folgen. Woher sie denn kommen würden, fragte er sie.

Aus dem Libanon.

Dann hätten sie aber wenig Chancen auf Asyl, erklärte Viktor.

Ja, was sollten sie denn machen?!, meinte ein korpulenter Mann mit rundem Gesicht und bernsteinfarbenen Augen, wohl der Älteste der Gruppe. Er blieb stehen und begann leidenschaftlich und heftig gestikulierend zu erklären, wie katastrophal die Lage im Libanon sei. »Too many Syrians«, sagte er. »Everything collapse because of too much refugees. Syrians! I don't like them.« Deshalb hätten er und seine Freunde beschlossen, sich den flüchtenden Syrern auf ihrem Weg nach Europa anzuschließen.

»If there are too many Syrians, go with the Syrians. And Europe don't help us, nobody is helping us.«

Sie hätten sogar mit dem Gedanken gespielt, sich als Syrer auszugeben, erklärte der Libanese. Sie hatten im Norden unweit der syrischen Grenze gelebt, ihr Dialekt unterscheide sich nicht von jenem in Syrien, sie wüssten viel über Syrien.

»So why didn't you say you are Syrians?«, fragte Viktor.

»We had no money to buy fake passports of good quality«, erklärte der Mann sehr ernsthaft, fast gravitätisch, und seufzte. »And finally, this is not what we really want. We are no actors. We have honour. If you have no life, you still have honour.«

Im Schlafsaal, dem die Libanesen zugewiesen worden waren, schliefen Männer aus Syrien und dem Irak, doch gab es hier keine freien Betten mehr. Der Raum für Nordafrikaner war ebenfalls voll. Die Betten in den Zelten mussten für Transitflüchtlinge frei gehalten werden. Auf einer Garagentür klebte ein Blatt Papier, auf dem in dicken, schwarzen Lettern das Wort *Iran* zu lesen war. Vor dem Eingang standen zwei Männer. Der eine – dürr, groß, mit dichtem Haarschopf – zog nervös an einer Zigarette, der andere, etwas kleiner, rothaarig, starrte mit einer Mischung aus Verzweiflung und unterdrückter Wut auf das Display seines Mobiltelefons. Wie im *Camp Grenze* gab es auch im *Camp alte Asfinag* kein WLAN.

»No, stop, here is only for Iranians!«, erklärte der Größere der beiden barsch, als Viktor die Schiebetür öffnen wollte.

»Are they from Iran?«, fragte der andere und zeigte auf die Libanesen, ohne sie dabei anzuschauen.

»No, but we have no other beds for them, they will spend this one night here, tomorrow we'll certainly find some other place for them.«

»We have no free beds!«, sagte der Iraner mit scharfer Stimme und warf den Zigarettenstummel auf den Boden. »It's full!«

»Oh, come on!«, protestierte Viktor. »Are you kidding?«

»No free beds. Full!«, wiederholte der Iraner und drehte demonstrativ den Kopf weg.

Das darf doch nicht wahr sein!, dachte Viktor und wollte gerade den beiden seine Meinung sagen, setzte an mit der Erklärung, dass nicht sie zu entscheiden hätten, wer in dieser Garage zu übernachten habe und wer nicht, und dass er bald mit einem bewaffneten Soldaten wiederkommen könne, als die Libanesen sich lautstark zu Wort meldeten und beteuerten, sie wollten hier ohnehin nicht übernachten und wären im Zweifelsfall auch mit ein paar Decken oder einem trockenen Platz auf dem Boden zufrieden.

Schließlich fanden sich im Afghanen-Stockwerk – der ehemaligen Geräte- und Vorratskammer über einer der Garagen – ein paar freie Betten. Hier protestierte niemand, entweder, weil alle zu müde oder zu apathisch waren, oder einfach aus dem Grund, dass hier nur eine Treppe zum Schlafsaal hinaufführte und es keine geschlossene Tür gab. Nur ein Jugendlicher, eigentlich noch ein Kind, hob kurz den Kopf, musterte die Neuankömmlinge, murmelte etwas und schloss wieder die Augen.

Das Gelände des Camps wurde von der Stadt Salzburg gemietet, weil diese für Transitflüchtlinge nach Deutschland zuständig war. Wenn jemand sagte, er wolle in Österreich einen Asylantrag stellen, ging die Zuständigkeit sofort an das Innenministerium in Wien über. Da in Salzburg eine große Wohnungsknappheit herrschte und das Innenministerium nicht genügend Quartiere zur Verfügung zu stellen vermochte (Unterkünfte waren in Vorbereitung, aber die meisten noch nicht bezugsfertig), übernachteten Asylwerber oft wochenlang »in der Asfinag«, einem Transitlager, in dem Menschen nur ein bis zwei Nächte verbringen sollten. Diese Asylwerber wurden, wie die Libanesen, für die Viktor Betten organisiert hatte, in den zu Schlafstätten umgestalteten Garagen »zwischengeparkt«. Es gab Konflikte, Schlägereien, einige hatten wegen Drogenhandels und anderer Delikte Campverbot erhalten. Wer für die Betreuung und Versorgung dieser Menschen denn zuständig sei, hatte Viktor einmal den alten Herrn, der das Bebänderungssystem erfunden hatte, gefragt. »Eigentlich niemand«, war die Antwort. »Sie bekommen was zu essen und einen Schlafplatz, aber in Wirklichkeit dürften sie gar nicht hier sein.« Der alte Herr hatte nun auch die Aufgabe übernommen, in den Schlafsälen für Ordnung zu sorgen, wobei er junge Flüchtlinge, wenn es sein musste, »am Krawattl« packte, um ihnen Disziplin beizubringen. »Sie müssen spüren, dass ich hier das Sagen habe und dass es Regeln gibt, die zu befolgen sind«, erklärte er. Das konnte Viktor nachvollziehen. Weniger Verständnis brachte er für die Einstellung des alten Mannes gegenüber unbegleiteten Minderjährigen auf. Diese übernachteten in denselben Schlafsälen wie die Erwachsenen. Eines dieser Kinder, ein Afghane, war erst vierzehn Jahre alt. »Wenn er die Flucht aus Afghanistan hierher geschafft hat«, erklärte der alte Mann, »schafft er es auch, bei den Erwachsenen zu übernachten. Der kann sich schon schützen.« Viktor war nicht dieser Ansicht.

Im Caritas-Bereich war gerade nichts los. Seit einigen Stunden waren keine Busse mit Flüchtlingen angekommen. Die Kleiderausgabe für Männer war seit achtzehn Uhr geschlossen, jene für Frauen und Kinder noch bis zweiundzwanzig Uhr offen. Drei aneinandergereihte Tische trennten das Zimmer in eine Art Vorzimmer und in einen hinteren Bereich, in dem sich Regale und Kisten mit Kleidern und Schuhen, Pakete mit Babynahrung, Hygieneartikel, ein Wickeltisch und ein Waschbecken befanden. Hinter der improvisierten Theke standen die Leute von der Caritas-Abendschicht – zwei ältere Frauen und ein Arabisch-Dolmetscher. Der Einsatzleiter war unterwegs oder im Büro, das sich im oberen Stockwerk befand. Der Farsi-Dolmetscher war schon nach Hause gegangen.

Die Caritas-Helfer trugen weiße Warnwesten mit der Aufschrift *Caritas & Du* und unterhielten sich halblaut in gebrochenem Englisch. Der Dolmetscher, ein Student aus Syrien, selbst Asylwerber, sprach gut Englisch, aber kein Deutsch. Die beiden Frauen, eine Hausfrau und eine pensionierte Verkäuferin, hatten nur rudimentäre Englischkenntnisse, was sie nicht daran hinderte, mit dem jungen Mann ein angeregtes Gespräch zu führen, auch dann, wenn sie offensichtlich über verschiedene Dinge sprachen und beim jeweils anderen nur das verstanden, was sie zu verstehen glaubten. Viktor begrüßte sie, wechselte mit ihnen ein paar Sätze und wollte schon gehen, als er links neben dem Eingang in einem notdürftig als Spielecke für Kinder eingerichteten Bereich einen etwa sieben oder acht Jahre alten Knaben erblickte, der auf dem Boden saß und zeichnete. Das Kind hatte mehrere Filz- und Buntstifte um sich herum ausgebreitet, einige DIN-A4-Blätter zusammengeknüllt oder zerrissen und sich dann offenbar doch für ein Motiv und eine bestimmte Zeichnung entschieden. Nun war er so sehr in seine Arbeit vertieft, dass er gar nicht merkte, dass Viktor ihm über die Schulter schaute: ein Schiff, das wie ein Sombrero aussah, einige Berge im Hintergrund – mit wenigen zackigen Strichen angedeutet, die Sonne, eine gelbe Kugel mit rotem Rand und feuerroten Strahlen. Die Sonne hatte Augen – schwarze Punkte, und einen weit geöffneten, schreienden Mund – ein schwarzer Kreis mitten ins gelbrote Gesicht der Sonne gesetzt. Das Meer – ein paar Wellenlinien, nicht blau, sondern grau, Bleistift statt Buntstift.

»He comes from Rakka«, sagte der Dolmetscher. »You know Rakka – the capital city of Daesh. Bad place.«

»Der Kleine kommt seit einer Woche jeden Tag her, vor allem, wenn das Wetter schlecht ist«, erzählte die pensionierte Verkäuferin, »er verbringt hier Stunden. Wenn wir Zeit haben, spielen wir mit ihm ein bisschen.«

»Ich habe ihm einige Spielsachen meiner Enkelkinder mitgebracht«, erzählte die Hausfrau. »Er ist wirklich arm, hat keine Eltern mehr. Nicht wahr, Achmed? The child has no parents.«

»Both of them have been killed in Syria«, erzählte der Dolmetscher. »He has a cousin who is eighteen. They've come together here.«

»So where is his cousin now?«

»No idea. Somewhere here in Asfinag. I don't know, what he's doing ... Waiting. What else.« Er fragte das Kind etwas auf Arabisch. Dieses antwortete knapp, unwillig, ohne von seiner Zeichnung aufzuschauen.

»His cousin will come here at ten and bring him to the sleeping room.«

Der Junge war orange bebändert. Wie lange er wohl noch in der Asfinag bleiben würde? Zwei Wochen? Drei? Einen Monat?

»Ich war gestern Abend auch da, und dieser Cousin war gar nicht freundlich«, sagte eine der Frauen.

»Der ist doch selbst noch ein Kind!«, meinte die andere.

»Es ist ein Skandal, dass die Menschen hier wochenlang zwischengeparkt werden. Eigentlich sollte das Kind längst in die Schule gehen.«

Der Junge zeichnete unterdessen einige Figuren, die sich an Bord des Schiffes befanden – Strichmännchen mit großen Köpfen und großen Ohren, die aussahen wie Teller. Vier kleinere Figuren waren offenbar über Bord gegangen, befanden sich im Wasser, eine davon mit den Füßen nach oben und dem Kopf nach unten, eine andere mit ausgestreckten Armen, eine weitere machte einen Rundrücken, ließ Kopf, Arme und Beine hängen, die vierte Figur lag seitlich, die Augen und der Mund waren mit drei Strichen angedeutet.

Das Kind hob den Kopf und schaute Viktor an. Es lächelte, wenn auch verhalten, kaum merkbar. Seine grüngrauen Augen waren matt. Es schien, als seien sie nicht einmal mehr in sich gekehrt, sondern erloschen.

»Das ist aber ein schönes Bild!«, sagte Viktor. »Nice picture! Schön!« Er wusste, dass der Junge ihn nicht verstand, doch der Knabe reagierte auf den Tonfall, und sein Lächeln wurde breiter.

»Das möchten wir auch sehen! Was hast du denn Schönes gezeichnet?«

Als hätte er diese Worte verstanden, stand das Kind auf, ging zu den beiden Frauen und legte das Bild auf den Tisch.

»Oh?!«

»Bist du irgendwo auf diesem Bild?«

»Wie traurig!«

Der Dolmetscher kam hinzu, streichelte den Kopf des Kindes, fragte etwas auf Arabisch. Das Kind nickte, sagte ein paar Worte und zeigte mit dem Finger auf eine Figur im Boot. Sie war die größte, hatte einen großen Kopf, aber kein Gesicht und sah auf den ersten Blick wie ein Insekt aus.

»That's him«, sagte der Dolmetscher. »This is Nagib.«

»Who?«, fragte Viktor.

»Nagib! That's the name of this boy: Nagib.«

Viktor zeigte mit dem Finger auf die Figuren im Wasser, berührte sie mit dem Zeigefinger. Eine nach der anderen. »One? Two?« Er schaute das Kind fragend an. »Three? Four?« Wieder huschte ein leichtes, wenn auch etwas verschämtes Lächeln über das Gesicht des Kindes, und Viktor wusste die Antwort. Er kannte sie schon, bevor er gefragt hatte. Warum hatte er überhaupt gefragt?

Das Kind sagte etwas auf Arabisch.

»These are the four children, who drowned on the way from Turkey to Lesbos«, übersetzte der Dolmetscher mit leiser Stimme.

»Was?«, rief die pensionierte Verkäuferin entsetzt aus.

»Habe ich richtig verstanden?«, fragte die Hausfrau. »Diese Kinder …?«

»Das sind die vier Kinder, die auf der Überfahrt von der Türkei nach Lesbos ertrunken sind«, wiederholte Viktor.

Das Kind schaute Viktor mit ernstem Gesicht an, zuerst ihn,

dann die anderen. Sein Blick prallte am Mitleid ab und ging ins Leere.

Der Junge wandte sich ab und lief schnell in die Spielecke zurück, ließ sich auf den Boden fallen, schob den Zeichenblock und die Stifte beiseite, fasste nach den bunten Legosteinen, die überall herumlagen, begann einen Turm zu bauen, und während Viktor und die beiden Frauen schwiegen, murmelte der Dolmetscher etwas halblaut auf Arabisch, und Viktor konnte nicht erkennen, was in seinem Tonfall in erster Linie und somit mehr als alles andere mitschwang – unterdrückte Wut, Verzweiflung, Wehmut oder schlichtweg Resignation. »This will never end«, sagte er schließlich. »Things like that. Never ever. We will all drown.« Dies war der Augenblick, als Viktor klar wurde, dass er nach Gigricht zu seiner Tochter fahren würde. Unbedingt. So rasch wie möglich.

TEIL 2

1

In der Nacht vor seiner Abreise hatte Viktor wieder diesen Traum. Er begegnete seiner Großmutter in einer Straße, die sich in Lemberg, in Wien oder einer anderen Stadt der ehemaligen Donaumonarchie befinden konnte. Solche Straßen findet man in Budapest, Temesvar und Triest, in Krakau und Graz – gesäumt von mehrstöckigen Häusern aus der Zeit um 1900, deren Fassaden mit Putten, Girlanden und Medusenköpfen verziert sind, Häuser mit hohen Decken und Fenstern und rußgeschwärzten Schornsteinen, die dem Himmel Melancholie und der Welt unter dem Himmel jenen Hauch von morbidschäbiger Ehrwürdigkeit verleihen, der das Kakanische auch heute noch für viele Menschen so anziehend macht. Im Traum war es meist Abend oder später Nachmittag. Die Straßenlaternen schaukelten im Wind und strahlten ein fahles Gelb aus, das sich von einem Augenblick auf den anderen veränderte, sich in unzählige Gelbschattierungen auffächerte und zersplitterte. Unten auf der Straße war es dunkel. Der Asphalt und die Silhouetten der geparkten Autos waren kaum auszumachen, dunkelgrau, schwarz, doch der Himmel war noch blau und die Fassaden der Häuser in eine Mischung aus Teer und gelber Farbe getaucht. Hinter den Dächern konnte man sowohl die untergehende, meist feuerrote Sonne als auch den Mond und die Sterne sehen. Der Mond roch nach Ziegenkäse, die Sterne fielen herab wie Konfetti und blieben auf Kinderzeichnungen kleben, die in der Luft schwebten und genauso plötzlich verschwanden, wie sie auftauchten. Das Gesicht der Großmutter war weiß wie ein Leichentuch.

Großmutter führte ein Kind an der Hand. Es schmiegte sich an ihre Hüfte, sein Gesicht war im Halbdunkel nicht zu erkennen, und jedes Mal, wenn Viktor aufwachte, wusste er nicht, wie es ausgesehen hatte, ob es ein Mädchen oder ein Knabe gewesen war, ob es etwas gesagt hatte oder nicht, wie alt oder groß es gewesen war, obwohl er manchmal glaubte, sich kürzlich noch an den Klang seiner Stimme erinnert zu haben, einer Stimme, die er aber, sobald er wach war, nicht mehr im Ohr hatte.

»Nimm dein Kind zurück!«, sagte Großmutter auf Jiddisch, ihre Stimme klang verzerrt, so als käme sie aus einem altertümlichen Megafon. »Es ist dir wieder einmal auf und davon und zu mir gelaufen, so als wäre ich noch am Leben und für irgendetwas verantwortlich. Warum achtest du nicht auf dein Kind?«

»Ich habe keine Wahl«, antwortete Viktor, ebenfalls auf Jiddisch, eine Sprache, die er nur im Traum beherrschte.

»Du hast immer eine Wahl. Nichts ist so groß wie die Angst davor, eine Wahl zu haben.«

Viktor streckte die Arme nach dem Kind aus, doch dieses klammerte sich noch stärker an den Rock der Großmutter.

»Geh schon!«, befahl die Großmutter, aber das Kind rührte sich nicht.

»Es hat keinen Sinn«, sagte Viktor.

»Wie oft habe ich das schon gehört! Es hat keinen Sinn mehr zu flüchten, es hat keinen Sinn, sich zu wehren, es hat keinen Sinn, an das Unmögliche zu glauben.«

Wieder streckte Viktor die Arme nach dem Kind aus, doch es drehte den Kopf weg und blieb bei der Großmutter. Wie gern hätte Viktor sein Kind in die Arme geschlossen.

»Du hast immer für die Zukunft und für andere gelebt, weil du keine andere Wahl hattest«, bemerkte Viktor. »Ich bin dir dankbar, dass du mich in den Westen gebracht hast. Ohne dich hätte Mutter nie den Antrag auf Ausreise gestellt.«

»Ich wollte nicht, dass du in unserem Elend aufwächst.«

»Es geht mir gut.«

»Gut ist nicht glücklich. Sei glücklich!«

»Zu spät. Ich bin lieber nützlich.«

»Du bist ein Mensch und kein Staubsauger!«, schimpfte die Großmutter.

»Vielleich wäre ich ja als Staubsauger glücklicher.«

Daraufhin begann Großmutter zu schimpfen, und zwar abwechselnd auf Jiddisch, auf Ukrainisch, Polnisch oder Russisch, während Viktor auf sein Kind zuging, es aber niemals erreichte, weil es sich zusammen mit Großmutter auflöste oder entfernte, und plötzlich war Viktor in einem der alten Häuser, durchquerte Korridore und Wohnungen, hörte ständig, wie seine Großmutter nach ihm rief, konnte sie aber nirgendwo finden, weder sie noch das Kind, auch nicht, wenn er auf die Dächer stieg oder hinab in einen der Keller oder noch tiefer – in die Kanalisation. Meist wachte er auf, wenn er das Gefühl hatte, die beiden seien ganz in seiner Nähe.

Was ein kleines Lächeln nicht alles bewirkt! Die junge Frau an der Raststätte lächelt Viktor an, während sie den Kaffee serviert. Die feinen Fältchen rund um ihre Mundwinkel kräuseln sich. Das hebt seine Laune. Es fällt ihm auf, dass das Mädchen eine entfernte Ähnlichkeit mit Lisa auf den zahlreichen Fotos hat, die ihm Gudrun geschickt hat. Er hatte sie um ein paar Bilder gebeten und am nächsten Tag gleich drei Dutzend in seiner Dropbox gefunden.

Das Mädchen dürfte allerdings um einiges jünger sein als

Lisa, achtzehn, höchstens neunzehn. Sie hat ein silbern glänzendes Piercing an der Unterlippe. Ihr Lidschatten ist dunkellila, die Augenbrauen sind nachgezogen und machen an den Enden seltsame Schleifen nach oben. Auf ihrem rechten Unterarm ist der Kopf einer Raubkatze eintätowiert, die Viktor an einen Schneeleoparden erinnert.

Wie weit es noch bis Gigricht sei, fragt Viktor.

Sechzig Kilometer, antwortet sie.

Viktor bestellt eine Mohntorte und ein stilles Wasser zum Kaffee.

Woher er denn käme, fragt das Mädchen.

Aus Freilassing, in Oberbayern.

Und davor?

In Österreich aufgewachsen.

Das habe sie nicht gemeint, sagt sie und geht hinter die Bar, um die Mohntorte und das Wasser zu holen.

Viktor nippt an seinem Kaffee, schaut sich um. Die Raststätte ist fast leer und strahlt eine sterile, auf Hochglanz polierte Sauberkeit aus. Diese Reinheit hat gleichermaßen etwas Tröstliches wie Beängstigendes. Zwar sehnt sich Viktor keineswegs nach der Erbärmlichkeit vergammelter Spelunken, nach verschmutzten Toiletten oder den verrauchten Stuben vergangener Zeiten, doch in dieser Raststätte, die nichts Einmaliges an sich hat und in San Francisco, Narvik oder Kapstadt genau dasselbe Aussehen und dieselbe Ausstrahlung haben könnte, hat er plötzlich das Gefühl, er befinde sich in einer Art schwarzem Loch. Es ist ihm nicht ganz klar, ob er dies angesichts der Reise, die er unternimmt, stimmig finden oder als schlechtes Omen auffassen soll.

»Woher kommen Sie wirklich?«, fragt ihn die junge Frau, während sie die Torte serviert. »Aus Russland?«

»Ukraine. Lemberg. Das ist aber schon lange her.«

»Ich höre es trotzdem, ich habe ein Ohr dafür, ich bin selbst als Kind mit meinen Eltern aus Moskau hierhergekommen«, sagt sie auf Russisch.

»Üblicherweise hält man mich in Deutschland für einen echten Wiener und in Wien für einen Bayern«, antwortet Viktor ebenfalls auf Russisch.

»Ich studiere Musikwissenschaft.« Die Frau wechselt zurück ins Deutsche. »Ich höre mehr als andere.«

»Sie sind Russlanddeutsche?«

»Kontingentflüchtling. Aber mein Freund ist Russlanddeutscher. Ich bin Jüdin, er ist Deutscher, wir reden Russisch miteinander, wir fühlen uns als Deutsche, als Russen und als Europäer. Wir haben natürlich längst die deutsche Staatsbürgerschaft und schwärmen beide für Kanada.«

»Kurz gesagt: Sie beide sind die zu Fleisch gewordenen Sinnbilder für Völkerverständigung.«

»Haben Sie eine Ahnung, wie wir uns manchmal streiten und was für eine Wut wir auf uns selbst haben!«

»Ja, davon habe ich eine Ahnung.«

Viktor wundert sich über die Zutraulichkeit der Kellnerin. Er hat nicht den Eindruck, dass sie mit ihm flirtet. Er ist doppelt so alt wie sie. Aus Russland zu stammen ist in keiner Weise außergewöhnlich. Vier Millionen Zuwanderer aus dem postsowjetischen Raum sowie deren Nachkommen leben in Deutschland. Warum sollte sich die junge Frau deshalb für ihn interessieren? Was will sie von ihm?

Außer Viktor befinden sich nur zwei weitere Gäste in der Raststätte – ein gedrungener, älterer Herr, der eine türkische Zeitung liest, und ein Mann mit Anzug und Krawatte und einem sehr müde wirkenden Gesicht, der in sein Tablet starrt.

»Haben Sie nie mit dem Gedanken gespielt, aus Deutschland wegzuziehen?«, fragt ihn die Frau auf Russisch.

»Nein«, sagt Viktor trocken, klappt sein Smartphone auf und senkt den Blick.

»Oh, bitte entschuldigen Sie!«, sagt die Kellnerin. »Ich wollte Sie nicht stören. Sie müssen sicher bald weiter.«

»Nein, es ist schon in Ordnung, ich habe es nicht eilig«, sagt Viktor – mehr aus Höflichkeit als aus echtem Interesse, die Konversation weiterzuführen.

Die Kellnerin wirft ein paar kurze Blicke in Richtung der beiden anderen Gäste, aber sie wird im Augenblick nicht gebraucht. Der alte Herr lässt die türkische Zeitung liegen und geht hinaus auf den Parkplatz, um zu rauchen. Der Krawattenträger kämpft weiterhin gegen seine Müdigkeit an und wischt mit zunehmender Verzweiflung mit dem Zeigefinger über den Bildschirm.

Die Kellnerin setzt sich an Viktors Tisch. Ob sie das wohl darf, fragt sich Viktor. Hat sie keinen Chef, der sie von irgendwoher beobachtet? Gibt es in diesem Lokal keine Kameras?

Draußen zieht die Blechlawine an der Raststätte vorbei. Kaum jemand will zu dieser Uhrzeit und bei diesem Wetter – dem immer stärker werdenden Schneeregen – eine Pause an diesem hässlichen Ort zwischen einer Autobahnkreuzung und einer Industriezone einlegen. Die Menschen möchten schnell ankommen und nicht verweilen, schon gar nicht hier, wo jede sauber polierte Türklinke, jede strahlende Tischplatte und jeder Blick aus dem Fenster auf den immerwährenden Kreislauf der Beliebigkeit verweist. Auch Viktor hätte hier nicht angehalten, sondern wäre bis Gigricht durchgefahren, wenn er nicht dringend die Toilette hätte aufsuchen müssen. Kurzzeitig bekam er es mit der Angst zu tun, fürchtete, seine schwere Krankheit, das Fieber, der Durchfall, das Erbrechen, würde wiederkehren. Nach seiner letzten Schicht als Flüchtlingshelfer an der Grenze im Dezember war er wochenlang im Krankenstand gewesen. Die Ärzte sprachen von einer schweren Magen-Darm-Infektion. Zu dieser kam kurz vor Silvester eine Lungenentzündung hinzu. Christian, Viktors Chef, meinte, Viktor solle sich die Zeit nehmen, die er brauche, und wenn er an den Krankenstand eine oder zwei Wochen Urlaub anhängen wolle, um nach Gigricht zu fahren, solle er dies tun. Wieder einmal war das Schicksal äußerst gnädig zu Viktor gewesen. Wer konnte sich in Zeiten wie diesen schon einen langen Krankenstand und einen Urlaub hintereinander erlauben? Im Vergleich zum Berufsleben anderer war seine Arbeit ein ewiger Spaziergang im Schlaraffenland – nichts im Vergleich zu dem, was einst seine Mutter hatte durchmachen müssen, nichts im Vergleich zu dem, was er selbst hätte durchmachen müssen, wenn einiges in seinem Leben anders gelaufen, wenn er in der Ukraine oder in Russland aufgewachsen wäre.

Wer konnte schon von sich behaupten, sein Chef sei einer seiner besten Freunde? Wessen Frau hätte es hingenommen, dass der Ehemann die Tochter einer ehemaligen Freundin aufsucht, um sie in ihrem Glauben zu bestärken, sie sei seine Tochter, obwohl sie gar nicht seine Tochter sein konnte?

»Direkt über uns ist eine Kamera«, sagt die junge Frau. »Sie zeichnet alles auf, aber es gibt keinen Ton. Niemand wird jemals hören, was wir geredet haben.«

»Dürfen Sie sich eigentlich zu einem Gast an den Tisch setzen?«, fragt Viktor.

»Nein, natürlich nicht. Aber das ist mir egal, ich bin Studentin und hier nur Aushilfe in den Ferien. In zwei Wochen bin ich weg, und der Drecksau sind solche Kleinigkeiten egal, solange ich meine Arbeit mache.«

»Drecksau?«

»So nennen wir unseren Chef.«

»Und? Ist er eine Drecksau?«

»Na klar! Aber er ist kein Vollidiot.«

Plötzlich muss Viktor an Christians Kinder denken. Wie alt ist Katrin? Achtzehn. Fast so alt wie dieses Mädchen. Und Florian? Sechzehn. Tanja ist dreizehn. Er sah diese Kinder heranwachsen, war zu Taufen, Schulfesten und Erstkommunionen eingeladen, in all den Jahren, in denen seine eigenen Kinder nicht lebten, weil sie nicht leben konnten, und hatte ein bestimmtes, sein fiktives Kind stets vor Augen und stellte sich vor, wie es heranwuchs und sich entwickelte, überlegte sich, wie es aussehen könnte, welche Anteile es von ihm hätte und was er ihm von seiner Familiengeschichte weitergeben würde, damit sie nicht verlorenginge, während die Uhr tickte und die Jahre vergingen und jedes Jahr wie ein Stein in seinen Rucksack fiel und er immer wieder auf denselben ausgetretenen Pfaden im Kreis ging und dabei immer tiefer versank, und auf einmal hat Viktor den Eindruck, die junge Frau könne seine Gedanken lesen, würde erkennen, wie er sich fühle, und das ansprechen, und dann würde er nicht mehr einfach aufstehen und gehen können.

»Es ist sonst überhaupt nicht meine Art, irgendwelche Leute, die ich nicht kenne, anzusprechen«, erklärt sie. »Ich bin eigentlich sehr zurückhaltend und habe oft tagelang überhaupt keinen Bock darauf, mit irgendwem zu quatschen.«

»Aha.«

»Nur manchmal ist es wichtig, mit jemandem zu reden, den man eigentlich nicht kennt, der einen aber trotzdem versteht. Der hat oft den Durchblick.«

»Sie glauben, ich verstehe Sie?«

»Sie sind doch auch ein russischer Jude. Das habe ich gleich gesehen, als Sie hereingekommen sind.«

»Das ist schwer zu übersehen. Julius Streicher und sein Zeichner Fips hätten eine große Freude mit mir gehabt.«

»Ja, ich fürchte, das stimmt«, sagt sie und lacht. »Meine Mama schaut auch so aus, je älter sie wird, desto mehr wird sie zu einer *Stürmer*-Karikatur, mich selbst halten aber viele für eine Türkin oder Bosnierin, seit neuestem sogar für eine Araberin. Mein Bruder hat ein ganz neutrales Aussehen, und mein Vater ist halb Russe, halb Jude und hat eine Stupsnase.«

»Blond?«

»Rothaarig. Aber inzwischen schon weiß.«

»So wie ich.«

»Weißer.«

»Sie wollen mit mir aber bestimmt nicht über jüdische Nasen und Haare reden.«

»Nein, natürlich nicht, entschuldigen Sie. Tut mir leid.«

»Sie brauchen sich nicht ständig zu entschuldigen«, sagt Viktor schmunzelnd.

»Meine Eltern wollen Deutschland wieder verlassen, weil sie meinen, es sei kein sicherer Ort mehr.«

»Wieso das?«

»Wegen der vielen Flüchtlinge. Die meisten sind Moslems, und Moslems hassen Juden, sagen meine Eltern. Wenn es eine Krise gibt, dann haben immer wir Juden zu leiden, sagt mein Vater. So viele Rechtsradikale, Moslems und Gutmenschen auf einem Haufen – das kann nicht gutgehen, jedenfalls nicht für Juden. Die Juden, meint mein Papa, sind in Krisenzeiten irgendwann immer die Angeschmierten, egal, auf welcher Seite sie stehen. Entweder die Nazis schlagen die Moslems und die Gutmenschen tot und gehen dann auf uns los, oder die Moslems schlagen die Nazis und die Gutmenschen tot und gehen dann auf uns los, oder Nazis, Moslems und Gutmenschen tun sich zusammen und gehen gemeinsam auf uns los.«

»Und was sagen Sie?«

»Ich hatte bis jetzt nie Probleme mit Moslems, bis auf ein

paar blöde Türken, die mich in der Schule, in der neunten Klasse, als schmutzige Jüdin bezeichnet haben und meinten, die Juden seien die Nazis von heute, weil sie in Israel die Moslems unterdrücken.«

»Was haben Sie daraufhin gesagt?«

»Nichts. Ich bin doch nicht so dämlich, mit solchen Dumpfbacken zu streiten. Das bringt genauso wenig wie der Versuch, Leyla, meinem Meerschweinchen, das Lesen beizubringen. Ich habe die Sache meinem Bruder erzählt. Der ist zwei Jahre älter als ich. Er hat seine russischen Freunde zusammengetrommelt, und dann ging's los. Diese Türken haben natürlich auch ältere Brüder und Cousins, und es hätte richtigen Zoff geben können, aber irgendwie haben sie das untereinander geklärt, ich weiß gar nicht, wie, sie wollten es mir nicht erzählen. Jedenfalls hatte ich in der Schule dann keine Probleme mehr.«

»Ich verstehe. Wo wollen Ihre Eltern denn hin?«

»Bis jetzt ist alles nur Gerede. Mein Papa macht meine Mama fertig – jeden Abend. Er meint, wir sollten nach Israel auswandern. Mama reagiert darauf recht gelassen, mit Humor, sie widerspricht nicht, und mein Bruder sperrt sich in seinem Zimmer ein und hört *Böhse Onkelz*. Ausgerechnet. Wer dann wirklich fix und fertig ist, das bin ich. Papa geht schlafen, und zwei Minuten später schnarcht er selig, als wäre nichts gewesen. Mama nimmt eine Kopfwehtablette und schläft ebenfalls bald ein. Ich aber liege die halbe Nacht wach, und dieser ganze Scheiß geht mir immer wieder durch den Kopf.«

»Vielleicht sollten Sie ausziehen.«

»Das kann ich mir nicht leisten. Selbst ein Zimmer in einer WG ist sauteuer bei uns.«

»Haben Sie denn Angst vor Flüchtlingen?«

»Nein. Das heißt, eigentlich schon. Und dann auch wieder nicht. Oder doch? Ich sollte vor ihnen keine Angst haben. Im

September habe ich mich als freiwillige Helferin angemeldet, aber ich bin nie hingegangen, denn ich hatte echt keine Zeit. Zuerst war ich mit Alexander, meinem Freund, auf Urlaub, und dann kam das Studium. Die meisten Flüchtlinge sind ja arme Menschen, und ich bin wirklich nicht rechtsradikal oder so, aber wenn ich mir überlege, was in der Silvesternacht passiert ist, nicht nur in Köln, auch bei uns in Gigricht, wie mich manche dieser Jungs auf der Straße anschauen und was viele Moslems über Juden denken. Gigricht war bis jetzt eine sehr sichere Stadt, aber mittlerweile habe ich ein mulmiges Gefühl, wenn ich in der Bahnhofsgegend unterwegs bin, eine Kollegin von mir hat zwei kleine Kinder, und ich verstehe, dass sie sich große Sorgen macht …«

»Und nun wollen Sie von mir wissen … Warum ausgerechnet von mir? Ich bin bestimmt nicht der erste russische Jude in dieser Raststätte.«

»Eine Bauchentscheidung. Intuition. Meine innere Jaguarkatz.«

»Ihre – was?«

»Ich nenne sie so. Alexander hat sie mir geschenkt. Hat scheiß wehgetan!« Sie hebt den Unterarm mit dem tätowierten Raubkatzenkopf. Viktor betrachtet das Bild: ohne Zweifel ein Schneeleopard! »Deine innere Jaguarkatz, hat mir Alexander erklärt, sagt dir immer, wo's langgeht, und sie hat fast immer recht. Als ich Sie gesehen habe, hat mir meine innere Jaguarkatz gleich gesagt: Diesen älteren Herrn musst du fragen! Der hat weiße Haare und einen netten Blick. Der quatscht vielleicht zu viel, aber ein Satz ist sicher auch für dich dabei.«

»Charmant.«

»Ich sage immer, was ich denke.«

»Sie haben bestimmt schon mit vielen anderen Leuten geredet.«

»Ja klar, und jeder meint etwas anderes. Einer hat mir sogar erklärt, Deutschland würde spätestens 2018 untergehen. Ein anderer meinte, wir gehen unserer Vernichtung entgegen, bald werde alles in Schutt und Asche liegen und der Islam regieren. Die großen Konzerne halten den Kadaver Europas im Wachkoma, um sich zu bereichern. Diesen ganzen Quatsch habe ich mir gemerkt. Ich habe ein gutes Gedächtnis, aber leider nur für Quatsch, nicht für die wirklich nützlichen Dinge.«

»Und Ihre Mama?«

»Meint, man soll den Syrern und Irakern, den jungen Männern, Waffen geben und sie in ihre Heimatländer zurückschicken, damit sie dort für den Frieden kämpfen. Wer Frieden will, muss immer gerüstet sein für den Krieg und bereit sein zu sterben.«

»Klingt sowjetisch.«

»Aber sie möchte nicht auswandern. Sie sagt: Hier gibt es Moslems, in Israel gibt es Moslems. Man kommt ihnen sowieso nicht aus. Nicht einmal in Australien.«

»Nicht alle Flüchtlinge sind Moslems, und nicht alle Moslems hassen Juden.«

»Ja klar. Alexander sagt das auch. Aber er ärgert sich, dass alle jetzt einfach so herkommen können, nur weil sie die Grenzen überrennen. Ein paar – okay. Aber gleich der halbe Orient?!«

»Sie zahlen Tausende Euro, die ihre Familien ihr Leben lang gespart hatten, an Schlepper und ertrinken dann bei der Überfahrt. Vom Überrennen ist längst keine Rede mehr.«

»Die meisten von ihnen dürfen aber trotzdem bleiben. Die Russlanddeutschen mussten früher nachweisen, dass sie deutscher Herkunft sind. Das war's. Dann hat man die Gesetze verschärft, und heute können nur die nach Deutschland einwandern, deren Muttersprache Deutsch ist. Das wird überprüft. Einen Deutschkurs besucht zu haben reicht nicht. Die

Leute müssen einen der in Russland oder Kasachstan noch gesprochenen alten deutschen Dialekte beherrschen, und wehe, man findet heraus, dass sie ihn erst später gelernt und nicht mit der Muttermilch eingesogen haben. Einige von Alexanders Verwandten dürfen nicht nach Deutschland, obwohl sie gerne hierherkommen würden, während irgendwelche Syrer einfach kommen und hierbleiben können. Das ist unfair. Meint Alexander.«

»Ja, mag sein, doch das ist nicht die Schuld der syrischen Flüchtlinge. Soll man sie deshalb wieder davonjagen?«

»Es geht um unsere Zukunft, sagen meine Eltern. Haben Sie eigentlich Kinder?«

»Ja«, murmelt Viktor, spürt auf einmal, wie er rot wird, und hat einen Kloß im Hals. »Aber über meine Tochter möchte ich nicht reden«, sagt er leise.

»Oh, entschuldigen Sie bitte, dass ich gefragt habe ...«

»Junge Frau! Wie heißen Sie eigentlich?«

»Olga.«

»Olga, ich habe Ihnen doch schon gesagt, Sie sollen aufhören, sich ständig zu entschuldigen.«

»Ja, stimmt, entschul...« Sie bricht ab, lacht, und Viktor lacht mit.

»Die entscheidende Frage für mich ist ...« Doch Olga kommt nicht mehr dazu, diese Frage zu stellen, denn genau in diesem Moment öffnet sich die automatische Schiebetür, und mehrere Gäste betreten den Raum. Der Klang ihrer Sprache ist Viktor aus den Camps vertraut.

»Entschuldigen Sie«, sagt Olga und eilt den Eintretenden entgegen. Es sind etwa zehn junge Männer in Begleitung einer älteren Frau, die Deutsch spricht. Einige Männer gehen Richtung Toilette, andere bestellen in gebrochenem Englisch Getränke – Tee, Kaffee, Bier. Drei bleiben draußen vor dem Eingang, zünden sich Zigaretten an, unterhalten sich lautstark, so laut, dass es bis ins Innere des Lokals zu hören ist.

Auf dem Parkplatz steht ein VW-Bus, ein hellblau gestrichenes, etwas ramponiertes Gefährt, auf dessen Seite in stilisierten Lettern die Worte *Südland Theater Gigricht* zu lesen sind.

Der alte Mann, dessen türkische Zeitung immer noch auf dem Tisch liegt, drückt seine Zigarette aus, hustet, doch Viktor kann ihn nicht hören, sieht nur die Konturen seines stämmigen, zitternden, nach vorne gebeugten Oberkörpers, der in der Drehung, die er macht, plötzlich den Eindruck erweckt, kleiner, schmächtiger und noch älter zu sein, als er ist. Im Zwielicht dieses verregneten Winternachmittags sieht er hinter der Scheibe wie ein verblassender, sich langsam auflösender Schattenriss aus.

Als der Mann an Viktors Tisch vorbeigeht, bleibt er plötzlich stehen, holt einige Male Luft, so als wäre er schnell einige Treppen hinaufgelaufen, räuspert sich und sagt: »Warum diese Leute immer so laut sein müssen! Es klingt so, als müssten sie ständig streiten. Nächstes Jahr gehe ich in Rente. Bis vor kurzem habe ich geglaubt, dass ich dann meine Ruhe habe.«

Er geht weiter, bevor Viktor etwas sagen kann.

Die drei Männer haben fertig geraucht. Nun kommen auch sie ins Lokal, bestellen Kaffee und Sandwiches, reden aufeinander ein, lachen.

Viktor winkt Olga zu sich.

Es dauert einige Zeit, bis sie ihm die Rechnung bringt.

»Gute Reise!«, sagt Olga. »Es war nett, mit Ihnen zu plaudern.«

»Übrigens, Olga, Ihre Jaguarkatz ist ein Schneeleopard!«

»Ja, ich weiß.« Sie grinst schelmisch. »Macht nichts. Sein Name ist Jaguarkatz! Der Schneeleopard ist doch eine bedrohte Spezies. So wie ich.«

2

Gigricht. Eine mittelgroße Stadt, die in der hügeligen Landschaft auftaucht, wenn man die Autobahn verlässt und in das Tal zwischen den bis zu den Gipfeln bewaldeten Hügeln hinabfährt. Erst nach der letzten Serpentine sieht man plötzlich die Stadt. Sie präsentiert sich dem Betrachter, als hätte sie jemand wie mit Zauberhand zwischen dichte Wälder und nicht abziehen wollende Nebelschwaden platziert.

Die Innenstadt wirkt adrett, aber etwas verschlafen. Den Hauptplatz säumen Renaissancegebäude und ein Rathaus im neugotischen Stil. Der spätmittelalterliche Dom liegt etwas abseits. Der Domplatz ist eng, schattig und mündet in einer Sackgasse. Die Fußgängerzonen, die alle entweder vor dem Bahnhof oder am Hauptplatz beginnen, unterscheiden sich kaum von jenen anderer deutscher Städte – die üblichen Bausünden aus der Nachkriegszeit, Boutiquen, Imbissbuden und Einkaufspassagen geben ihnen die passende Umrahmung. Das Gasthaus *Zur fröhlichen Wildsau* lockt die Gäste mit *Gigrichter Blutwurst*. Viktor lässt sich nicht verführen, er hat keinen Hunger.

Ein träger Fluss, nicht viel breiter als die Saalach, trennt die Gigrichter Altstadt von der Patscher Vorstadt. Auf einer Flussinsel steht ein Schloss mit einem barocken Haupttrakt und einem viereckigen mittelalterlichen Turm, hübsch, aber unspektakulär. Die begrünte Uferpromenade wirkt heruntergekommen. Hinter einer Umfahrungsstraße nahe den Parkanlagen auf dem Areal der ehemaligen Stadtmauer stehen Gebäude, die wohl entweder zur Universität oder zu einem ausgedehnten Schulkomplex gehören. Erst weit dahinter, nach einem weiteren Viertel mit Häusern aus der Gründerzeit, draußen am Stadtrand, kommt man in die Neubauviertel, zu den Siedlungen. Dort muss Viktor hin, in die Sophie-Scholl-Straße 18, doch bevor er sich auf den Weg macht, bezieht er sein Zimmer im *Gasthof zur alten Post* am Hauptplatz, macht, auch wenn es schon dunkel ist, einen kurzen Spaziergang durch die Stadt und fragt sich zum wiederholten Male, ob das, was er vorhat, denn wirklich eine gute Idee ist. Noch kann er umkehren, obwohl er vor einigen Tagen mit Lisa telefoniert und sein Kommen angekündigt hat und die sogleich gesagt hatte – knapp, schüchtern, aufgeregt –, sie würde sich freuen, ihn kennenzulernen. Während sie redete, wechselte sie vom Sie ins Du und wieder zurück zum Sie. Beate und Bruno würden ihn willkommen heißen, hatte Lisa erklärt, und wenn er bei ihnen übernachten wolle, sei dies kein Problem, ein zusätzliches Gästezimmer sei gerade frei. Das hatte Viktor abgelehnt und stattdessen in der *Alten Post* ein Zimmer gebucht – für drei Nächte vorerst, mit der Möglichkeit, den Aufenthalt bei Bedarf zu verlängern.

Wenn er jetzt zu den Becks fährt, gibt es keinen Weg zurück, wenn er umkehrt, genauso. Der Traum, den er letzte Nacht hatte, und das Gespräch mit der jungen Frau an der Raststätte gehen Viktor nicht aus dem Kopf, und schon möchte er Kerstin anrufen und sagen, er habe es sich anders überlegt und werde morgen nach Hause kommen, als er wieder an das Kind an Großmutters Seite denken muss, das ihn seit gut zwanzig Jahren nicht nur in der Nacht, sondern auch in seinen Tagträumen begleitet, das vom Kindergarten in die Grundschule und später ins Gymnasium wechselte. Wenn er die Kinder seiner Freunde heranwachsen sah, erstand das Traumkind, sein Kind, das niemals leben würde, vor seinen Augen – geschlechts- und gesichtslos zwar, doch stets so präsent, dass es schmerzte. Es ist auch jetzt an seiner Seite. Er kann es nicht sehen, aber er kann seine Gegenwart spüren, so wie in allen wichtigen Momenten seines Lebens oder jenen, die wichtig werden könnten, und nur allzu gerne würde er es ansprechen, nur dass ihm dieses Zwiegespräch niemals gelingt, anders als jenes mit seinem verstorbenen Vater, den er nie kennengelernt hat, mit dem er sich jedoch seit seiner Kindheit angeregt zu unterhalten pflegt.

Viktor geht zurück ins Hotel, zieht sich um und macht sich zu Fuß auf den Weg in die Sophie-Scholl-Straße, weil der Regen aufgehört hat, weil er von einem Augenblick auf den anderen unsicherer wird und der wachsenden Unruhe am liebsten davonlaufen würde. Laut *Google Maps* ist die Straße etwa zwei Kilometer von der Altstadt entfernt. Er hatte Lisa mitgeteilt, er würde – wahrscheinlich – zwischen sieben und acht Uhr abends eintreffen. Es ist kurz vor sieben. Er liegt gut in der Zeit.

Der Fußweg dauert etwas länger als gedacht, weil er sich verlaufen und die Siedlung umkreist hat, bevor er die richtige Adresse in der Sophie-Scholl-Straße gefunden hat. Diese Straße ist in einem Bogen rund um eine gut beleuchtete Parkanlage angelegt, in deren Mitte sich ein u-förmiges, zweigeschoßiges Betongebäude mit flachem Dach befindet – wahrscheinlich eine Schule oder ein Kindergarten, jedenfalls gibt es daneben einen Spielplatz und eine Sportanlage. Allerdings wirkt das Bauwerk alt und heruntergekommen, der Sitz der Kinderschaukel auf dem Spielplatz hängt schief auf verrosteten Ketten, die Rutsche weist mehrere Löcher auf, die Sportanlage ist eingezäunt, und das Vorhängeschloss am Tor macht den Eindruck, als sei es seit Jahren nicht geöffnet worden. Mit einem Gitterzaun umgeben ist auch das gesamte Areal rund um das Gebäude. Der Zaun wirkt neu und trennt die Parkanlage in einen äußeren und einen inneren Bereich, dessen Zugang durch ein improvisiertes Schiebetor, das von einem Mann mit weißer Warnweste bewacht wird, geschützt ist. Die Fenster des Hauses sind beleuchtet, und als drei Arabisch sprechende Männer in die Allee einbiegen, die zum Haus führt, ahnt Viktor gleich, wie das Gebäude derzeit genutzt wird.

Die Wohnblocks stehen allesamt an der Außenseite der halbkreisförmigen Straße und im rechten Winkel zu ihr. Sie stammen wahrscheinlich aus den sechziger Jahren, sind aber offensichtlich vor nicht allzu langer Zeit renoviert und modernisiert und mit neuen Fenstern und Balkonen und modernen Eingangsbereichen versehen worden. Die Fassaden erstrahlen in den Farben Blau, Gelb und Rot, und die Parkplätze zwischen den Häusern sind überdacht und durch elektronische Schranken vor ungebetenen Gästen geschützt.

Auf der Gegensprechanlage findet Viktor sofort den Namen *Beck*, doch bevor er den Knopf drückt, hält er noch ein letztes Mal inne, klappt sein Smartphone auf, steigt in Facebook ein, gibt den Namen *Beate Beck* ein. Als er krank war, hat er die Facebook-Seiten von Beate und Bruno Beck täglich besucht, und je öfter er dies tat, umso besser konnte er Gudruns Verzweiflung verstehen.

Beate Becks neuester Kommentar trägt den Titel: *Das linksgrün versiffte Narrativ hat endgültig die Macht über die Gehirne der Schlafschafe übernommen!*

Daraufhin folgt ein verballhorntes Zitat von Peter Scholl-Latour: »*Wer ganz Kalkutta zu sich einlädt, hilft nicht Kalkutta, sondern wird selbst zu Kalkutta.*« Im Originalzitat von Scholl-Latour ist von »halb Kalkutta« die Rede, aber Krisenzeiten verlangen nach einer Zuspitzung.

Viktor überfliegt Beate Becks Geschwurbel und bleibt dabei an einigen Sätzen hängen:

Ganze Länder werden über die NGO-Szenerie beherrscht. Caritas, Rotes Kreuz, Amnesty International, Ärzte ohne Grenzen und einige andere, die in den letzten Monaten wie Pilze aus dem von Invasoren niedergetrampelten Boden geschossen sind, nutzen die sogenannte Flüchtlingskrise, um sich zu bereichern. Sie sind Handlanger und Agenten jener, die diese Migrantenströme lenken. Das Destabilisierungsprogramm Europas läuft nach Plan. George Soros, der Großspekulant, der seine blutigen Finger tief in der Massenmigration hat, setzt seine finsteren Pläne für Europa um. Er hält die demokratisch gewählten Regierungen an der Leine.

Viktor fragt sich, und das nicht zum ersten Mal, ob er diese Dame wirklich persönlich kennenlernen möchte.

Währenddessen werden die unbeweibten Testosteronbomben, die weiterhin in Massen über unsere Grenzen fluten, immer noch als kulturelle Bereicherer angesehen. Was in der Silvesternacht in Köln und anderswo passiert ist, wird als eine Reihe bedauerlicher Einzelfälle abgetan, auch wenn die Einzelfälle inzwischen in die Tausende gehen.

Viktor weiß, dass er nicht auf den Mund gefallen ist, er fühlt sich für Streitgespräche jeglicher Art gewappnet, fragt sich allerdings, ob es hier nicht das Beste wäre, sich politischen Diskussionen, wenn möglich, gänzlich zu entziehen. Er ist hierhergekommen, um Lisa kennenzulernen. Wenn er sich allerdings vorstellt, dass seine Tochter schon seit Monaten bei diesen Leuten wohnt und sich von ihnen indoktrinieren lässt, wird ihm übel. Seine Tochter? Seine? Tochter?

Die Gutmenschen und ihre willigen Helfershelfer, die Schlafschafe, in zehn Kubikmeter rosarote Watte eingepackt, bekommen auf der Stelle Schnappatmung und packen die Nazi-Keule aus, wenn man sie mit Wahrheiten konfrontiert, die sich abseits des üblichen Gesäusels der Journaille – der Volksverräter im Staatsfernsehen – bewegen. Erst, wenn das Abendland untergegangen ist, wenn Köpfe rollen, und die grüne Fahne des Islam über dem Reichstag in Berlin flattert, werden die Schlafschafe ernüchtert aufwachen, ängstlich blöken und versuchen, ihre armselige Haut zu retten. Doch dann wird es zu spät sein.

Viktor seufzt, klappt das Smartphone zu und drückt auf den Knopf der Gegensprechanlage.

3

»Noch eine Etage höher!«, tönt die Stimme freundlich, beinahe fröhlich über Viktors Kopf. »Wir sind im Dritten.« Als er im dritten Stock ist, kommt ihm die Frau aus der Wohnung entgegen und schüttelt ihm heftig die Hand – eine korpulente Dame mit breitem Gesicht, Doppelkinn und blonden, kurzgeschnittenen Haaren, die Augen blassblau und matt, so blass wie ihr Lippenstift und die Schminke. Der massige Oberkörper einer Frau in mittleren Jahren passt nicht zu den schmalen Hüften und den schlanken Beinen, die sich viele Zwanzigjährige wünschen würden. Das enge Kleid mit dem weiten Ausschnitt passt wiederum zu den Beinen, aber nicht zum Oberkörper, während der Schmuck und die Ohrringe keinen erlesenen Geschmack vermuten lassen.

»Es freut mich außerordentlich, Sie zu sehen! Bitte, kommen Sie! Hereinspaziert in unsere Bude!«

»Danke«, murmelt Viktor, erstaunt über die Überschwänglichkeit der Dame.

»Beate Beck! Nennen Sie mich einfach Beate. Oder Bee. Alle nennen mich Bee.«

Viktor bietet ihr nicht an, ihn »einfach Viktor« oder gar »Witja« zu nennen, aber ehe er überhaupt etwas sagen kann, wird er in den Vorraum der Wohnung hineingeschoben, wo ein hagerer, großgewachsener Mann seine Hand ergreift.

»Schalom!«, sagt der Mann und grinst über das ganze Gesicht.

»Grüß Gott!«, sagt Viktor.

»Sie sind also der Vater!«, ruft der Mann in einem triumphierenden Tonfall aus, so als würde er einen Gewinn im Lotto verkünden.

»Der echte Vater«, verkündet Beate mit einem für Viktor nicht nachvollziehbaren Stolz in der Stimme. »Der echte!«

»Ja, Blut ist dicker als Wasser«, erklärt der Mann. »Die Macht der Biologie ist letztlich stärker als alles andere. Immer! Es gibt Naturgesetze, die auch unsere Grüninnen und andere politisch Korrekte niemals außer Kraft werden setzen können.«

»Bruu, lass das!«, sagt Beate scharf. »Nicht jetzt!«

»Ja, Bee, schon gut«, sagt er, und zu Viktor gewandt: »Bruno. Bruno Beck! Nenn mich Bruu. Alle nennen mich Bruu. Es ist dir doch recht, wenn wir uns duzen, nicht wahr?«

Das ist Viktor überhaupt nicht recht, aber es bleibt ihm nichts anderes übrig, als zu nicken.

»Ja, Mensch, großartig!«, schreit Bruno und klopft Viktor jovial auf die Schulter. »Da wird sich unsere Lisa freuen. Wo ist sie überhaupt? Lisa!!!«

»Jetzt lass ihn doch erst mal den Mantel und die Schuhe ausziehen«, protestiert Beate. »Lisa kommt gleich. Sie ist noch oben und macht sich zurecht. Du weißt doch, wie nervös sie ist.«

»Nicht nur sie«, murmelt Viktor. Es fällt ihm auf, dass die Geschwister zwar einen ähnlichen Tonfall und eine ähnliche Sprechweise haben, sich aber in manchen anderen Dingen erheblich voneinander unterscheiden. Während Beate sich zurechtgemacht und geschminkt hat, trägt Bruno ein gestreiftes Hemd, dessen obere drei Kragenknöpfe geöffnet und die Ärmel hochgekrempelt sind, und eine Trainingshose – ein Gruß aus dem vorigen Jahrhundert. Er ist größer als seine Schwester und überragt Viktor um mindestens einen halben Kopf. Das schüttere, graue Haar, das einmal braun gewesen sein dürfte, umrahmt das faltige Gesicht und hängt in Strähnen bis zu den Schultern hinab. Man könnte meinen, er sei kein Unternehmer, sondern ein alternder Rockmusiker, der immer noch »cool« aussehen möchte.

»Einen Aperitif?«, fragt Bruno.

»Ein Glas Wein vielleicht?«, fragt Beate.

»Oder einen Wodka?«

»Es gibt zwei Straßen weiter ein russisch-jüdisches Geschäft, in dem koscherer Wodka verkauft wird.«

»Tee«, sagt Viktor.

»Schwarz und mit Zucker?«, erkundigt sich Bruno und fügt stolz hinzu: »Wir haben ihn sogar in Gläsern, ganz wie in Russland.«

»Mit etwas Milch bitte.«

Im Wohnzimmer ist der Tisch schon gedeckt, und kaum hat Viktor Platz genommen, geht eine Tür auf, hinter der sich die Küche befindet. Eine kleine Frau mit teigigem Gesicht und traurigen Augen betritt den Raum. Ihre ganze Erscheinung – die gebückte Haltung, der langsame, schlurfende Gang, das zu einer unvorteilhaften Frisur zusammengeschnittene aschblonde Haar, die Bluse mit einem seltsamen, irgendwie misslungenen und unpassend wirkenden Karomuster in ausgebleichtem Rosa – macht einen traurigen Eindruck. Sie trägt eine große Schüssel Salat, durchquert mit gesenktem Blick das Zimmer, stellt die Schüssel auf den Tisch.

»Darf ich vorstellen: Luise«, verkündet Bruno. »Meine beste und derzeit einzige Ehefrau und zweifellos die viel bessere Hälfte.« Er lacht laut, aber hörbar etwas zu bemüht über seinen Witz, während Beate die Augen verdreht und den Kopf schüttelt. Luise verzieht den Mund zu einem gequälten Lächeln und reicht Viktor die Hand. »Es ist mir eine Freude«, sagt sie leise. Viktor spürt ihren Händedruck kaum.

»Gleichfalls.«

»Sie sind also der Vater. Schön, dass Sie nun tatsächlich gekommen sind. Blut ist dicker als Wasser. Ihr innerer Kompass hat Sie auf den richtigen Weg gebracht.«

Wenn sie nur alle mit diesem blutigen Schwachsinn aufhören könnten!, denkt Viktor.

»Es gibt Lammbraten. Es ist zwar nicht koscher …«

»Ich bin nicht gläubig«, fällt ihr Viktor ins Wort. »Ich esse alles. Schweinefleisch, Schalentiere, Schinken-Käse-Toast.«

»Sagte ich doch!«, schreit Bruno, während er sich neben Viktor an den Tisch setzt. »Die russischen Juden sind nicht gläubig. Ich habe zwei von denen im Betrieb – sehr nette Leute, sehr fleißig und überdurchschnittlich intelligent. Wie die meisten Juden. Eine wirkliche Bereicherung, diese Kontingentflüchtlinge, so wie auch alle anderen, die sich benehmen können und unsere Kultur akzeptieren, nicht wie die Bereicherer von heute, diese Allahu-akbar-Freunde, die jetzt massenweise ungebeten ins Land strömen und unsere Straßen unsicher machen. Ein grobes Volk!«

»Bruu, wir haben etwas miteinander ausgemacht!«, ermahnt ihn Beate scharf und nimmt ebenfalls am Tisch Platz, während Luise wieder in der Küche verschwindet.

Viktor schaut sich um: ein bürgerliches Wohnzimmer mit Einbauschrank, Kachelofen, Breitbild-TV-Gerät, einer Sofaecke, zwei Stehlampen. Auffallend sind einige Zeichnungen australischer Aborigines an der Wand und drei längliche afrikanische Holzmasken mit kunstvoller Verzierung – abstrakte Muster in den Farben Ocker, Weinrot, Gelb auf schwarzem Hintergrund. Eine der Masken wird von Haaren umrahmt, die zu mehreren dünnen Zöpfen geflochten sind. Eine alte Penduhr aus dunklem Mahagoni hängt zwischen den beiden Fenstern. Der Küche gegenüber befindet sich ein Bücherschrank, der bis zur Decke hinaufreicht, und gleich daneben eine gusseiserne Wendeltreppe, wie man sie manchmal noch in alten Bibliotheken und Lesesälen findet. Sie führt zu einer Öffnung in der Decke – der Aufstieg in die darüberliegende Wohnung: Das weiß Viktor schon. Das Dossier des Privatdetektivs war ausführlich.

Nach einigen Phrasen über die Autofahrt von Freilassing nach Gigricht, über das Hotel, in dem Viktor abgestiegen ist, und das schlechte Wetter stellt sich, während Luise die Getränke serviert, kurzzeitig Schweigen ein.

»Wo ist denn nun Lisa?«, fragt Viktor, während er nervös den Tee umrührt.

»Ja, das frage ich mich auch«, meint Bruno, geht zur Treppe, hebt den Kopf und schreit: »Lisa, wo bleibst du denn so lange, Mädel? Dein Erzeuger ist längst da. Mach, dass du endlich runterkommst! Er frisst dich nicht. Schaut zwar aus wie ein Raubtier, ist aber ein freundliches. Und du bist ihm wie aus dem Gesicht geschnitten!«

»Nun lass sie doch, du Unmensch!«, mischt sich Beate ein. »Vater und Tochter haben ihr Leben lang auf diesen Augenblick gewartet, ohne es zu wissen. Fünf Minuten auf oder ab machen jetzt keinen Unterschied mehr aus.« Und zu Viktor gewandt: »Du musst meinen Bruder entschuldigen. Wenn er nervös und emotional aufgewühlt ist, hat er manchmal spätpubertäre Anfälle. Als Jugendlicher war er still und angepasst und muss jetzt als Erwachsener einiges kompensieren. Wenn er ergriffen ist, wird er albern. Typisch Mann! Nicht wahr, Bruu? Lisa ist uns beiden ans Herz gewachsen, ihm noch viel mehr, als er sich eingestehen kann.«

Bruno beleidigen diese Worte keineswegs. »Meine Schwester!«, sagt er stolz. »Ist sie nicht phantastisch? Sie bringt auf den Punkt, was ich mir denke, aber nicht formulieren kann, und trifft dabei immer ins Schwarze. Ich sag ja oft: Luise ist meine bessere Hälfte, Bee ist meine klügere Hälfte, mir selbst bleibt nur mehr die dritte Hälfte der edlen Einfalt und stillen Größe. Hi, hi, hi.«

»Immerhin etwas.« Viktor nimmt einen Schluck Tee, stellt fest, dass dieser zu stark ist, trinkt aber trotzdem weiter.

»Wer immer ins Schwarze trifft, verfehlt alles andere«, meint Beate. »Manchmal schieße ich übers Ziel.«

»Aber nie daneben«, erwidert Bruno.

»Na, Hauptsache, es wird geschossen«, bemerkt Viktor.

»Lisa!!!«, brüllt Bruno.

»Zwei Minuten noch! Bitte entschuldigt! Ich bin in zwei Minuten bei euch«, tönt es von oben dumpf und ein wenig verzerrt, sodass Viktor die Stimme, die er am Telefon gehört hatte, kaum erkennt.

»In zwei Minuten«, wiederholt Bruno mit hoher Stimme und dehnt die Worte. »In zwei Minuten. Mein Gott, ist das eine Zicke!«

»Ich war in ihrem Alter genauso«, sagt Beate.

»Ach, Quatsch! Du warst eine altkluge Göre mit Brille und Faltenrock, die Erich Fromm zitiert hat.«

»Eine altkluge Göre, die furchtbar darunter gelitten hat, dass ihre Oberschenkel zu dick waren.«

»Sie war spindeldürr.« Bruno zwinkert Viktor zu. »Gazellenbeine.«

»Na und? Realität und Selbstwahrnehmung sind zwei verschiedene Dinge.«

»Typisch Frau!«

»Lisa ist mir wie aus dem Gesicht geschnitten?«, fragt Viktor. »Tatsächlich?«

»Aber klar doch! Mir ist gleich aufgefallen, dass sie jüdisch aussieht.«

»Gibt es sowas wie ein jüdisches Aussehen? Du glaubst, so etwas erkennen zu können?«

»Versteh mich bitte nicht falsch«, sagt Bruno schnell. »Ich habe eine absolut positive Einstellung zu Juden. Absolut! Bedingungslos. Das kannst du mir glauben. Ich war schon einige Male in Israel und finde das Land großartig. Ich finde es beschämend, dass ausgerechnet wir Deutschen heute so viele Araber und Moslems bei uns aufnehmen. Das ist unverantwortlich, unter anderem auch gegenüber unseren jüdischen Mitbürgern. Merkel hat …«

»Bruu, du durchschaust wie immer die großen Zusammenhänge nicht«, unterbricht ihn Beate. »Merkel ist nur eine Puppe, und die Strippenzieher bleiben im Verborgenen.«

»Merkel muss weg!«, verkündet Bruno mit sonorer Bedeutungsschwere. »Die Strippen kann man durchschneiden. Es geht um uns alle. Wir haben die Kontrolle über unser Land verloren, ein Land ohne sichere Grenzen ist kein Land, und wenn es so weitergeht, was ich befürchte, werden wir umgevolkt, islamisiert und gehen unter … Lisa!!! Das Essen ist gleich fertig! Übrigens war der Großvater meiner Frau Halbjude.«

»Vierteljude«, hört Viktor Luises Stimme hinter seinem Rücken. »Mischling zweiten Grades. Deshalb hat er überlebt.«

»Und jetzt kommen Hunderttausende Antisemiten ins Land«, erklärt Bruno empört.

»Ich bin freiwilliger Flüchtlingshelfer in Salzburg«, sagt Viktor. »Ich helfe diesen sogenannten Antisemiten, und zwar gerade, weil ich Jude bin.«

»Das weiß ich.« Bruno seufzt. »Nobody is perfect.«

»Ich bin mir sicher, dass du früher oder später aus der geistigen Umnachtung der Willkommenskultur aufwachen wirst«, bemerkt Beate. »Sag mal, willst du zur Feier des Tages wirklich keinen Wein? Bier haben wir auch. Lisa trinkt Bier. So wie ich.«

4

Schweigen. Es gibt keinen Satz, der angemessen wäre, weil es Situationen gibt, in denen Sprache nicht das Maß sein kann. »Nun sagt doch etwas!«, insistiert Bruno, was das Schweigen noch unerträglicher macht, nachdem die Begrüßungssätze gesprochen sind und alle wieder am Tisch Platz genommen haben. Sogar einen angedeuteten Knicks hatte Lisa vor Viktor gemacht, als sie ihm die Hand gab. Das fand er rührend, wusste danach aber erst recht nicht, was er sagen sollte. Es folgten ein paar Fragen über sein Leben – seine Herkunft, den Beruf, ob er »noch andere« Kinder habe. Viktor antwortete, nicht allzu knapp, aber auch nicht so ausführlich, unterhaltsam und mit Anekdoten angereichert, wie es sonst seine Art ist, wenn er sich in der entsprechenden Stimmung befindet. An diesem Abend ist er aber ohne Zweifel nicht in Stimmung, kann sich nicht entscheiden, ob er sich eher melancholisch, emotional oder humorvoll und abgeklärt geben oder abwechselnd in die eine und dann in die andere Rolle schlüpfen soll. Sobald Viktor Gudrun erwähnt, wechselt Lisa schnell das Thema, beginnt über etwas anderes zu reden oder stellt eine Frage, die mit ihrer Mutter nichts zu tun hat. Nach einer Viertelstunde läuft sich das Gespräch tot.

Lisa sieht Gudrun nicht nur zum Verwechseln ähnlich, sondern hat von ihr zudem die Stimme geerbt. Das war Viktor schon am Telefon aufgefallen. Nun kommt es ihm vor, als mache er eine Reise in die Vergangenheit. Lisas Kleid, dünn, eng, schwarz, glitzernd, mit weitem Ausschnitt, und ihre Stöckelschuhe ähneln sehr jenen, die einst Gudrun getragen hatte. Ihre schmalen Hände machen dieselben leichten Zuckungen, wenn sie nervös, irritiert oder aufgewühlt ist. Plötzlich wird Viktor bewusst, dass Gudrun, so wie er selbst, damals um einige Jahre jünger gewesen war als Lisa heute. Es ist ihm nicht klar, ob ihm dieser Gedanke angenehm oder unangenehm ist. Nun sitzt sie ihm gegenüber und schaut ihn an und scheint ihn mit ihren großen, wässrig grünen Augen verschlingen zu wollen, aber sie sagt nichts, und jeder Satz, der Viktor in den Sinn kommt, um das Schweigen zu brechen, kommt ihm banal und unangemessen vor. Wahrscheinlich geht es ihr genauso. Hinter Lisas Rücken ist ein Fenster und draußen die Finsternis. Man sieht nur die Lichter im gegenüberliegenden Wohnblock – gelb leuchtende Fensterquadrate, die der Regen verwischt oder zu tanzenden Rhomben verzerrt.

»Der Braten ist gleich fertig«, sagt Luise mit betont fröhlicher Stimme, was aus ihrem Mund trotzdem melancholisch klingt.

»Wunderbar! Ich sterbe vor Hunger«, ruft Bruno aus.

»Ich auch.«

»Auch ich.«

Viktor fragt sich, warum er nicht darauf bestanden hatte, Lisa in einem Kaffeehaus zu treffen. Während des kurzen Telefonats, das er vor einigen Tagen mit ihr geführt hatte, schlug er dies zwar vor, doch Lisa hatte gemeint, »Tante Bee und Onkel Bruu«, besonders »Onkel Bruu«, würden sich »total darüber freuen«, wenn er zu ihnen käme, und wären »ganz böse«, wenn er dies nicht täte.

Beate scheint Viktors Gedanken erraten zu haben. »Wenn wir fertig gegessen haben, lassen wir euch beide allein«, sagt sie. »Ihr könnt zu mir hinauf ins Wohnzimmer gehen. Oder in Lisas Zimmer. Oder hierbleiben, und wir ziehen uns zurück.«

»Danke.«

Wieder Schweigen.

»Schaut euch doch die Augen, die Ohren und das Kinn der beiden an«, sagt schließlich Luise, »erstaunlich, wie sich Vater und Tochter gleichen, vor allem aber ist es natürlich die Nase. Richtige eineiige Zwillingsnasen!«

Reflexartig greifen sich Lisa und Viktor gleichzeitig an die Nase, befühlen mit den Fingerkuppen die Nasenspitze. Viktor fährt mit dem Zeigefinger der rechten Hand über den Höcker, der seine überproportional lang geratene Nase aussehen lässt, als sei sie ihm irgendwann einmal gebrochen worden. Lisas Nase ist seiner tatsächlich ähnlich, und auch sie befühlt sie mit dem Finger, bis hinauf zum Nasenansatz und zur Stirn, so als würde sie jede seiner Bewegungen nachahmen, und genau in diesem Augenblick beginnen beide zu lachen, Beate, Luise und Bruno lachen mit, das Eis ist gebrochen, und das erste Mal an diesem Abend wirkt Lisa fröhlich und gelöst und sagt: »Meine Mama hat eine Stupsnase, mein Papa, also mein Langenloiser Papa, auch, die Nase meiner Schwester schaut völlig anders aus. Ich habe mich immer schon gefragt, wo ich diesen Kumpf herhabe.«

»Kumpf?«

»So hat meine Großmutter meine Nase immer genannt. Ein großer Behälter eben.«

»Bei mir ist die Herkunft eindeutig.«

»Als ich vor zehn Jahren mit meinen Eltern in Israel auf Urlaub war, hat man mich oft für eine Einheimische gehalten. Jetzt weiß ich, warum.«

Viktor jedoch weiß es nicht und fragt sich kurzzeitig, ob die junge Frau nicht tatsächlich seine Tochter sein könnte. Bei diesem Gedanken wird es ihm warm ums Herz. Wie schön wäre es doch, wenn es Wunder gäbe, wenn er die Wehmut der letzten Jahre wie mit einem Zaubertuch wegwischen könnte und alles ein gutes Ende fände – wie im Märchen. Doch er weiß, dass dies unmöglich ist. Manchmal kann man das Schicksal überlisten, man kann es verkleiden und Rollen spielen lassen, aber man kann es nicht verändern, und wenn man es doch verändert zu haben glaubt, gibt es irgendwo einen Haken. Als junger Erwachsener hatte Viktor einige medizinische Untersuchungen über sich ergehen lassen – das Ergebnis war stets eindeutig. Dass Lisa weder den runden Bauernschädel noch die feiste Figur des Beamten aus Langenlois, den er von Fotos kennt, geerbt hat, sieht auch er. Er beschließt, Gudrun beim nächsten Skype-Gespräch wieder einmal auf den Zahn zu fühlen.

Wie Lisa zu den Becks gekommen ist, möchte Viktor wissen.

Der Braten schmeckt köstlich, und er hat sich von Beate schließlich doch überreden lassen, ein Bier zu trinken.

»Ich bin auf den Stufen vor dem Bahnhof gesessen, und es ist mir schlecht gegangen. Ich war seit zwei Tagen da, hatte kein Geld mehr, der Typ, mit dem ich davor unterwegs gewesen bin, war auf und davon. Wir hatten gestritten. Wir waren durch Zufall hier gelandet, vorher waren wir wochenlang kreuz und quer durch Deutschland gefahren, haben bei irgendwelchen Freunden von Freunden übernachtet und sind dann weiter, bis hierher, und dann hat sich der Typ aus dem Staub gemacht und hat mich sitzenlassen. Irgendwas hatte ich mir zusammengeschnorrt, ich war noch nicht wirklich hungrig, aber bald völlig erschöpft, und als ich gespürt habe, dass ich tierisch hungrig bin, hat mir eine Roma-Bettlerin einen Euro geschenkt …«

»Ich gehe gerade vorbei«, fällt ihr Beate ins Wort, »und sehe, wie eine Roma-Bettlerin einer fix und fertig aussehenden, ganz jungen Frau einen Euro schenkt. Diese Szene hat mich erschüttert.«

»Wer weiß, was diese Zigeunerin für Hintergedanken hatte«, bemerkt Bruno. »Ich trau diesem Pack nicht. Mitleid und Edelmut gehört nicht zu seinen Instinkten.«

»Ich war erschüttert«, wiederholt Beate. »Mein Mutterinstinkt war angesprochen.«

»Und so hast du sie einfach mitgenommen.«

»Ja.«

»Einfach so? Von der Straße zu dir nach Hause?«

»Einfach so von der Straße zu mir nach Hause.«

»Und hast Lisa einen sicheren Hafen gegeben«, sagt Viktor schmunzelnd. »Offenbar gab es in ihrem Leben davor einige Turbulenzen, und nun genießt sie hier jene besinnliche Ruhephase, die sie braucht.«

»Ach was, sicherer Hafen!«, ruft Bruno aus und wird auf einmal wütend. »Wo gibt es denn noch, wenn Deutschland untergeht, einen sicheren Hafen in diesem Land? Soll ich dir erzählen, was ihr passiert ist? Du als Mensch mit rosaroter Brille und der Seele eines Glücksschweinchens …«

»Bruu!«, ermahnt ihn Beate streng. »Du hattest mir versprochen, dass wir heute Abend nicht über diesen Vorfall reden. Alles hat seine Zeit.«

»Bitte nicht, Onkel Bruu!«, bittet Lisa. »Nicht jetzt!«

»Schon gut, ich halte die Klappe.«

»Ich möchte aber erfahren, worum es geht«, sagt Viktor. »Was ist passiert?«

»Vergiss es, Bee hat recht, es ist der falsche Moment, um über Widerwärtigkeiten zu reden.«

»Ich möchte es wissen«, insistiert Viktor. »Du hast erwähnt, dass etwas vorgefallen ist. Jetzt kannst du nicht so tun, als hättest du nichts gesagt.«

»Ihr habt sicher so vieles, was ihr euch zu erzählen habt, ein ganzes Leben zum Nachholen«, zwitschert Luise mit hoher Stimme. »Ist das nicht rührend? So rührend! So viel zum Nachholen!«

»Ein Update.«

»Ein Upgrade.«

»Eine Reise.«

»Hoffentlich nicht ins Herz der Finsternis«, meint Viktor. »Wir sind längst dort angelangt«, erklärt Bruno, und plötzlich reden alle durcheinander, und Viktor verspürt das immer stärker werdende Verlangen, Lisa an der Hand zu nehmen und dieser illustren Runde den Rücken zu kehren. Was macht er hier eigentlich?, fragt sich Viktor. Warum ist er überhaupt in diese kleine Welt eingebrochen? Ein Bekannter von ihm, der im Rollstuhl sitzt, erklärte ihm einmal, dass man auch als Querschnittsgelähmter ein erfülltes und nützliches Leben führen könne. Wer dieses Leben nicht annehme, wer sich mit den Zuständen nicht abfinde und in eine permanente Depression verfalle oder sich gar umbringe, sei feige. Wer aber sich einzureden versuche, es entgehe ihm nichts, dem Sitzen im Rollstuhl etwas Positives abgewinnen möchte oder ständig auf gesunde Menschen verweise, die angeblich unglücklicher seien als er selbst, sei töricht – eine lächerliche Figur, die sich einem Saure-Trauben-Selbstbetrug hingebe. Es sei scheiße, im Rollstuhl zu sitzen, und es stehe außer Frage, dass dadurch vieles im Leben verpfuscht sei – für immer, irreversibel. Wer sich selbst und andere betrügt, wer verdrängt und beschönigt, erntet irgendwann nur Spott und Hohn, genauso wie jener, der ständig nur jammert und dem Versäumten und Irreversiblen nachtrauert, anstatt sein Leben zu leben und das Beste daraus zu machen. Damals hatte Viktor seinem Bekannten widersprochen und gemeint, das Verdrängen und Beschönigen sei manchmal der einzige Weg, um zu überleben. Das Gespräch ging ihm jedoch nie mehr als dem Kopf, und es gab Momente, da er geneigt war, seinem Bekannten recht zu geben. Er sollte nach Hause fahren, anstatt Fiktionen nachzujagen.

Wenn er fair und anständig sein wollte, denkt Viktor, müsste er jetzt aufstehen, sich entschuldigen, allen erklären, warum er nicht der Vater dieser jungen Frau sein könne, sich verabschieden und nach Hause fahren. Soll doch Gudrun endlich damit herausrücken, wer sie in jenem Sommer sonst noch gefickt hat. Das wird sie doch nicht vergessen haben können! Oder etwa doch?

Viktor tut nichts dergleichen. Er verlässt das Zimmer weder mit noch ohne Lisa, sondern beobachtet, wie sie den Blick senkt, wie sich die Zuckungen ihrer Hände verstärken, sodass sie den Braten nicht mehr schneiden kann und den Teller von sich schiebt. »Erzähl endlich!«, wendet sich Viktor an Bruno und ärgert sich sogleich über sich selbst.

»Die Silvesternacht!«, sagt Bruno. Beate und Luise verstummen. »Du weißt, was in Köln los war?! Aber kaum einer redet davon, dass Ähnliches in vielen anderen Städten passiert ist. Auch hier bei uns in Gigricht!«

Viktor versteht sofort, und von einem Augenblick auf den anderen schmecken ihm weder der Braten noch das Gemüse oder die Bratkartoffeln.

»Auf dem Hauptplatz wurden mindestens zehn Frauen belästigt«, schreit Bruno empört. »Leider war Lisa ebenfalls dort.«

»Wir haben nicht geahnt, dass so etwas passieren kann«, erklärt Beate mit ruhiger Stimme. »Aber wir hätten es vorhersehen müssen. Wenn Hunderttausende junge Araber und Moslems ins Land kommen, dann gibt es nicht nur Terror und Mord wie in Paris, sondern auch Vergewaltigungen, sexuelle Übergriffe jeglicher Art, Kinderschändung.«

»Früher war unsere Stadt so sicher, dass man wochenlang darüber gesprochen hat, wenn einmal ein Gewaltverbrechen verübt wurde«, ereifert sich Bruno. »Und heute? Bevor diese Schweine zu uns kamen, hatte niemand Angst, zur Silvesterparty auf den Hauptplatz zu gehen.«

»Wer Schweine zu sich hereinlässt, braucht sich nicht zu

wundern, dass sein Haus bald zum Schweinestall wird«, erklärt Beate. »Eigentlich läuft alles genau nach dem Hooton-Plan.«

Viktor weiß nicht, welchen Plan Beate meint, beschließt aber, lieber nicht nachzufragen.

»Vielleicht ist alles, was uns widerfährt, eine Strafe Gottes für unsere Dummheiten und kleinlichen Händel«, meint Luise leise und fügt etwas lauter, beinahe flehentlich hinzu: »Möchte jemand noch etwas Braten? Gemüse und Bratkartoffeln gäbe es auch noch.«

»Ach hör doch auf mit diesem Scheiß, meine Liebe«, sagt Bruno. »Gott hat nichts damit zu tun. Merkel muss weg!«

»Es tut mir sehr leid, was dir passiert ist.« Viktor spürt, wie ihm die Stimme versagt. Lisa erwidert nichts. Sie schaut weder ihn noch die anderen an, sondern starrt unentwegt auf die Tischplatte.

»Ja, jetzt tut es euch leid, ihr Gutmenschen!«, höhnt Bruno. »Irgendwann stellen wir euch alle vor Gericht.«

»Ein gutes Dutzend junger Männer waren es, größtenteils Nordafrikaner wahrscheinlich, die sie umstellt und angefasst haben, überall«, erzählt Beate. »Sie konnte davonlaufen, bevor ihr noch Schlimmeres angetan werden konnte. Ganz aufgelöst kam sie dann nach Hause, sie hat furchtbar geweint, die Arme.« Sie versucht, Lisa in die Arme zu nehmen, doch diese entzieht sich, schüttelt den Kopf, stößt sie zurück.

»Und diese Tiere laufen noch frei herum.« Bruno schlägt wütend auf den Tisch. »Kastrieren sollte man sie! Einen hat Lisa erkannt, aber auch den hat man nicht weggesperrt und nicht abgeschoben. Diesen algerischen Drecksack. Aus Mangel an Beweisen, heißt es. So ist es in diesem Staat: Die Falschparker und Schnellfahrer werden abgestraft, während die Vergewaltiger frei herumlaufen, besonders dann, wenn sie Invasoren sind.«

»Flüchtlinge!«, widerspricht Viktor.

»Es gibt keine Flüchtlinge! Nur Migranten, die sich in unsere Sozialsysteme integrieren wollen. Durch wie viele sichere Drittländer sind sie zu uns gekommen?«

»Ich bin mir nicht sicher, ob er es war«, flüstert Lisa. »Er schaut dem Phantombild ähnlich, aber das allein ist noch kein Beweis.«

»Moslem, Nordafrikaner, männlich und jung, das sollte eigentlich schon reichen, um jemanden abzuschieben. Wir von der AfD sind die Einzigen, die diese harte Wahrheit erkennen und anerkennen. Ich bin kein Rassist, ich werfe keineswegs alle in einen Topf, aber es geht um unsere Sicherheit! Übermorgen findet die große Demo statt – vor der neuen Asylantenunterkunft, die in der Straße des 20. Juli entsteht und nächste Woche eröffnet werden soll. Es kommen alle: die *Gigrida*, das ist unsere Pegida, die *Friedensliga für ein islamfreies Europa*, die *Merkel-in-den-Knast!-Bewegung*, die etwas obskuren Gestalten von *Antischwarzrotgrüngelb* sind auch dabei und natürlich wir von der AfD, die Initiatoren. Schließlich sind wir der intellektuelle und politische Führungsstab in dieser Krisenzeit.«

»Du kannst nicht für die ganze Partei sprechen«, meint Beate.

»Aber für unsere Ortsgruppe auf jeden Fall. Europa mag untergehen, aber nicht Gigricht. Wenn es sein muss, bauen wir eine Mauer zwischen unserer Siedlung und dem Invasorenstützpunkt dort drüben.« Er macht eine heftige Handbewegung Richtung Badezimmer und Toilette. »Dort wohnt dieser Mistkerl. Wir sehen ihn jeden Tag, aber ich habe schon alle Nachbarn informiert. Soll ich erzählen, was sich jetzt bei uns abspielt?«

»Können wir über etwas anderes reden?«, bittet Lisa. Sie hat Tränen in den Augen.

»Ja, wir sollten jetzt zur Nachspeise übergehen«, sagt Luise. »Es gibt Apfelkuchen, Himbeersorbet oder türkisches Baklava. Wer möchte was?«

5

Nein, sie wolle an diesem Abend nicht über ihre Mutter reden, erklärt Lisa, und schon gar nicht über ihren Vater. Beim Wort »Vater« zuckt sie zusammen und schaut Viktor fragend an. »Ja, natürlich ist er dein Vater«, versichert ihr Viktor. »Er hat dich großgezogen. Meine Leistung war dagegen eine sehr geringe.« Und in Wirklichkeit, denkt er, war diese Leistung zudem absolut folgenlos, sieht man davon ab, was sie in Gudruns Hirn ausgelöst hat.

»Mama hat mir davon erzählt. Ich bin ein schiefgelaufener Coitus interruptus.«

Mag sein, denkt Viktor, aber nicht meiner.

»Es war mir peinlich, ich hatte große Angst und ein furchtbar schlechtes Gewissen«, lügt Viktor und tut dies so überzeugend, dass er selbst von seinen Worten ergriffen ist, während Lisa kleinlaut sagt: »Ich hoffe, du bist trotzdem froh, dass es mich gibt.«

»Natürlich.«

»Ich möchte alles über dich erfahren. Deine Frau – ist sie nett?«

»Sehr nett sogar. Sie freut sich ebenfalls, dich kennenzulernen.«

»Jetzt lügst du.«

»Stimmt«, sagt er schmunzelnd. »Sie freut sich nicht, aber sie ist neugierig.«

»Warum habt ihr keine eigenen Kinder?«

»Wir haben uns spät kennengelernt, waren beide über dreißig. Die Karrieren standen im Vordergrund, wir haben den richtigen Zeitpunkt versäumt ...«

»Jetzt lügst du wieder!«

»Du hast recht. Es ist komplizierter. Aber das erzähle ich dir ein anderes Mal. Du willst heute nicht über deine Eltern reden und ich nicht über meine Ehe.«

»Einverstanden. Aber lüg mich bitte nicht an. Ich erkenne immer gleich, ob Menschen die Wahrheit sagen oder nicht.«

»Eine bemerkenswerte Eigenschaft.«

»Jedenfalls weiß ich genau, dass du mein biologischer Vater bist. Das spüre ich.«

»Ich auch«, sagt Viktor und wundert sich, wie selbstsicher und überzeugend seine Stimme klingt. »Da gibt es keinen Zweifel.«

»Willst du noch ein Bier? Ich kann hinuntergehen und eins holen.«

»Danke, nein.«

Viktor schaut auf die Uhr, die an der Wand hängt. Es ist kurz vor elf. In Lisas Zimmer, dem Gästezimmer in der oberen Wohnung, die Beate gehört, ist es eiskalt. Die junge Frau hat das Fenster gekippt, und während es Viktor fröstelt, hat Lisa weiterhin das kurzärmlige und dünne Kleid an.

Das Zimmer ist klein und spartanisch eingerichtet: ein Bett, ein Schreibtisch, auf dem ein Laptop steht und ein paar Bücher liegen – Romane der französischen Krimiautorin Fred Vargas –, zwei Stühle, ein Schrank. An der Wand hängt außer der Uhr nur eine Lithografie, die Gigricht im 18. Jahrhundert zeigt – mit Stadtmauern und einer idyllischen Landschaft im Vordergrund. Die einzige individuelle Note ist ein kleines Stofftier, ein lilafarbener Elefant, der auf dem Bett neben dem Kopfkissen liegt.

Nach einiger Zeit entdeckt Viktor eine eingerahmte Fotografie, etwa zwanzig mal zehn Zentimeter groß, die sich versteckt in einer Spalte zwischen dem Schrank und der Wand auf dem Boden befindet: Sie zeigt Beate als junge Frau, noch ohne Doppelkinn und mit wallendem Haar, aber mit Brille.

»Die stand auf dem Schreibtisch, aber ich habe sie irgendwann weggestellt«, erklärt Lisa. »Ich wollte nicht, dass sie mich ständig anschaut.«

»Aber warum auf den Boden?«

»Weiß auch nicht.« Lisa zuckt die Achseln und wird rot.

»Deine Mama leidet sehr darunter, dass du hier bei Beate Beck lebst, und das schon seit Monaten.«

»Ich weiß. Ihr wäre es lieber, ich würde weiterhin jeden Abend um sieben anrufen, jedes zweite Wochenende nach Langenlois zu Besuch kommen, ihr jede Kleinigkeit aus meinem Leben erzählen und in der Mindestzeit fertig studieren. Und sie würde sich bestimmt freuen, wenn ich immer noch mit diesem Dorftrottel Kevin zusammen wäre, so wie damals, als ich sechzehn war.«

»Dein erster Freund?«

»Mein dritter, aber Mama glaubt, er wäre mein erster gewesen. Eigentlich ist ihr ja keiner recht. Auch Patrick nicht, der Freund meiner Schwester. Dabei ist der wirklich ein cooler Typ, ein bisschen blöd, aber meine Schwester ist ja auch nicht die Hellste. Die passen schon zusammen.«

»Und wer passt zu dir?«

»Das wird sich noch zeigen. Ich brauche erst einmal Zeit, um zu mir selbst zu finden. Jetzt bin ich hier, und hier muss ich nichts. Hier kann ich einfach nur sein.«

»Wie lange noch?«

»Zu Weihnachten wäre ich fast rausgeflogen. Tante Bee hat mich erwischt, als ich mit Markus rumgemacht habe. Das ist der Sohn von Onkel Bruu und Luise. Er war ein paar Tage hier. Er ist nett, ein bisserl fad, aber sympathisch und gerade Single, und dann hat sich einfach was ergeben, nichts Ernstes …«

»Ich verstehe.«

»Dann hieß es plötzlich, ich solle ausziehen, mein Leben auf die Reihe kriegen, erwachsen werden, mir einen Job suchen oder nach Wien zurückgehen und weiterstudieren, überlegen, was ich wirklich will, zu mir selbst finden, immerhin bin ich schon dreiundzwanzig, blablabla.«

»Du bist aber immer noch hier. Eine Bitte: Kannst du vielleicht das Fenster schließen?!«

Lisa schließt das Fenster, setzt sich wieder an Tisch, senkt den Blick, seufzt, beginnt an den Fingernägeln zu kauen.

»Was ist los?«, fragt Viktor.

»Darf ich dir etwas erzählen, das wirklich unter uns bleibt?«

»Natürlich.«

»Du darfst es auf keinen Fall den Becks sagen, keinem von ihnen.«

»Ja, versprochen.«

»Auch nicht Mama oder sonst jemandem!«

»Gut. Worum geht es?«

»Diese Geschichte zu Silvester …« Sie stockt, kaut noch nervöser an den Fingernägeln, steht plötzlich auf, holt den Stoffelefanten vom Bett, setzt sich wieder an den Schreibtisch. »Ich habe diese Geschichte erfunden, ich war zwar wirklich kurz auf dem Hauptplatz, habe gesehen, was da abging, bin aber rechtzeitig noch weg von dort, und dann hatte ich diesen Einfall.« Sie umarmt das Stofftier, presst es immer heftiger an ihren Oberkörper.

»Was? Wieso???«

»Weil Tante Bee und Onkel Bruu, wie du sicher gemerkt hast, ein bisserl rechtsradikal sind, und ich habe mir gedacht, wenn ich mit so einer Geschichte daherkomme, dann können sie mich nicht einfach rausschmeißen.«

»Hat ja auch wunderbar geklappt. Oder?«

»Ja eh. Sie haben sich furchtbar aufgeregt: das arme Mädel, das arme Mädel, Untergang des Abendlandes, Invasorenflut, der böse Islam, na ja, der ganze Scheiß halt. Das Hinauswerfen, Erwachsenwerden und Lebenaufdiereihekriegen war dann aber kein Thema mehr.« Sie schaut Viktor an, betrachtet eingehend sein Gesicht und beginnt zu weinen.

»Und wieso erzählst du mir das?«, fragt Viktor mit scharfer Stimme und spürt, wie ihm übel wird.

»Weiß nicht«, antwortet sie leise. »Ich will keine Geheimnisse vor dir haben. Ich will, dass du mich magst, so wie ich bin, und ich möchte nicht so sein, wie ich nicht bin. Dabei weiß ich manchmal gar nicht, wie ich wirklich bin.«

Sie weint noch heftiger, aber Viktor kann sich des Eindrucks nicht erwehren, dass sie eine gute Schauspielerin ist.

»Ich habe schon als Kind das Gefühl gehabt, dass ich anders bin, aber ich habe nicht ganz verstanden, wie oder warum. Nun fügt sich eines zum anderen, nachdem ich erfahren habe, dass mein Papa nicht mein Papa ist und meine Mama mich von Anfang an belogen hat. Kein Wunder, dass ich immer irgendwie neben mir gestanden bin. Und so.«

»Ist dir klar, was du getan hast?«

»Ich bin nicht stolz darauf. Mir ist klar, wie dumm diese Idee war. Ich habe nichts gegen Flüchtlinge.«

»Und der Nordafrikaner?«

»Ich wollte wirklich nicht, dass er Schwierigkeiten bekommt, ich kannte ihn überhaupt nicht. Aber die Becks haben darauf bestanden, dass ich eine Anzeige erstatte. Sie haben mich buchstäblich ins Polizeirevier gezerrt. Ich habe jemanden beschrieben, der arabisch aussieht, so allgemein wie möglich:

schmales, kantiges Gesicht, große feuchte Augen, gekraustes, dichtes, sehr dunkles Haar, olivfarbene Haut, große, schlanke Statur. Irgendwen musste ich beschreiben, damit die Sache glaubwürdig klingt.«

»Wie kamen sie dann auf diesen Nordafrikaner?«

»Fouad heißt er. Ein Algerier. Ich kann nichts dafür, dass er so ein Allerweltsgesicht hat. Das Ganze ist einfach blöd gelaufen: Ein Polizist schaut sich das Phantombild an, das der Zeichner angefertigt hat, und sagt: He, das ist doch Fouad Halqa. Den Namen habe ich mir gemerkt. Den hatten sie schon ein paarmal wegen Diebstahls festgenommen und einmal, weil er Gras an andere Flüchtlinge vertickt hat. Der ist auch schon kurz im Knast gewesen. Als sie das Phantombild gesehen haben, haben sie ihn gleich wieder festgenommen. Wie gesagt, ich wollte das nicht.«

»Ganz unschuldig bist du aber nicht daran.«

»Sie haben ihn einige Tage lang verhört, wollten wissen, wer sonst noch in der Gruppe war, die mich belästigt hat. Dann haben sie ihn aus Mangel an Beweisen freigelassen. Jetzt wohnt er wieder drüben in der Unterkunft für Asylwerber – dort auf der anderen Straßenseite im ehemaligen Kindergarten.«

»Die habe ich gesehen.«

»Das Schlimme ist, dass er mich jetzt verfolgt.«

»Was?«

»Er folgt mir. Eine Woche nach Silvester habe ich ihn plötzlich auf der anderen Straßenseite gesehen, als ich zur Bushaltestelle gegangen bin. Am nächsten Tag war dasselbe.«

»Hat er dir etwas angetan?«

»Nein, nie. Aber er geht mir nach, immer auf Abstand. Wenn ich mich umdrehe, bleibt er stehen, schaut mich an und grinst. Wenn ich auf ihn zugehe oder mit ihm zu reden versuche, läuft er davon.«

»Passiert das nur hier in der Siedlung?«

»Nein, ein paarmal habe ich ihn mit seinen arabischen Freunden, eine ganze Gruppe war das, in der Stadt gesehen, einmal am Hauptplatz, ein anderes Mal in der Nähe vom Bahnhof und einige Tage später in der Wilhelmstraße, in der großen Fußgängerzone. Die Gruppe ist mir jedes Mal nachgegangen. Sie haben über mich geredet und mit Fingern auf mich gezeigt. Gelacht haben sie und Fotos von mir gemacht. Aber sie sind immer mindestens fünf Meter entfernt geblieben. Inzwischen habe ich Angst, abends aus dem Haus zu gehen. Es ist furchtbar. Wenn ich nicht allein unterwegs bin, taucht er nicht auf. Manchmal sehe ich ihn tagelang nicht, und dann, wenn ich ihn schon fast vergessen habe, steht er plötzlich an einer Ecke, raucht und beobachtet mich.«

»Bist du zur Polizei gegangen?«

»Nein. Was soll ich dort erzählen? Er ist mir ja nie zu nahe gekommen und hat kein einziges Wort zu mir gesagt. Außerdem habe ich sowieso ein total schlechtes Gewissen wegen der Silvesternachtgeschichte.«

»Und den Becks ...«

»Die Becks wissen nichts davon. Sonst dreht Onkel Bruu noch durch. Ich habe schon genug angerichtet.«

»Trotzdem: Was dieser Mann tut, ist Stalking und somit strafbar, und ohne dein Einverständnis darf er dich nicht fotografieren.«

»Sein Asylantrag ist abgelehnt worden, aber Algerien nimmt ihn nicht zurück, weil er keine Papiere hat. In der Unterkunft wird er vorläufig geduldet, muss dort aber bald raus. Wahrscheinlich taucht er dann unter.«

»Woher weißt du das?«

»Ali hat es mir erzählt.«

»Wer ist Ali?«

»Ein Flüchtling aus Syrien, den ich kenne …«

»Und mit dem hast du auch … eh … rumgemacht?«, fragt Viktor. Es gelingt ihm nur mit Mühe, seine Wut zu unterdrücken.

»Mit Ali? Nein. Nein, wirklich nicht!«, erwidert Lisa empört. »Doch nicht mit dem! Das hätte er gerne, so notgeil wie er ist. Ich kann's ihm nicht verübeln, ich bin halt hübsch. Alle wollen was von mir.«

»Woher kennst du ihn?«

»Tante Bees Cousine Barbara und ihr Mann kümmern sich um Ali. Er ist ihr Flüchtling.«

»Sie haben ihn adoptiert?«

»Das nicht, aber sie geben ihm Deutschunterricht, helfen ihm bei allen Behördengängen, vielleicht geben sie ihm sogar Geld. Typisches Helfersyndrom – die beiden haben keine eigenen Kinder.«

»Du bist ganz schön vorschnell mit deinen Urteilen.«

»Ja, dafür lieben mich meine Freunde. In der Schule und auf der Uni haben wir viel über Deduktion und Induktion gelernt. Ich bevorzuge die Intuition.«

»Hast du denn überhaupt noch Freunde?«

»Sei nicht gemein!«

»Was ist nun mit Ali?«

»Er verbringt fast täglich mehrere Stunden bei Barbara und Günter. Was soll er sonst tun? Arbeiten darf er nicht, solange er keinen positiven Asylbescheid hat. Übrigens wohnen die beiden gleich im Haus gegenüber.« Lisa macht eine Handbewegung Richtung Fenster und Finsternis. Im Nachbarhaus brennt kein Licht mehr.

Viktor ist nicht müde, aber er spürt, wie sich aus seinem Inneren heraus Erschöpfung breitmacht, so als brenne in ihm eine Flamme, die schwächer wird und schließlich erlischt, oder als wäre er selbst eine Kerzenflamme, die sich neigt und wieder aufrichtet, die verzweifelt hin und her pendelt, ständig die Richtung wechselt, sich dagegen wehrt, ausgeblasen zu werden, bis sie den Kampf verliert und sich endgültig auflöst, als der letzte glühende rote Punkt im Faden der vollkommenen Finsternis weicht. Nun sitzt er da und starrt auf die Silhouette des finsteren Hauses gegenüber, das in dieser verregneten Nacht kaum auszumachen ist, während Lisa nicht aufhört zu reden, verstohlen in seinem Gesicht nach Gemütsäußerungen sucht, die er unterdrückt, wegschaut oder lächelt, wenn er ihre Blicke erwidert, und dabei immer schneller redet und immer stärker in ihren heimischen Dialekt verfällt. Sie spricht über Ali, erzählt, wie sie Barbara, Günter und Ali das erste Mal getroffen hat, wie schüchtern er ihr anfangs begegnet und wie unverschämt er bald danach geworden sei. Inzwischen habe sie ihn längst in die Schranken gewiesen. Lisa erzählt, aber Viktor hört kaum noch zu, sondern horcht vielmehr in sich hinein, doch in seinem Inneren ist es nicht nur dunkel, sondern auch still. »Es ist spät«, sagt er.

»Sehen wir uns morgen?«, fragt sie.

»Gern. Im Foyer des Hotels? Wann kannst du kommen?«

»Wann immer du willst. Ich richte mich ganz nach dir.«

»Neun.«

»Zehn wäre mir lieber.«

»Zehn.«

»Darf ich dich umarmen?«

Vor einer Stunde hätte Viktor Lisa vielleicht selbst diese Frage gestellt. Jetzt nicht mehr. Aber er sagt nicht nein. Sie schlingt die Arme um seinen Oberkörper und presst die Stirn und dann die Wange gegen seine Schulter. Ihr Körper fühlt sich angenehm an und riecht nach Gudrun, auch wenn Lisas Parfüm feiner und exquisiter ist als der billige Duft, den ihre Mutter vor vielen Jahren verströmt hatte. Viktors Geruchssinn ist gut entwickelt, und er hat ein besseres Gedächtnis für Gerüche als für Gesichter oder Stimmen. Lisas Haar kitzelt seine Nase, und auf einmal, nur für einen Augenblick, ist er wieder im Ruheraum des Geriatrischen Tageszentrums, er spürt den Hauch jenes Gefühls von Leidenschaft, das ihn, je stärker er Gudrun begehrte, umso weiter von ihr entfernt hatte, löst sich, als die Erinnerung daran unerträglich wird, aus Lisas Umarmung, streicht einige Male mit den Handflächen über sein Hemd, sein Sakko, seine Haare, so als wolle er das Gefühl von Wehmut, Nostalgie und Wut über das für immer Versäumte abstreifen wie einzelne Haare von Lisa, die an seinen Schultern und an seinem Kragen kleben, und sagt: »Diese Ohrringe kommen mir bekannt vor.«

»Die hat mir Mama geliehen.«

»Nur geliehen, nicht geschenkt?«

»Ja. Sie hat mir Schmuck und Kleider geliehen und ihrerseits Sachen von mir ausgeliehen. Manchmal ist sie mit mir einkaufen gegangen, hat Kleider und Schuhe gekauft, die wir dann beide getragen haben, einmal sie, dann ich, dann wieder sie. Vor fünf Jahren ging das noch. Dann wurde sie fett. Gott sei Dank!«

»Diese Ohrringe hat sie schon damals getragen.«

»Wirklich?« Lisas Augen leuchten auf. »Damals … also wirklich damals? Auch als …?«

»Ja.«

»Soll ich sie nicht mehr tragen?«

»Wir sehen uns morgen. Gute Nacht, Lisa.«

6

Die Becks sitzen immer noch am Tisch im Wohnzimmer, trinken, unterhalten sich halblaut, verstummen aber und starren Viktor an, als er die Wendeltreppe hinabsteigt, folgen mit den Augen seinen Bewegungen wie lauernde Katzen, warten, dass er als Erster etwas sagt, doch diesen Gefallen tut ihnen Viktor nicht.

Schließlich bricht Luise das Schweigen: »Ich hoffe, es geht euch beiden gut. Miteinander. Dir und Lisa.«

»Warum sollte es uns nicht gut miteinander gehen?«, fragt Viktor. Heiser klingt seine Stimme, müde und bitter.

»Weiß nicht.« Luise schaut ihn verwirrt an und wendet den Kopf hilfesuchend Richtung Bruno und dann Richtung Beate.

»Ich auch nicht«, sagt Viktor.

Beate erkennt, was los ist, kommt Bruno zuvor, schneidet ihm nach seinem einleitenden »Moment mal!« gleich das Wort ab, sagt, sie würde sich sehr freuen, wenn Viktor morgen oder an einem anderen Tag, wann immer er wolle, wieder zu Besuch komme, er sei jederzeit willkommen. Sie würde Viktor hinunterbegleiten, weil sie die Haustür aufsperren müsse.

Seit »die neuen Kulturbereicherer« in den alten Kindergarten eingezogen seien, werden sämtliche Haustore um einundzwanzig Uhr verschlossen, erklärt Beate.

»Soll ich dir ein Taxi rufen?«, fragt Luise.

»Nein, ich gehe zu Fuß.«

»Pass aber ja auf!«, ermahnt ihn Bruno. »Die Stadt ist nicht mehr das, was sie einmal war. Geh nicht durch den Park.«

»Ich habe keine Angst.«

»Solltest du aber.«

Als sie unten auf der Straße sind, streckt Viktor Beate die Hand entgegen, um sich zu verabschieden. »Wir sehen uns wahrscheinlich morgen«, sagt er.

»Hast du noch ein paar Minuten Zeit?«, fragt sie.

Er nickt.

Sie kramt in ihrer Handtasche, holt eine Packung Zigaretten heraus, fingert darin herum. »Stört es dich, wenn ich rauche?«

Viktor schüttelt den Kopf.

Sie zündet sich eine Zigarette an, macht einen Zug, einen zweiten, lässt den Rauch durch die Nase entweichen, lehnt sich mit dem Rücken gegen die Wand, schließt die Augen. Im fahlen Licht der Straßenlaterne wirkt ihr Gesicht älter und verbissener.

Viktor stellt fest, dass er an einem Ort ist, wo anderen Menschen offenbar nicht kalt wird. Beate hat weder Schal noch Mütze, sondern nur einen dünnen Mantel an, während er, obwohl warm gekleidet, die ganze Zeit friert. Er steigt von einem Fuß auf den anderen, geht ein, zwei Schritte vor und zurück, reibt sich die Hände. Der Regen hat aufgehört, doch es bläst ein eisiger, kalter Wind. Die Straße ist menschenleer, und auch in der Flüchtlingsunterkunft brennt kein Licht mehr. In der Allee, die zum Tor führt, sieht Viktor ein paar Männer, deren Umrisse er in der Dunkelheit nur vage erkennen kann. Die Sprachfetzen, die er aufschnappt, lassen vermuten, dass es sich um Paschtu handelt.

»So ist das jede Nacht«, erklärt Beate. »Ein paar von denen lungern immer herum. Du musst wirklich achtgeben.«

»Ich bin müde.«

»Nimm sie mit!«, sagt Beate.

»Wie bitte?«

»Nimm Lisa mit – nimm sie mit nach Freilassing, nach Salzburg, wohin du willst, nach Berlin zu deiner Mutter, oder bring sie zurück nach Wien, wo sie hingehört. Wir lieben sie sehr, aber sie kann nicht ewig bei uns wohnen.«

»Ich bin nicht mit der Intention hergekommen, sie abzuholen«, erwidert Viktor trocken. »Außerdem ist sie volljährig, und ich kenne sie eigentlich überhaupt nicht. Ich habe keine Ahnung, was sie will oder welche Pläne sie für die Zukunft hat. Ich kann sie doch nicht zu etwas zwingen und einfach mitnehmen.«

»Über deine Intentionen vermag ich mir kein Urteil anzumaßen«, erklärt Beate mit leichtem Spott in der Stimme. »Aber, wenn ich dir eine persönliche Frage stellen darf ...«

O nein, bitte nicht, denkt Viktor, sagt aber: »Nur zu.«

»Kann es sein, dass du immer schon Kinder haben wolltest, aber aus irgendeinem Grund keine hast?«

»Vielleicht.«

»Es ist sicher kein Zufall, dass du den langen Weg hierher auf dich genommen hast. Du hättest dich leicht aus der Affäre ziehen können. Du hast recht: Lisa ist erwachsen, du hast keinerlei Verpflichtungen ihr gegenüber. Hast du eigentlich vor, einen Vaterschaftstest zu machen?«

»Vielleicht.«

»Nimm sie mit und hilf ihr dabei, ihr Leben in den Griff zu bekommen. Dafür wird sie dir immer dankbar sein. Wir haben genug für sie getan. Ich habe ihr viel gegeben ...«

»Sie dir aber auch, schätze ich«, unterbricht sie Viktor.

Beate wirft die Zigarette auf den Boden, drückt sie mit der Schuhspitze aus. »Du hast überhaupt keine Ahnung«, bemerkt sie bitter.

»Du wolltest einfach nur etwas Gutes tun«, meint Viktor schmunzelnd.

»Sei nicht so zynisch!«, sagt sie scharf. »Schau mich doch an. Ich bin Ende vierzig, alleinstehend, ohne Familie, in meinem Leben ist einiges schiefgelaufen. Beziehungen. Freundschaften. In meiner Jugend bin ich für die Grünen gelaufen, ich bin ja in Wirklichkeit eine Linke, obwohl du mir das wahrscheinlich nicht glauben wirst, ich war engagierter als viele andere, habe meine gesamte Freizeit geopfert und bin schließlich von diesen Linken verhöhnt und gemobbt worden. Nach außen tun sie rechtschaffen, liberal, fortschrittlich, aber wehe, du steigst der falschen Person auf die Füße. In ihrem Privatleben sind sie dieselben Schweine wie alle anderen. Sie sind nur die größeren Heuchler und haben eine Begabung dafür, schöne Phrasen zu dreschen. In meinem Beruf war es nicht anders, ich wurde ausgebootet, als es um eine Assistentenstelle auf der Uni ging, die eigentlich mir zustand. Mit meinen anderen Projekten ging es mir nicht besser …«

»Traurig. Und jetzt wolltest du ein bisschen Mama spielen.«

»Na und? Du kümmerst dich um irgendwelche Fremden, die unsere Grenzen und unser Sozialsystem stürmen und unsere Kultur zerstören. Währenddessen habe ich mich um deine Lisa gekümmert.«

»Meine Lisa?«

»Ja, deine, und das weißt du längst. Ich wollte vielleicht ein bisschen Mama spielen, du hingegen spielst den Retter der ganzen Welt, setzt dadurch unser aller Sicherheit aufs Spiel und kommst dir dabei noch gut und edel vor.«

»Es geht mir auch um uns, um unsere Gesellschaft, um Solidarität, um unser Land«, bemerkt Viktor. »Wenn wir nicht helfen, verlieren wir unser menschliches Antlitz …«

»Ach, hör doch auf mit diesem Blabla!«, fällt ihm Beate ins Wort. »Unsere Gesellschaft, sagst du. Unser Land. Welches meinst du eigentlich? Österreich oder Deutschland? Wir. Das sagst gerade du? Du sprichst von Wir? Wer bist du denn? Ein Gestrandeter, der die schlimmste aller Möglichkeiten gewählt hat, mit dem eigenen Schicksal fertigzuwerden, nämlich die eigene Wurzellosigkeit zum Ideal zu erklären. Statt sie als Bürde zu akzeptieren, willst du sie anderen Menschen, die eine echte Heimat haben und eine authentische, unverfälschte Kultur besitzen, aufhalsen, willst sie zwingen, genau solche Multikultigutmenschen zu werden wie du. Dabei brauchst du das alles nicht. Sei froh, dass du deine Lisa gefunden hast.«

»Und du weißt natürlich, was eine echte Heimat ist.«

Sie zündet sich eine zweite Zigarette an, pafft einige Male und sagt: »Als junges Mädchen habe ich oft geträumt, mich einfach in den Zug zu setzen und wegzufahren. Abzuhauen. Zu verschwinden. Weg aus dieser kleinbürgerlichen Enge, Tristesse und alltäglichen Vorhersehbarkeit. Die Höhepunkte des Alltags waren die gemeinsamen Fernsehabende mit Eltern und Großeltern, wenn *Dalli Dalli* oder *Was bin ich?* übertragen wurde.«

»Wohin wärst du denn gerne abgehauen?«

»Nach Westberlin. Oder nach Paris. In den Zug einsteigen und in Paris oder Rom aussteigen. Oder nach Griechenland fahren – auf eine Insel, wo mich niemand finden würde.«

»Und?«

»Ich war ein braves Mädchen mit Hornbrille.«

»Wie alt warst du damals?«

»Fünfzehn, sechzehn.«

»Lisa ist dreiundzwanzig.«

»Als ich dreiundzwanzig war, habe ich für mich allein gesorgt, meine Eltern haben mich längst nicht mehr unterstützt, und wenn ich wegfahren wollte, bin ich weggefahren. Bei Lisa habe ich allerdings den Eindruck, dass sie in Wirklichkeit erst sechzehn oder siebzehn ist.«

»Du selbst bist aber längst kein braves Mädchen mit Hornbrille mehr.«

»Inzwischen nehme ich wieder Antidepressiva.«

»Das tut mir leid.«

»Mir nicht. Es lebe die Pharmaindustrie!« Sie kichert, macht noch einen tiefen Zug, hüstelt und wirft die angerauchte Zigarette weg. »Nimm sie mit«, sagt sie. »Wenn sie deine Tochter ist, ist sie deine Tochter. Wenn sie dir zu anstrengend wird, kannst du zu ihr auf Distanz gehen, du kannst mies zu ihr sein, du kannst ihr sogar sehr wehtun, und sie bleibt dir trotzdem.«

»Gute Nacht«, murmelt Viktor und geht.

7

Wir alle haben in den letzten Monaten Großes geleistet, unser Beitrag wird unvergessen bleiben, unsere Kinder und Enkelkinder werden stolz auf uns sein, manche sind es heute schon, schreibt Hans, einer von Viktors Kollegen aus der Helfergruppe, auf Facebook. *Jeder ist durch seine Arbeit mit den Flüchtlingen über sich hinausgewachsen.*

Warum ist nicht Olga, das Mädchen aus der Raststätte, meine Tochter?, fragt sich Viktor. Schade, dass er nicht weiß, wie Olga mit Nachnamen heißt. Er hätte sie nach ihrer Handynummer fragen sollen. Aber offenbar kann man sich seine Kinder auch dann nicht aussuchen, wenn sie Fakes sind.

Unser einziger Lohn war stets die Dankbarkeit in den Augen jener, die uns nichts zurückgeben konnten. Wir »Gutmenschen« müssen viel Spott und Unverständnis und Hass über uns ergehen lassen, doch schweißt uns das eher zusammen, als dass uns dies ängstigt oder vom richtigen Weg abbringt. Wir lassen uns nicht unterkriegen!

Es gibt doch tatsächlich Menschen, die behaupten, Angela

Merkel habe die Grenzen geöffnet, weil sie keine eigenen Kinder hat. Nun seien die jungen Araber ihre Kinder, und als Pfarrerstochter habe sie Verständnis für gläubige Moslems und ihre patriarchale Weltanschauung. Viktor erinnert sich an eine Frau, die auf Facebook geschrieben hatte, Frauen würden sehr darunter leiden, wenn sie keine Kinder haben, Männer weniger.

Einige von uns sind sogar bedroht worden, doch keinen von uns hat dies abgehalten, weiterhin Menschen zu helfen.

Irgendwer schrieb Viktor auf Facebook, er hoffe, seiner Frau oder seinen Kindern würde dasselbe widerfahren wie den Frauen in der Silvesternacht in Köln. Ein anderer wünschte ihm, er möge in *sein Camp* gehen und nie wieder zurückkommen. Ein Mann, der sich als Künstler ausgab, schrieb ihm: *Wir beobachten Sie, Faden im Kreuz.* Er nannte ihn einen Volksverräter, der exekutiert gehöre, und bemerkte höhnisch, das würden ohnehin *die Moslems* erledigen, die ihn irgendwann köpfen würden.

Die erste Februarhälfte war hart, wir sind alle bis an unsere äußersten Grenzen gegangen, manche auch weit darüber hinaus. Wir haben den Menschen auf der Flucht geholfen, anzukommen – wir schenkten ihnen ein Lächeln, einen freundlichen Satz, halfen ihnen dabei, sich traumatische Erlebnisse von der Seele zu reden oder zu zeichnen, wir gaben den Menschen Wärme und ein bisschen Geborgenheit für die kurze Zeit, die sie bei uns waren, zauberten ein Lächeln auf Kindergesichter, das sich auf den Gesichtern der Eltern fortsetzte, und haben dabei zueinandergefunden. Freundschaften sind entstanden, die gemeinsame Arbeit hat uns geformt, zusammengeschweißt und für immer verändert. Für manche gehörten die Erlebnisse in den Camps zu den Höhepunkten ihres Lebens.

Viktor hat elf entgangene Anrufe von Gudrun und eine SMS mit der Bitte, er möge sie zurückrufen oder skypen, zu jeder Tages- oder Nachtzeit.

Seit einigen Tagen ist nur mehr wenig los, und heute sind gar keine Flüchtlinge mehr gekommen. Es heißt, dass die Balkanroute geschlossen wird, und das ist diesmal leider kein Gerücht, kein leeres Gerede, sondern bitterer Ernst. Mich entsetzt immer wieder der Zynismus und die Unmenschlichkeit unserer Politiker, die Menschen nur als Nummern und Zahlen und nicht als Individuen sehen und sich von den Rechtsradikalen wie Hunde an der Leine in eine bestimmte Richtung ziehen lassen.

Kerstin hat ihn zweimal angerufen und eine Nachricht auf dem Anrufbeantworter hinterlassen: »Ich hoffe, du hast Freude mit deiner Tochter, Papa. Ruf mich morgen an, ich gehe jetzt schlafen. Tschüss.« Der sarkastische Tonfall der Nachricht tut Viktor weh, aber er kann es Kerstin nicht verübeln.

Doch wir, wir lassen uns nicht vom Weg abbringen, und wenn es wieder losgeht, und früher oder später werden wieder Tausende Menschen in Not an unseren Grenzen stehen, dann sind auch wir bereit. Ich sehe schon dreißig Leute, die sich für die erste Schicht anmelden wollen, sei diese am Tag oder in der Nacht, in der Hitze des Sommers oder bei Sturm, Regen oder Schnee im Winter. Wir warten. Wir sind bereit. Wir werden da sein! Amen.

Viktor erinnert sich, dass Hans seine Gefühle beinahe wortgleich vor zwei Monaten formuliert hatte, als am 18. Dezember das *Camp Grenze* geschlossen worden war. Damals hatten sich die politisch Verantwortlichen endlich darauf geeinigt, die Flüchtlinge direkt mit Bussen aus dem *Camp alte Asfinag* ins *Camp ehemaliges Möbelhaus* in Freilassing zu transportieren. So entfielen für die Flüchtlinge das lange Warten in der Tiefgarage und im Auslasszelt sowie der Grenzübertritt zu Fuß über die Brücke. Damals schrieb Hans, er sei für einen *Stammtisch in der Tiefgarage*. Viktor weiß, dass er an einem solchen Stammtisch nicht teilnehmen wird. Wenn er jemals wieder in diese Tiefgarage hinabsteigt, wird er dort kein Bier trinken, wird nicht mit anderen Helfern in nostalgischen Erinnerungen schwelgen, sondern nach jüdischer Tradition ein paar Steine auf den Boden legen – in Gedenken an all jene, die diese Tiefgarage niemals erreichen konnten und doch stets als Schatten in den Blicken der Menschen, die dort warteten, zu sehen oder zu erahnen waren.

Viktor klappt den Laptop zu. Es ist lange nach Mitternacht, aber er kann nicht einschlafen. In seinem Hotelzimmer hängt neben dem Bett ein Bild an der Wand, ein Stillleben, das einen Blumenstrauß zeigt. Es ist so abscheulich, dass es beinahe schon etwas Reizvolles an sich hat.

Viktor macht das Licht aus, dann wieder an und wieder aus. Er wälzt sich im Bett, schwitzt, geht unter die Dusche, schaut im Badezimmer einige Male in den Spiegel, legt sich wieder ins Bett, bleibt einige Minuten mit offenen Augen liegen, steht auf, schaltet das Licht wieder ein, holt einen Pullover aus seinem Koffer und hängt diesen über den Spiegel.

Unterstützung und Anteilnahme kann er von Kerstin nicht einfordern, denkt Viktor. Sie hätten sich beide rechtzeitig für eine Adoption anmelden sollen, aber als das Thema zur Sprache kam, waren beide über vierzig. Kerstins Kinderwunsch war nie so ausgeprägt gewesen wie seiner. Viktor hatte recht, als er Lisa erzählte, dass für sie die Karriere im Vordergrund gestanden war, und auch ihm war es erfolgreich gelungen, den Kinderwunsch und die damit verbundene Wehmut zu rationalisieren oder zu verdrängen. Mit dreißig oder fünfunddreißig gelang ihm das gut, mit vierzig nicht mehr. Wäre er zeugungsfähig gewesen, hätte sich Kerstin sicher nicht dagegen gewehrt, eine Familie zu gründen, doch eine Adoption war damals kein Thema gewesen. Sie hätten gerne ein eigenes Kind gewollt, kein fremdes.

Viktor klappt den Laptop wieder auf. Beate Beck kann offenbar ebenfalls nicht schlafen und hat auf ihrer Facebook-Seite einen langen Kommentar verfasst: *Die Grünen sind die Feinde der ansässigen nationalen Kultur. Sie sind das größte Unglück, das uns widerfahren ist. Wir leben in einem transkulturellen Zeitalter, behaupten sie, und doch werden sie nicht glücklich sein, wenn das eigene Kind einen Moslem aus Afghanistan oder Somalia heiratet. Transkulturell ist schön, solange es nicht die eigene Familie betrifft. Man sonnt sich in der wohligen Wärme des »Trans«, aber es soll einem selbst nicht zu nahe treten. Trans-national, trans-gender, trans-kulturell, trans-historisch, trans-human ... Für die meisten einfachen Menschen beschränkt sich das Trans darauf, dass sie auf die Malediven in den Urlaub fliegen, wenn sie sich das leisten können, was immer seltener der Fall ist, und zwischendurch mal gerne am Döner-Stand Kebab essen. Ansonsten ist für sie Trans ein Fremdwort aus dem akademischen Elfenbeinturm. Als volksbewusste Feministin bin ich weder trans noch politisch korrekt, weder binnen-I-hörig noch retro, sondern wehre mich gegen die islamischen Invasoren, die Frauen als ihr Eigentum betrachten, Ehebrecherinnen steinigen, kleine Mädchen an alte Männer verheiraten und mich als Hure ansehen. Damit handeln sie folgerichtig, denn ihr Prophet Mohammed dient ihnen als Vorbild: Er heiratete mit zweiundfünfzig Jahren eine Neunjährige – Aischa – und hielt sich Dutzende Ehefrauen und Sklavinnen, die er während seiner Kriege erbeutet hatte, in seinem Harem. Das alles brauchen wir hier bei uns nicht! Wir brauchen weder Mohammed noch seine Jünger mit ihren Problemen, noch Menschen in Not, die gar nicht in Not sind, und wir werden auch nicht ständig Asche über unser Haupt streuen. Die sogenannte Globalisierung wird sich umkehren, die alten Bezugsräume und damit die lokalen Kulturen werden einen neuen Aufschwung erhalten, gestärkt und befördert durch die dafür notwendige Zusammenarbeit.*

Trotz der nächtlichen Stunde hat dieses Posting schon vierunddreißig Likes erhalten, und es gibt neun Kommentare dazu: *Auf den Punkt gebracht!; Beate wie immer brillant!; Die Trans wollen Minarette in unseren Städten bauen, und der brüllende Muezzin ist dann sicher auch Trans, wenn er dazu aufruft, den Ungläubigen die Köpfe abzuschlagen; Es ist ein Krieg im Gange!; Wenn die Mädels, die so für Transkultur sind und das geile Muselpack auf den Bahnhöfen beklatschen, vergewaltigt werden, tun sie mir gar nicht leid, geschieht ihnen schon recht!; Für jeden Terroranschlag drei Moscheen sprengen und tausend Moslems in ihre Herkunftsländer zurückschicken! Dann haben wir bald überhaupt keine Probleme mehr; Ich sag's ja: Merkel muss weg!; Wir werden die Invasoren besiegen, werft jetzt schon die Öfen an: Es wird Asche regnen, und es wird nicht unsere sein!*

»Asche regnen«, murmelt Viktor eine halbe Stunde später, während er sich im Bett hin und her wälzt. »Es wird Asche regnen, und es wird nicht unsere sein.« Wenn er ein echter Russe wäre, würde er den Neonazi, der das geschrieben hat, ausfindig machen und ihm die Finger abschneiden – einen nach dem anderen. Er würde dafür sorgen, dass dieser Mensch, der laut seinem Facebook-Profil den schönen Namen Klang trägt (wenn es denn sein richtiger ist), niemals mehr eine Tastatur anrührt. Er würde. Aber natürlich wird er so etwas niemals tun, ja nicht einmal sagen oder schreiben – weder als Replik auf Facebook noch im engen Freundeskreis. Er ist kein Rechtsradikaler und kein Wutbürger. Wer sich auf das Niveau des Abschaums hinunterbegibt, wird selbst zum Abschaum, denkt Viktor, während er in seiner Phantasie gerade den rechten Daumen von Herrn Klang mit einem Brotmesser absägt. Er hat einen Screenshot der Seite gemacht und wird Herrn Klang anzeigen, sobald er wieder zu Hause in Freilassing ist. Ich bin ein Linker, sagt er sich, während er sein durchschwitztes Unterhemd gegen ein trockenes wechselt. Er muss seine Aggressionen kontrollieren und darf keine Gewaltphantasien haben, und wenn er sie dennoch hat, dann geht er zum Therapeuten statt auf Facebook. Er hat nur Wut auf den Wutbürger, weil der Wutbürger bei ihm eine solche Wut auslöst, dass er ihn zu seinesgleichen macht.

Viktor öffnet das Fenster, lehnt sich hinaus und starrt auf den menschenleeren Platz. Die Straßenlaternen leuchten so schwach, dass man kaum etwas erkennen kann. Es ist vier Uhr morgens. Nachdem er den Schlaf nicht erzwingen kann, sollte er vielleicht die Zeit nutzen, um einen Spaziergang zu machen? Doch dafür fehlt ihm die Kraft.

Wenn in deutschen Städten wirklich der Muezzin vom Minarett rufen sollte, dann wäre genau jetzt die Zeit für das erste Morgengebet. Seltsam, denkt Viktor, dass die Wutbürger immer wieder zu dieser Metapher greifen und nicht durchschauen, dass die echten Probleme, die auf sie zukommen, ganz woanders liegen und weder mit Islamisierung noch mit Umvolkung etwas zu tun haben.

Vor einigen Jahren hatten Kerstin und Viktor eine Reise nach Israel unternommen. Sie hatten einige Tage in Jerusalem zugebracht und in der Altstadt übernachtet. Jede Nacht hatte sie um vier Uhr morgens ein Muezzin aus dem Schlaf gerissen, wobei sie den Verdacht hatten, dass es sich bei dem immergleich klingenden »Allahu akbar« um ein Tonband handelte. In Gigricht schlägt nicht einmal die Uhr des Doms zur vollen Stunde, sondern zeigt, wie Viktor bemerkt hat, stets nur Viertel vor neun an. Die Vorstellung, dass ein Muezzin in den frühen Morgenstunden manche Menschen mit dem Ruf »Allaaahu akbar!« in Angst und Schrecken versetzen würde, lässt Viktor schmunzeln. Wenn sich jemand morgen mit einem »Grüß Gott« auf den Lippen in die Luft sprengt, wird dann »Grüß Gott!« auf einmal zu einem faschistischen Schlachtruf?

Viktor stellt sich vor, wie ein lautes »Allahu akbar!« die braven deutschen Bürger um den Schlaf bringt und wie sie mit einem knurrenden »Danke, Merkel!« antworten.

8

Jemand bietet Viktor Allah zum Nachtisch an. Zuerst ist Allah eine klebrige orientalische Süßspeise, die Viktor Zahnschmerzen verursacht, dann ein Wasserkrug, aus dem ihn das Gesicht der bezaubernden Jeannie anlächelt, danach eine Wasserpfeife, von der ihm übel wird, und schließlich ein Glas, in dem sich eine Flüssigkeit befindet, die gleichzeitig süß und bitter schmeckt und seinen Geist schwindlig vor Angst macht. Dann läuten auf einmal die Glocken, jemand schreit »Jesus ist auferstanden, wahrhaftig auferstanden!«, Viktor fällt vom Minarett tief hinunter auf den Hauptplatz, landet auf den Knien vor einem Kruzifix und beginnt zu beten. »Hör auf mit dem Blödsinn, du bist doch Jude!«, sagt ein Mann mit Turban, der mit Viktor zusammen vom Minarett geflogen ist. »Ich bete nicht«, erklärt Viktor, »ich bewundere dieses Kunstwerk aus der Spätrenaissance, betrachten Sie nur das Gesicht des Gekreuzigten ...« Der Mann kichert. »Willst du mich verarschen?«, fragt er. »Du kannst mir nichts vormachen, ich weiß alles, denn ich bin Mohammed, und denk ja nicht, ich sei genauso ein Trottel wie jene, die sich bei jedem Blödsinn auf mich berufen.«

»Und ich bin Nathan der Weise«, antwortet Viktor.

»Red keinen Unsinn!«, erwidert Mohammed verärgert. »Die Balkanroute ist geschlossen, es ist vorbei.«

»Es ist noch lange nicht vorbei, und du bist nicht Mohammed. Warum sollte sich Mohammed mit einem russischen

Juden abgeben? Der selbsternannte Prophet ist mit Islamisten und Jungfrauen ganz und gar ausgelastet.«

»Ist doch völlig wurscht, wer ich bin. Nimm deine Tochter und verschwinde.«

»Sie ist nicht meine Tochter.«

»Du bist wirklich blöd. Wen interessiert schon die Wahrheit?! Die Wahrheit ist meist falsch und boshaft bis ins Knochenmark.« Viktor schüttelt den Kopf und starrt Mohammed in die Augen, die ihn plötzlich sehr an die Augen von Anastasia erinnern. »Nein, schau mich nicht so ängstlich an«, sagt Mohammed lachend. »Ich habe heute keinen Sprengstoffgürtel um, aber ich bitte dich, stell endlich, endlich diese erbärmlich klingenden Glocken ab.« Viktor greift nach dem Kirchturm, kann ihn aber nicht erreichen. »Mach schon, sonst bin ich gezwungen, diesem elenden Glöckner den Kopf abzuschneiden«, verkündet Mohammed und beginnt zu schnurren. Viktor schiebt die Kirche beiseite, hat endlich das Handy in der Hand und öffnet die Augen. *Gudrun ruft an* steht auf dem Display.

»Was zum Teufel ...«, stöhnt Viktor, schaut noch einmal auf das Display: Es ist halb acht. Er hat weniger als zwei Stunden geschlafen. Warum hat er das Handy nicht abgeschaltet oder auf lautlos gestellt? Zuerst dieser bescheuerte Traum und dann Gudrun auf nüchternen Magen! Er zögert einige Augenblicke, räuspert sich, flüstert »Sowas Depperters wie mich hat die Welt seit der Sintflut nicht mehr gesehen« und nimmt das Gespräch an.

»Viktor? Viktor! Endlich! Ich habe schon Dutzende Male angerufen.«

»Ich bin nicht Napoleon, ich kann nicht fünf Sachen gleichzeitig machen.«

»Wir bewundern und schätzen dich, doch wäre es uns nie in

den Sinn gekommen, dich mit Napoleon zu vergleichen«, hört Viktor eine männliche Stimme.

»Lupo?«, jammert Viktor. »Welch freudige Überraschung.« Wohnt er jetzt bei ihr?

»Ich habe das Telefon auf die Freisprechanlage umgestellt«, erläutert Gudrun. »Könnten wir denn nicht skypen? Jetzt. Jetzt gleich!«

»Du hast mich geweckt, ich habe noch nicht gefrühstückt«, sagt Viktor.

»Wie geht es ihr? Bitte sag mir, wie es ihr geht!«, schluchzt Gudrun. »Du kannst dir gar nicht vorstellen, wie ich leide. In den letzten zwei Monaten habe ich drei Kilo zugenommen.«

»Vier!«, korrigiert Lupo.

»Es geht ihr gut. Sie wird gut versorgt, bekommt Essen, Kleidung und reichlich Taschengeld, hat ein eigenes Zimmer und einen Stoffelefanten, der neben ihrem Kopfkissen liegt.«

»Hannibal.«

»Hmm?«

»So heißt der Stoffelefant.«

»Aha, interessant. Du, ich muss aufhören, ich treffe Lisa heute nach dem Frühstück, ich rufe dich am Abend wieder an. Mach dir bitte keine Sorgen. Es ist schlimmer, als ich erhofft, aber auch nicht ganz so schlimm, wie ich befürchtet hatte. Wie heißt es doch so schön: Die Lage ist aussichtslos, aber nicht ernst.«

»Arschloch!«

»Genau, ich muss auf die Toilette.«

»Was ist dein Eindruck von ihr?«, schreit Gudrun. »Bitte sag mir …«

»Sie ist so, wie du sie erzogen hast«, unterbricht sie Viktor.

»Eine Zicke?«, fragt Lupo.

»Das wäre ein Kompliment«, erwidert Viktor.

»Danke! Danke! Großartig! Gib's mir. Bitte noch ein Schlag in die Magengrube. Natürlich – die Mutter ist immer an allem schuld, immer die Mutter.«

»Er hat es nicht so gemeint«, beschwichtigt Lupo. »Er ist schlichtweg unausgeschlafen, das hört man doch.«

»Wenn ich ausgeschlafen wäre, wäre ich schärfer.«

»Und diese Frau?«, fragt Gudrun, ihre Stimme überschlägt sich, und sie beginnt zu kreischen. »Wie ist sie?«

»Abgründig«, sagt Viktor. »Aber mach dir bitte keine Sorgen, es gibt Schlimmere als sie. Ich muss jetzt auflegen.«

»Warte, wir müssen dir etwas erzählen«, sagt Lupo mit ruhiger Stimme. »Es ist wichtig.«

»Sehr wichtig, sehr wichtig!«, beteuert Gudrun aufgeregt.

»Dass ich doch nicht Lisas Vater bin, weil du die fünf Fußballspieler vergessen hattest, mit denen du damals auf einer Party und dann in einem Hotelzimmer gevögelt hast?«, fragt Viktor höhnisch.

»Sei nicht geschmacklos, natürlich bist du der Vater. Es geht um etwas anderes.«

»Dann hat das Zeit bis heute Abend«, erklärt Viktor und beendet das Gespräch.

Als Lisa das Hotel betritt, ist Viktor gerade dabei, an der Rezeption die Rechnung zu begleichen. Während des Frühstücks hatte er die ganze Zeit mit sich gerungen, ob er Kerstin anrufen solle, oder nicht, und das Gespräch nach einigem Nachdenken ebenfalls auf den Abend verschoben.

»Hallo Viktor!« Sie berührt seinen Ellbogen. Diesmal ist Lisa weniger elegant gekleidet als am Vortag, trägt Jeans und einen dicken Wintermantel, Pullover und eine Wollhaube. Aber sie hat Lippenstift und Wimperntusche aufgetragen und bewegt sich mit einer ungezwungenen Eleganz, die Gudrun als junger Frau fremd waren. Jetzt, bei Tageslicht, erscheint sie Viktor noch attraktiver und anmutiger als am Abend zuvor. Gudruns Ohrringe hat sie nicht abgenommen. Wäre er zwanzig Jahre jünger, und hätte er mit ihr noch nie ein Wort gewechselt, könnte er sich in sie verlieben.

»Reist du ab?«, fragt Lisa.

»Ich denke schon.«

»Warum?«

»Sollen wir uns nicht setzen?«

»Gern.«

»Soll ich dir einen Kaffee bestellen? Nach den vielen Monaten hier wirst du den deutschen Kaffee sicher gut vertragen. Zur Not gewöhnt man sich an alles. Oder willst du einen Espresso?«

»Warum fährst du wieder? Kaffee!«

»Ich habe dich nun kennengelernt, muss alles, was ich gehört und erfahren habe ... Zwei Kaffee bitte! ... alles, was ich gehört und erfahren habe, verarbeiten, über verschiedene Dinge nachdenken ... Mit Milch und Zucker?«

»Bleib noch ein paar Tage«, bittet sie. »Ich brauche dich ... Mit Milch und Zucker.«

»Wieso brauchst du mich? Du kennst mich überhaupt nicht. Du hast deine Eltern, du hast Tante Bee, Onkel Bruu, Luise, diesen Ali und Bees Cousine, ähh ...«

»Barbara.«

»Na siehst du.«

»Aber ich bin so unglücklich«, jammert sie. »Ich weiß nicht weiter, ich weiß nicht, wer ich bin, ich krieg gar nichts auf die Reihe, alles, was ich anfasse, zerfließt oder zerbröselt mir zwischen den Fingern, und du ...« Sie stockt. »Du bist schließlich mein Vater.«

»Erzeuger.«

»Nenn es, wie du willst.«

»Am besten einfach Viktor. Sei ehrlich: Was hat sich denn für dich geändert?«

»Alles.«

»Gudrun meint …«

»Ich kann ihr nicht verzeihen, dass sie mich belogen hat.«

»Verstehst du denn nicht, warum sie das getan hat? Du bist doch erwachsen.«

»Ich will aber noch nicht erwachsen sein! Ja, ich verstehe, warum sie das getan hat, aber verzeihen kann ich ihr das trotzdem nicht.«

»Das wirst du, früher oder später.«

»Willst du denn nicht erfahren, warum ich aus Wien verschwunden bin?«

»Doch.«

»Ich erzähle dir alles. Bald. Aber zuvor möchte ich dich etwas fragen: Es gibt etwas, das mir ständig durch den Kopf geht.«

»Was?«

»Was bedeutet es für mich, dass ich plötzlich ein bisschen jüdisch bin und einen Migrationshintergrund in zweiter Generation habe?«

»Dass wir beide heute zur Polizei gehen werden, wo du deine fingierte Anzeige wegen sexueller Belästigung zurückziehen wirst. Jetzt gleich!«

Lisa zuckt zusammen, verschluckt sich am Kaffee, beginnt zu husten. »Nein«, keucht sie. »Kommt nicht in Frage. Die hängen mir ein Verfahren an den Hals. Oder sperren mich sogar ein. Außerdem ist das peinlich.«

»Das hast du dir selbst zuzuschreiben. Keine Angst, sie sperren dich nicht ein. Und danach suchen wir diesen Faoud …«

»Fouad.«

»Fouad. Wir suchen diesen Fouad auf, und du wirst dich bei ihm entschuldigen.«

»Nie im Leben!«, ruft Lisa empört. »Wozu das denn? Nein. Niemals! Das ist so furchtbar demütigend, und er ist so widerwärtig, er verfolgt mich, er macht mir Angst. Wenn ich ihm erzähle, was wirklich passiert ist, bringt er mich um. Ich habe nichts gegen Araber, aber sie sind so furchtbar empfindlich und rachsüchtig. Nein, so etwas mache ich nicht.«

»Wenn nicht, dann reise ich heute ab.«

»Das ist Erpressung!« Sie beginnt zu schluchzen.

»Erziehung.«

»Heej! Ich bin erwachsen!«

»Ach ja? So plötzlich?«

»Wieso bist du auf einmal so gemein?«

»Du machst, was ich dir sage.«

»Na hallo! Wer bist du überhaupt, um mir Befehle zu erteilen?«

»Du hast recht: Ich bin niemand. Ich reise ab. Zahlen bitte!«

»Nein, nein.« Lisa wechselt die Taktik, wischt sich die Tränen aus den Augen, neigt den Kopf zur Seite, zieht die Schultern hoch, macht den Oberkörper kleiner, die Augen hingegen größer, lässt ihre Lippen ein wenig zittern, greift nach Viktors Hand und seufzt: »Viktor, lieber Viktor, bitte, bitte tu mir das nicht an. Ich habe dir doch erzählt, in welcher Notlage ich war, ich war nicht ganz bei mir. Außerdem hatte ich erst kurz davor erfahren, dass mein Vater nicht mein Vater und meine Mutter eine Lügnerin ist, die mich ständig manipuliert hat. Mein Leben war ohnehin schon auf den Kopf gestellt, doch von einem Tag auf den anderen kam ich mir nun völlig kopflos vor. Was ich getan hatte, war eigentlich ein Verzweiflungsschrei, aber niemand hat mich gehört. Ich bereue meine Tat, ich leide täglich darunter, ich schlafe schlecht, ich träume schlecht, aber wem nützt es, wenn ich zur Polizei gehe? Es ist doch niemand zu Schaden gekommen, eigentlich nur ich selbst. Ich werde es wiedergutmachen. Soll ich mich ebenfalls als freiwillige Flüchtlingshelferin melden? Soll ich?«

»Wir werden heute zu Fouad gehen, und du wirst dich entschuldigen. Ich werde dich begleiten, und ich sorge dafür, dass er dich ab sofort in Ruhe lässt, dass er dir fernbleibt und dir nie etwas antut. Unter anderem ist auch das die Idee hinter dem Ganzen. Wir sorgen für klare Verhältnisse: Du entschuldigst dich, er entschuldigt sich und lässt dich für immer in Ruhe. Darauf gebe ich dir mein Wort. Ich weiß, wie man mit solchen Typen umgeht. Was die Polizei betrifft, reden wir noch.«

»Gut, einverstanden.« Sie atmet tief durch und richtet sich wieder auf und fügt schnell hinzu: »Vielleicht ist er gar nicht da? Vielleicht …«

»Kannst du Französisch?«, unterbricht sie Viktor.

»Nein.«

»Ich selbst kann es auch nicht genug, um ein richtiges Gespräch führen zu können. Spricht dieser Fouad Deutsch oder Englisch?«

»Ein paar Brocken Englisch, glaube ich, aber eigentlich weiß ich es nicht.«

»Deshalb sollten wir deinen Freund Ali mitnehmen, weil er Arabisch kann und ebenfalls in der Flüchtlingsunterkunft wohnt«, meint Viktor.

»Willst du mich völlig fertigmachen?« Für einen Augenblick bekommt Lisas Stimme eine ungeahnte Schärfe. Vielleicht steht sie jetzt einfach auf und geht?!, denkt Viktor und muss sich eingestehen, dass er sich insgeheim über eine solche Reaktion freuen würde. Doch Lisa macht ihm diese Freude nicht, sondern wechselt schlagartig vom Wutanfall zum Hündchen und bettelt mit zitternder Stimme: »Können wir denn Ali nicht aus dem Spiel lassen?« Sie presst Arme und Ellbogen gegen den Oberkörper, der von einem Augenblick auf den anderen wieder nach vorne kippt, so als wäre eine innere Saite gerissen, die ihn aufrecht gehalten hatte. »Er wird mich nur mehr verachten, und dabei ist er, glaube ich, der Einzige, der noch zu mir aufschaut.«

»Das musst du aushalten.«

»Ich will aber nicht!« Ihre Stimme ist auf einmal noch schriller und lauter als zuvor, sodass alle im Raum in ihre Richtung schauen.

»Warum hast du mir die Geschichte denn überhaupt erzählt?«, fragt Viktor. »Du hättest schlichtweg die Klappe halten sollen.«

»Wieso fragst du ständig nach? Warum? Warum?« Sie verzieht das Gesicht zu einer albernen Grimasse, streckt die Zunge heraus. »Warururuum?«, wiederholt sie mit neckischer, kindlicher Stimme.

»Verarschst du jetzt mich oder dich selbst?«

»Das ist egal«, sagt sie verärgert. »Muss ich immer wissen, warum ich etwas tue? Wenn ich immer alles wüsste, dann säßen wir wahrscheinlich heute nicht hier. Irgendein Teufel hat mich geritten.«

»Ich verstehe.«

»Ich nicht«, sagt Lisa.

»Hast du Alis Handynummer?«

»Sicher.«

»Worauf wartest du dann noch? Ruf ihn an.«

9

»Und da ist er – unser Flüchtling! Darf ich vorstellen: Ali Kassem.« Der junge Mann macht eine kurze Verbeugung und reicht Viktor die Hand. Sein Gesicht ist schmal und zart, mit weichen, beinahe noch kindlichen Konturen, und es strahlt. Was Viktor gleich auffällt, ist, dass Ali Gel verwendet, um seine schwarzen, langen Locken nach hinten zu kämmen, und auch die dichten Augenbrauen scheinen künstlich in eine Form gezwungen worden zu sein, sodass sie über der Nasenwurzel eine Art Mittelscheitel bilden. Alis Aftershave riecht süßlich und intensiv, nach Viktors Geschmack etwas zu intensiv. Oder ist es der Geruch seines Deodorants? Jedenfalls wirkt der junge Mann frisch gewaschen, und seine Schuhe glänzen genauso im Sonnenlicht wie sein Haar.

»Ali Kassem«, wiederholt Barbara. »Er kommt aus Homs in Syrien.«

»Das ist Viktor Levin«, sagt Günter, »Lisas Vater. Er kommt aus Russland.«

»Aus Freilassing in Oberbayern, das ist bei Salzburg«, erklärt Viktor. »Aber eigentlich aus Wien in Österreich, wo ich aufgewachsen bin, und davor aus Lemberg, Lwów, wie meine Eltern sagten, damals, als ich geboren wurde, Sowjetunion, heute Lwiw in der Ukraine.«

»So falsch liege ich mit Russland also nicht«, meint Günter.

»Es ist mir eine große Freude …« Ali holt noch einmal tief Luft. »Es ist mir eine große Freude, Ihre Bekanntschaft machen zu …« Er spricht langsam, mit hoher, jugendlicher Stimme und starkem arabischem Akzent, der Satz klingt wie eingeübt. »Ihre Bekanntschaft machen zu duurfen.«

»Dürfen«, korrigiert Barbara.

»Ja, ich weiß«, sagt Ali. Das Grinsen weicht nicht aus seinem Gesicht. »Aussprache ist schwer. Deutsch ist schwer. Aber ich lerne. Immer lerne! Bald wird besser!«

»Er ist erst seit einem Jahr in Deutschland und spricht schon ausgezeichnet Deutsch!«, verkündet Barbara stolz. »Mit der Grammatik und der Aussprache tut er sich manchmal noch schwer, aber er versteht alles.«

»Fast alles«, sagt Ali.

»Jedenfalls spricht er besser Deutsch als viele Türken, die bei uns in dritter Generation leben und trotzdem so reden, als wären sie erst vorgestern aus Ostanatolien hierhergekommen«, meint Günter.

»Mitbürgerinnen und Mitbürger mit türkischem Migrationshintergrund«, korrigiert ihn Barbara streng. »Auch sie sind Opfer der Umstände.«

»Wie wir alle«, murmelt Viktor.

Beate und Brunos Cousine Barbara und Günter, ihr Mann, haben Lisa und Viktor zum Mittagessen eingeladen. Nachdem Lisa Ali angerufen hatte, reichte sie nach wenigen Sätzen ihr Mobiltelefon an Viktor weiter. Eine freundliche weibliche Stimme stellte sich ihm als Barbara vor, erklärte, Ali sei gerade bei ihr und ihrem Mann in der Wohnung, und sprach sogleich eine äußerst insistierende Einladung zum Mittagessen aus, die Viktor nicht ausschlagen konnte. »Sie müssen zu uns kommen, Sie müssen einfach!«, hatte die Frau so aufgeregt und enthusiastisch ausgerufen, dass Viktor dies nicht nur übertrieben, sondern auch auf eine befremdliche Weise übergriffig vorkam. »Mein Mann und ich und natürlich auch Ali müssen Sie kennenlernen, machen Sie uns die Freude, wir wissen alles, und Sie können sich gar nicht vorstellen, wie uns Ihre Tochter ans Herz gewachsen ist.«

»Ich kann es mir vorstellen.«

»Ach so?«

»Lange bevor ich sie selbst kennenlernte, eigentlich immer, trug ich sie selbst ganz tief in meinem Herzen«, hatte Viktor bemerkt und dabei den sarkastischen Tonfall unterdrückt, der ihm auf der Zunge lag, und durch einen derart weihevollen ersetzt, dass es ihm schwerfiel, nicht loszulachen. »Wir freuen uns, bis gleich«, hatte Barbara geantwortet, und Viktor bildete sich ein, eine leichte Irritation im Tonfall ihrer Stimme zu hören. »Lisa kennt den Weg.«

Während der Busfahrt zur Siedlung hatten Lisa und Viktor geschwiegen. Erst als sie ausgestiegen waren, sagte Viktor: »Wir erledigen das – den Besuch in der Unterkunft, das Polizeirevier. Wir machen es wieder gut, wir befreien uns davon – damit wir miteinander etwas Neues beginnen können.« Sie fragte: »Wir?« Er antwortete: »Ja, warten wir, ob das Wir Bestand hat.« Sie sagte: »Ja, gut«, aber es klang nicht überzeugend, und er sagte: »Natürlich, du wirst schon sehen«, dies klang noch weniger überzeugend, aber sie nickte, zeigte mit dem Finger auf das Haus und ging schnellen Schrittes voran, so schnell, dass Viktor kaum nachkam.

Das Gebäude Sophie-Scholl-Straße 16 machte auf Viktor einen noch bürgerlicheren Eindruck als die umliegenden Wohnblöcke. Die neu eingebauten Balkone schienen größer zu sein, die Blumen im Stiegenhaus prächtiger und der begrünte Vorhof sauberer und gepflegter als in dem von den Becks bewohnten Haus gegenüber.

»Du erzählst doch den beiden nicht, warum wir heute Ali treffen wollen?«, fragte Lisa schüchtern.

»Warum sollte ich? Es geht nicht um Barbara und Günter, sondern um dich und diesen Algerier. Vor allem aber um dich und mich.«

Sie fuhren in den dritten Stock hinauf. Das Türschild hatte die Form eines roten Herzens, in dem in schwarzen Lettern die Namen *Barbara und Günter Beck-Bernhard* zu lesen waren. Für einen Augenblick fragte sich Viktor, ob wirklich beide diesen Doppelnamen tragen.

»Ich habe gehört, dass Sie als freiwilliger Flüchtlingshelfer tätig sind«, sagt Barbara. »Ich bewundere Menschen, die seit Monaten dabei sind. Mein Mann und ich haben im September einige Tage Kleider sortiert und ausgeteilt, mussten dann aber aufhören, weil wir beide Lehrer sind und nach Beginn des Schuljahres keine Zeit mehr hatten, aber wir haben bei diesen Hilfsdiensten unseren Ali kennengelernt. Er hat gedolmetscht, obwohl er damals wirklich noch kaum Deutsch sprach.«

»Jaja, Schuhe vierzig bis fünfundvierzig waren immer zu wenig«, erklärt Ali. »Manche haben gleich drei, vier Paare Schuhe genommen und weiterverkauft.«

»Und damit anderen Menschen in Not das letzte Geld aus der Tasche gezogen.«

»War nicht bei allen letztes Geld. Einige kamen nach Deutschland mit zehn Euro, andere mit zehntausend.«

Barbara holt einen Topf aus der Küche. Es gibt Reis und Gemüse, weil Günter Vegetarier ist. Viktor hat zwar überhaupt keinen Hunger, versichert aber auf Nachfrage, dass er »natürlich sehr gerne« eine große Portion nehme, denn er hat plötzlich den seltsamen Eindruck, das Austeilen des Essens sei in diesem Haushalt eine Art sakrales Ritual und einen großen Teller abzulehnen, ja überhaupt etwas abzulehnen, würde diesen wichtigen Augenblick zerstören, ihm etwas Profanes, etwas Unwürdiges verleihen. Glücklicherweise schmeckt der Gemüsereis ausgezeichnet.

Barbara hat eine große Ähnlichkeit mit ihrer Cousine Beate,

aber sie ist größer und korpulenter, und wenn ihr widersprochen wird oder etwas nicht so läuft, wie sie es gerne hätte, drückt sie ihre Irritation und Verärgerung mit dem ganzen Körper aus. Dies ist spürbar, sichtbar, doch schwer zu beschreiben. Viktor kommt es vor, als wabere sie ihm entgegen und als würden die deutlich wahrnehmbaren Schwingungen des Waberns eine Luftbewegung auslösen, die ihm auf die Brust drückt und den Atem nimmt. Günter hingegen verkörpert das genaue Gegenteil: Er ist schlank, muskulös, doch gleichzeitig ruhig, beinahe phlegmatisch, und während Barbara ständig in Bewegung ist, rührt er sich kaum vom Fleck.

Während Viktor die üblichen Fragen zu seiner Biografie beantwortet und auch hier – wie bei den Becks – zu hören bekommt, dass Lisa eine große Ähnlichkeit mit ihm selbst habe, wie wunderbar es sei, dass sich Vater und Tochter gefunden hätten, und welch schwieriger, »aber zweifellos faszinierender« Annäherungsprozess ihnen bevorstehe, stellt er mit einer Mischung aus Erstaunen und Belustigung fest, wie sehr die Wohnung der Beck-Bernhards jener der Becks gleicht. Die Zimmer, einschließlich Küche und Bad, haben die gleiche Größe und Aufteilung. Es gibt allerdings keine Treppe im Wohnzimmer und keine Öffnung in der Decke, und statt afrikanischer Masken hängen Picasso-Reproduktionen an den Wänden. In einer Ecke steht außerdem ein schwarzes Klavier. Ein ähnlich aussehendes Klavier hatte Viktor in Beates Wohnung in einem Raum gesehen, der auf ihn den Eindruck eines Arbeitszimmers gemacht hatte. Der Esstisch im Wohnzimmer hingegen befindet sich etwa an der gleichen Stelle wie jener der Becks. Die Fenster gehen, genauso wie jene der Becks, auf die Grünfläche zwischen den Wohnblöcken Nummer 16 und 18. Man könnte in die Wohnungen der Becks direkt vis-à-vis schauen, wenn dort die Vorhänge nicht gerade zugezogen wären.

»Erstaunlich, nicht wahr?«, fragt Günter, der Viktors Blick aus dem Fenster offenbar richtig gedeutet hat. »Wenn wir wollen, sind wir teilnehmende Beobachter aller kleineren und größeren Familiendramen. Übrigens haben wir Sie gestern schon gesehen. Drüben. Bei denen. Natürlich haben wir kein Wort gehört, aber ...«

»Aber es war trotzdem aufschlussreich, spannender als Fernsehen und Internet«, fällt ihm Barbara ins Wort und lacht. »Ich kenne Bee und Bruu, seit wir Kinder waren, ich kann mir denken, was sie sagen werden, noch bevor sie es selbst gedacht und ausgesprochen haben.«

»Beredte Pantomime sozusagen«, meint Günter. »Oder ein antizipiertes Dramolett, wenn Sie es so haben wollen.«

»Puppentheater.«

»Manchmal auch ein Schattenspiel.«

»Trauerspiel.«

»Das auch. Manchmal stehen wir am Fenster und erfinden die Dialoge der beiden in verteilten Rollen.«

»Ich bin dann Bruu«, sagt Barbara.

»Und ich bin Bee«, sagt Günter.

»Oder umgekehrt.«

»Oder mal so, mal so.«

»Psychologisches Pingpong.«

»Pongping.«

»Und Luise?«, fragt Viktor.

»Die arme Luise ist wie immer aus dem Spiel.«

»Sie tut mir sehr leid.«

»Na wenigstens hat sie ihren Glauben, die Kirchgänge, den Beichtvater. Ich frage mich, ob das Marienbild immer noch über dem Ehebett hängt.«

»Wer hat denn gestern meine Rolle übernommen?«, fragt Viktor und schaut in Alis Richtung.

»Ich war nicht da«, bemerkt dieser, »ich war schlafen in Unterkunft. Gestern ich nicht zu Besuch bei Barbara und Günter. Ich nie spiele das Spiel mit Fenster und Gequatsche von Nazi-Verwandten. Aber ich spiele Theater, richtig Theater. Super Sache!«

»In einer syrischen Theatergruppe«, erklärt Barbara stolz. »In zwei Monaten führen sie ein Theaterstück über Flüchtlinge auf.«

»Außerdem spielt er Klavier! Das hat er als Kind gelernt, dann jahrelang nicht mehr gespielt, aber nun übt er bei uns fleißig«, erzählt Günter. »Nicht wahr, Ali? Möchtest du uns nach dem Essen vielleicht etwas vorspielen?«

»Nein«, murmelt Ali und wird rot. Währenddessen stochert Lisa sichtlich lustlos in ihrem Teller herum. Das Gespräch läuft nach einer herzlichen Begrüßung mit Küsschen auf die Wangen und einigen belanglosen Phrasen an ihr vorbei. Viktor fällt allerdings bald auf, dass Ali sie verstohlen beobachtet, und wenn Barbara und Günter nicht in seine Richtung schauen, dann scheint er sie mit seinen Augen zu verschlingen.

»Wissen denn Beate und Bruno von Ihrer … eh … kreativen Empathie auf Distanz durchs Fenster?«

»Wann hat das begonnen, Babsi?«, fragt Günter. »Davor oder danach?«

»Danach natürlich!«, ruft Barbara aus. »Danach. Eigentlich gleich am nächsten Tag. Es war gemein, aber es hat geholfen.«

»27. Juni 2012.«

»An diesem Tag haben wir das letzte Mal miteinander geredet. Drüben. Eine kitschige afrikanische Vase ging dabei zu Bruch, die mit den Zebras, und es fielen Worte, die ich nicht wiederholen möchte.«

»Fäkalausdrücke. Das Tierreich kam ebenfalls vor.«

»Ein ganzer Bauernhof.«

»Das tut mir sehr leid«, sagt Viktor. »Darf ich fragen ...?«

»Es ging um Libyen«, erklärt Barbara.

»Libyen?«

»Schon damals kamen sie mit ihren abstrusen Verschwörungstheorien daher. Obama, Hillary Clinton und George Soros haben Libyen zerstört, um die ganze Region und Europa zu destabilisieren, Gaddafis Gold und Erdöl einzusacken und eine neue afrikanische Währung, die dem Dollar als Leitwährung Konkurrenz gemacht hätte, zu verhindern. Eine Umvolkung sei geplant, um uns besser beherrschen zu können. Ich konnte diesen Blödsinn einfach nicht mehr hören ...«

»Komm, Babsi, du weißt genau, dass es nicht wirklich um Libyen ging.«

»Nein, aber wir wollen unseren Gast nicht mit unseren privaten Problemen und uralten Geschichten belästigen. Er hat seine Tochter wiedergefunden. Das sollten wir feiern. Wollen Sie vielleicht noch ein Glas Wein, Viktor?«

»Ja, vielen Dank.« Viktor wendet sich Lisa zu und fragt: »Von mir hast dann wohl du Barbara und Günter erzählt?«

»So ist es«, kommt Barbara Lisa mit der Antwort zuvor, während sie Viktors Glas mit Rotwein füllt. »Bis Lisa bei denen einzog, lief der Kontakt ausschließlich über Markus, unseren Neffen. Er ruft regelmäßig an und erzählt uns alles. Er hat uns Lisa beschrieben, und wir haben sie einmal unten vor dem Haus angesprochen ... Darf ich fragen, welchen Eindruck Sie von Beate und Bruno gewonnen haben?«

Viktor seufzt und antwortet ausweichend, lobt zwischendurch das Essen und meint schließlich: »Ihre politische Haltung teile ich nicht.«

»Sie war früher anders, weltoffen und liberal«, erklärt Barbara, setzt sich neben Viktor und betrachtet eindringlich sein Gesicht. »Wir waren die besten Freundinnen, waren zusammen im Kindergarten, in der Grund- und Hauptschule, in der Wirtschaftsschule, Babsi und Bee, unzertrennlich, wir haben später gemeinsam Mittlere Reife und Abitur gemacht, waren zur selben Zeit auf der Uni und sind für die Grünen gelaufen: Flugzettel verteilen, Presseerklärungen schreiben, Demos organisieren, Debatten leiten. Wir haben einmal, als wir einundzwanzig waren, auf einer großen Pro-Palästina-Kundgebung miteinander eine ganz große, inzwischen legendäre ...« Sie bricht plötzlich ab und fügt schnell hinzu: »Nur, damit Sie mich nicht missverstehen, das ist lange her, ich stehe dem Staat Israel selbstverständlich im Prinzip positiv gegenüber, bei aller berechtigten Kritik, aber ...«

»Kein Problem«, sagt Viktor. »Ich bin weder israelischer Diplomat noch Mossad-Agent. Was wollten Sie über Bruno und Beate sagen?«

»Bruno hatte von Anfang an ein simples Gemüt, war lange Zeit völlig unpolitisch und hat sich erst in den letzten Jahren radikalisiert. Sein Unternehmen ist in Schwierigkeiten. Er hat versucht zu expandieren, erfolglos, und jetzt hat er Schulden. Zuerst waren die hohen Steuern schuld, die Roten, die Grünen, die EU-Regeln und jetzt eben Merkel und die Flüchtlinge. Aber Beate? Sie hätte in ihrem Leben alles erreichen können. Bei ihrer Begabung! Wenn nicht ...« Wieder spürt Viktor, wie Barbaras Wabern ihm auf die Brust drückt. Am liebsten würde er aufstehen und am anderen Ende des Tisches Platz nehmen. »Wenn nicht ... Aber lassen wir das! Beate ist ein unglücklicher Mensch. Wenn ich an sie denke, könnte ich losheulen.«

Nach diesen Worten wechselt Günter schnell das Thema, und nachdem sowohl Viktor als auch Lisa auf die vorsichtig formulierten Fragen, wie es ihnen denn »miteinander geht«, eher einsilbig antworten, kommt man bald wieder auf die Flüchtlingskrise zu sprechen, findet Viktors Berichte über die

Zustände an der Grenze und im *Camp Asfinag* »traurig« und schimpft über den überall erkennbaren Rechtsruck in der Gesellschaft.

»Die Moslems sind die Juden von heute«, erklärt Barbara. »Islamophobie ist eine Spielart des Rassismus. Was die Rechten den Moslems vorwerfen, ist ungefähr dasselbe, was die Nazis über Juden gesagt haben: Sie sind gefährlich, wollen die Welt beherrschen, alle anderen unterdrücken und ausbeuten, sie verbreiten Angst und Schrecken, sie halten sich für etwas Besseres, bleiben unter sich, sie sind geile Orientalen, vergewaltigen christliche Frauen, sie sind rückständig, archaisch, arrogant, und sogar, wenn sie angepasst sind, kann man sich nicht sicher sein, ob sie sich nicht einfach nur verstellen.«

»Die Moslems sind nicht die Juden von heute«, sagt Viktor. »Historische Vergleiche sind interessant, aber selten richtig. Ich finde die Hetze gegen Moslems widerlich, aber Juden haben sich in den dreißiger Jahren nie im Namen ihres Glaubens in die Luft gesprengt oder unschuldige Menschen wahllos erschossen. Einige Moslems tun das sehr wohl.«

»Das sind doch keine echten Moslems«, widerspricht Barbara empört. »Islamismus hat nichts mit dem echten Islam zu tun.«

»So wie die Nazis keine echten Deutschen waren?«, fragt Viktor und macht einen Blick auf die Uhr. Wie lange soll er hier noch sitzen, um mit Menschen, die er eigentlich nie kennenlernen wollte, die sattsam bekannten Debatten über den Islam und die Flüchtlingskrise zu führen? Dafür ist er nicht nach Gigricht gekommen. Aber Barbara und Günter ignorieren seine Äußerung ohnehin. Stattdessen empören sie sich wieder über Rechtsradikale, über Rassisten und die Anmaßung von reaktionären Wutbürgern. Viktor nickt hin und wieder, hört aber längst nicht mehr aufmerksam zu, sondern verfolgt mit Interesse die Blicke, die Ali immer öfter und insistierender Lisa zuwirft, während sie diesen Blicken konsequent ausweicht und dennoch enttäuscht zu sein scheint, wenn sie einmal ausbleiben. Seit einer guten Viertelstunde haben Lisa und Ali nichts mehr gesagt, weder zueinander noch zu den anderen.

»Ich habe Merkel für ihre mutige Grenzöffnung im September bewundert«, sagt Barbara. »Jetzt ist sie dabei, mit der Türkei ein Rücknahmeabkommen auszuhandeln, und die Balkanstaaten machen die Grenzen dicht. Furchtbar, wie über die Köpfe von Notleidenden hinweg entschieden wird.«

»Der österreichische Außenminister ist dabei die treibende Kraft.«

»Ein widerwärtiges Bürschchen.«

»Wenn unreife Früchtchen und Schnösel über das Schicksal Hunderttausender Menschen entscheiden …«

»Ich schäme mich für dieses Europa. Die Menschen werden verzweifelt an den Grenzen stehen und gegen Stacheldrahtzäune, Schlagstöcke und Gummigeschoße anrennen – mitten im Winter.«

»Das ist jetzt schon der Fall. Jene, die nicht weiterdürfen, harren aus, unter erbärmlichen Bedingungen.«

»Diese Entwicklung war vorhersehbar«, meint Viktor.

»Für uns nicht.«

»Für mich sehr wohl.«

»Wieso?«

»Weil es von Anfang an unrealistisch war, dass sich weltpolitisch etwas fundamental ändern könnte. Die Festung Europa hat eines ihrer gepanzerten Tore für kurze Zeit einen Spaltbreit geöffnet und bald wieder zugeschlagen.«

»Wir hatten gehofft, dass nun alles anders wird«, sagt Günter.

»Wirklich? Sowohl Gutmenschen als auch besorgte Bürger

sind sich einig, dass sich in den Herkunftsländern der Flüchtlinge fundamental etwas ändern muss. Ist das realistisch? Nein. Werden sich die Weltpolitik und unser globales Wirtschaftssystem grundsätzlich ändern? Nein. Jedenfalls nicht in nächster Zeit. Werden die großen Mächte ihre Konzerne zerschlagen und aufhören, Waffen in Krisenregionen zu verkaufen? Sicher nicht. Deutschland gehört zu den größten Waffenexporteuren der Welt. Wird die NATO oder irgendein europäisches Land Truppen nach Syrien schicken, um den Bürgerkrieg zu beenden? Niemals. Die meisten besorgten Bürger, von den verunsicherten liberalen Bürgerlichen angefangen bis zu den Identitären, wütenden Hysterikern und rechtsradikalen Dumpfbacken, wollen keine Flüchtlinge, keine Fremden, schon gar keine Moslems, sie wollen aber auch keine verstörenden Bilder von Ertrunkenen oder im Krieg Getöteten, aber sie sind nicht bereit, etwas dafür zu tun oder gar zu opfern. In den Krieg ziehen möchten sie natürlich nicht, sie möchten diesen nicht einmal bezahlen. Sie wollen, dass alles wieder wie früher wird, und das, ohne irgendeine Schuld auf sich zu laden oder Verantwortung zu übernehmen oder ein schlechtes Gewissen haben zu müssen. Die Drecksarbeit sollen andere machen. Übrigens gibt es Linke, die ähnlich denken, nur sind sie geschickt genug, ihre Gedanken entsprechend umzudeuten. Auch sie werden ihre Kinder niemals in den Krieg nach Syrien oder Libyen schicken, begründen dies aber damit, dass sie für den Weltfrieden sind und dass man Konflikte mit Gewalt nicht lösen kann.«

»Vielleicht geht es wirklich ohne Krieg«, meint Günter.

Barbara wird vor Aufregung rot, holt tief Luft, plustert sich auf, sodass ihre Brust schwillt und das Gesicht runder wird, aber Viktor lässt sie nicht zu Wort kommen.

»Haben Sie wirklich erwartet, dass wir jetzt mutig in die neuen Zeiten schreiten?«

»Die Grenzen sollen offen bleiben!«, verkündet Barbara mit Aplomb. Es klingt wie ein Glaubensbekenntnis. »Die Balkanroute ...«

Viktor unterbricht sie: »Die legale Überfahrt mit dem Schiff von der Türkei nach Lesbos kostet weniger als zehn Euro, doch diese Schiffe dürfen keine Flüchtlinge an Bord nehmen. Stattdessen zahlen die armen Menschen Tausende Euro an Schlepper, um mit seeuntüchtigen Schlauchbooten, Schaluppen oder alten Kähnen eine gefährliche Reise zu machen. Wenn sie dabei nicht ertrinken und tatsächlich auf Lesbos ankommen, werden sie allerdings – zumindest war das bis vor ein paar Tagen so – offiziell, aber gegen jedes Gesetz, und dabei trotzdem unter erbärmlichen Bedingungen, von Grenze zu Grenze befördert, um in Deutschland einen Asylantrag zu stellen. Das ist die Balkanroute. Derselben Logik entsprechend dürfte ich jeden Einbrecher, der sich meinem Haus nähert, erschießen, würde aber, sollte ein Einbrecher es bis in mein Haus schaffen, ohne dass ich das merke, die Waffe weglegen und ihm meine Wertsachen freiwillig aushändigen.«

»Ein unpassender und infamer Vergleich!«, schreit Barbara. »Viktor! Wer sind Sie eigentlich? Auf wessen Seite stehen Sie? Ich bin entsetzt! Ich hatte Sie ganz anders eingeschätzt.«

»Das ist kein Vergleich, sondern ein Gleichnis.«

»Quatsch!«

»Wenn Sie meinen.«

»Letztlich ist alles besser als eine Festung Europa, die sich komplett abschottet.«

»Sie kann sich ohnehin nicht komplett abschotten, und durch eine Verkettung glücklicher Umstände gelingt es einigen von denen, die das Pech hatten, nicht hier im reichen Europa, sondern anderswo, nämlich dort, wo es Dreck und Elend und Krieg gibt, auf die Welt zu kommen, das für sie vorgesehene, scheinbar unumgängliche Schicksal zu überlisten, ihm ein Schnippchen zu schlagen. Mir ging es nicht anders. Was für ein Glück ich doch hatte, der sowjetischen und der ukrainischen Tristesse, Armut und Brutalität zu entfliehen und in Österreich aufzuwachsen. Millionen anderer kamen nicht einmal in die Nähe der Möglichkeit eines solchen Glücks. Meine ehemaligen Landsleute reden heute von Glück, wenn sie in Polen oder Tschechien als Gastarbeiter öffentliche Toiletten putzen dürfen. In der Ukraine ist außerdem Krieg, Menschen sterben. Viele sind auf der Flucht ... Sie fragen vielleicht, ob ich ein schlechtes Gewissen habe.«

»Eigentlich nicht«, bemerkt Günter trocken.

»Aber ich frage mich das oft und muss die Frage bejahen, auch wenn dies völlig absurd erscheinen mag. Bin ich denn in irgendeiner Weise besser als andere? Nein. Wie viele meiner Vorfahren sind der Shoah oder dem Stalin-Terror zum Opfer gefallen? Dutzende. Wahrscheinlich noch mehr. Es waren aber ausgerechnet meine Großeltern, die Verfolgung und Vernichtung überlebt haben. Warum sie? Warum nicht andere? Warum existiere gerade ich, und warum lebe ich hier, auf der Sonnenseite der Welt, und dabei ausgerechnet in dem Land, wo der Mord an meinen Vorfahren beschlossen und organisiert wurde?«

»Solche Fragen darf man nicht stellen«, murmelt Lisa schüchtern.

»Ach nein?«

»Nein!«

»Du hast recht. Dann darf man aber auch nicht fragen, warum ausgerechnet Ali aus Syrien es nach Europa geschafft hat und Hassan aus Jemen nie die Chance bekommen wird, auch nur in die Nähe von Europa zu kommen.«

»Das frage ich doch gar nicht.«

»Aber andere fragen so etwas ständig. Warum kümmern wir uns mit Inbrunst um jene, die das notwendige Glück hatten und das nötige Geld für Schlepper aufbringen konnten, während andere, die noch ärmer sind oder schlichtweg Pech hatten, irgendwo weit weg von hier krepieren, ohne dass sich jemand um sie schert? Allerdings fragen so etwas in den meisten Fällen Menschen, die keinesfalls dafür eintreten, alle Notleidenden dieser Welt zu uns einzuladen und aufzunehmen, was ja ohnehin ein Ding der Unmöglichkeit wäre, sondern im Gegenteil – jene, die dafür plädieren, alle, die zu uns kommen, wieder zurückzuschicken, sozusagen als Akt ausgleichender Gerechtigkeit. Gleichzeitig wiederholen sie, einer tibetanischen Gebetsmühle gleich, dass wir mit demselben Geld, das wir für vergleichsweise wenige Flüchtlinge in Europa ausgeben, Millionen anderer in der Dritten Welt helfen könnten. Das Problem ist leider nur, dass dies nicht passieren wird, sobald die Grenzen geschlossen sind. Das Geld wird niemals in dem Ausmaß in die Dritte Welt fließen, wie es sollte, und wenn, dann selten zu jenen, die es wirklich brauchen. Bevor die Flüchtlinge in diesem Land aufgetaucht waren, haben sich weder unsere Politiker noch die Mehrheit der heute so besorgten Bürger, sowohl jene, die vor Wut schnauben, als auch jene, die sich vor Angst anpissen, viele Gedanken über die Notleidenden der Welt und den syrischen Bürgerkrieg gemacht. Sobald die akute Krise vorbei ist, wird man zum altbewährten Verdrängen zurückkehren. Oder habt ihr den Eindruck, unsere Politiker würden vorausschauend unpopuläre Maßnahmen setzen? Welche Partei gewinnt eine Wahl, indem sie ankündigt, die Entwicklungshilfe auf zehn oder fünfzehn Prozent der Wirtschaftsleistung zu erhöhen?«

»Ich würde sie wählen«, beteuert Barbara. »Ich schon!«

Viktor grinst und meint: »Sie und ich und vielleicht Ihr

Mann, viele andere aber erst, wenn die Flüchtlinge in ihren Gärten und vor ihren Wohnungstüren Zelte aufschlagen, weil schon so viele nach Europa gekommen sein werden, dass für niemanden mehr Platz ist. Und auch dann werden sich viele lieber für eine Partei entscheiden, die das Geld in Selbstschussanlagen und Deportationszüge statt in Entwicklungsmaßnahmen investiert. Aber so weit wird es nicht kommen, jedenfalls nicht hier. Wenn wir uns schon die Hände schmutzig machen müssen, dann ziehen wir vorher Handschuhe an.«

Je länger Viktor spricht, desto mehr ärgert er sich über sich selbst. Warum hat er sich dazu hinreißen lassen, hier, vor diesen Leuten, eine Rede zu halten?

»Und was wollen Sie uns eigentlich sagen?«, fragt Günter.

»Das, womit ich dieses Gespräch begonnen hatte: Es war eine Frage der Zeit, bis die Balkanroute geschlossen wird. Das war vorhersehbar und unumgänglich. Ich hatte nur gehofft, es würde nicht so schnell passieren, und hatte mich auf einige weitere Monate als Helfer im *Camp alte Asfinag* eingestellt, um noch ein paar weiteren Menschen dabei zu helfen, das Schicksal zu überlisten. Nun werde ich mich dafür einsetzen, dass die Menschen nicht wieder abgeschoben werden. Insgeheim hatte ich natürlich schon gehofft, wir Europäer seien lernfähig und würden nun tatsächlich gemeinsam eine Lösung finden, Flüchtlinge auf verschiedene Länder verteilen, Erstaufnahmezentren in Griechenland einrichten, den Schleppern das Handwerk legen, Hilfsmaßnahmen in den Ursprungsländern verbessern. Für kurze Zeit habe ich mich von der allgemeinen Euphorie anstecken lassen. Außerdem musste ich moralisch reagieren, weil ich keine andere Wahl hatte. Ich bin kein Zyniker.«

Nein, natürlich hält er diese Rede nicht für Barbara und Günter und nicht für Ali. Doch Lisa schweigt.

»Ich gebe an das Schicksal etwas zurück. Ich zahle meine Schulden, obwohl ich weiß, dass ich niemals schuldenfrei sein werde. Ich verrücke, im Rahmen meiner bescheidenen Möglichkeiten, ein bisschen die Weltordnung. Ich kann nicht verhindern, dass andere alles zurück an den angestammten Platz stellen. Sie tun es, wie erwartet. Nun igelt sich die Festung Europa wieder ein – bis zum nächsten Ansturm, der wahrscheinlich noch größer sein wird. Ändert sich vielleicht dann etwas?«

»Das war doch kein Ansturm!«, protestiert Barbara. »Der kleine Libanon hat mehr Flüchtlinge aufgenommen als Deutschland, Österreich und Schweden zusammen.«

»Ich weiß, und der Libanon ist ein armes Land, Deutschland ist reich. Aber fragen Sie doch Ihre Nachbarn: Wie viele von ihnen wären bereit, zwanzig Millionen Flüchtlinge aus aller Welt hier in Deutschland aufzunehmen, zu versorgen, zu integrieren, zu kontrollieren und dabei auf einen Teil des eigenen Wohlstands, einschließlich Sozialleistungen, zu verzichten?«

»Sollen wir also einen Stacheldrahtzaun um unser Land bauen?«

»Nein. Ich bin Realist, aber kein Unmensch. Wissen Sie eigentlich, warum heute so viele Menschen zu uns kommen? Bittere Ironie der Geschichte: weil es ihnen etwas besser geht als früher. Vor dreißig oder vierzig Jahren gab es in der Dritten Welt ebenfalls Kriege, Epidemien, Hunger und Elend, Fanatismus, Verfolgungen, Massaker, die nicht weniger schlimm waren als heute, doch waren die Menschen damals in ihrer großen Masse so arm, dass es sich die Familienverbände nicht leisten konnten, auch nur einen einzigen jungen Mann mit etwas Geld auszustatten und nach Europa loszuschicken. Heute stürmt die Elite der Elenden dieser Welt unsere Grenzen. Das Geld, das sie bei uns verdienen, schicken sie nach Hause und ermöglichen ihren Familien so eine bessere Existenz. Das ist gut und macht Sinn. Entwicklungshilfe einmal anders. Mit dreihundert Euro kann man in Zentralafrika schon ein Haus bauen oder ein kleines Unternehmen gründen. Früher kamen die Menschen nicht einmal auf die Idee, dass so etwas möglich sein könnte. Heute sind sie nicht mehr so demütig und schicksalsergeben wie ihre Eltern oder Großeltern. Das versetzt die ordentlichen Bürger und Kleineweltverteidiger bei uns in Angst und Schrecken, weil sie in den letzten zehn bis fünfzehn Jahren zu ahnen begonnen hatten und jetzt erst so richtig begreifen, was ihre Eltern vergessen, die Großeltern aber noch aus eigener Erfahrung gewusst hatten: dass nämlich nichts im Leben selbstverständlich ist. Wundert es euch also, dass manche in Stacheldraht eine Lösung sehen?«

»Und das finden Sie normal und unvermeidbar?« Barbaras Frage klingt wie eine Anklage.

»Wenn man keine Stacheldrahtzäune aufstellen würde, könnten wir sie nicht niederreißen, um stolz unsere blutenden Hände in die Höhe zu halten.«

»Haben Sie nicht gerade behauptet, Sie seien kein Zyniker?«, fragt Günter.

Während Viktor sein Weinglas leertrinkt und sich sogleich ein weiteres nachschenkt, stellt sich betretenes Schweigen ein. Barbara und Günter starren Viktor mit einer Mischung aus Empörung und Fassungslosigkeit an. So vergeht eine halbe Minute.

»Was Sie sagen, ist …« Barbara ringt nach Worten.

»Ungut«, vervollständigt Günter den Satz.

»Ein paarmal hatte ich den Eindruck, Sie reden wie ein, also, fast wie ein Nazi.«

»Jetzt gehst du aber zu weit, Babsi«, meint Günter.

»Ich denke, es stimmt, was Viktor sagt, alles richtig«, meldet sich plötzlich Ali wieder zu Wort. »Ich habe nicht alles verstanden, aber fast. Balkanroute zu, das ist schlecht, Stacheldraht ist furchtbar, alles furchtbar – für Leute, die jetzt in Türkei und Griechenland und Syrien und Irak sind. Aber für uns, die schon hier sind, ist es vielleicht gut. Uns geht dann besser. Sonst sind zu viele von uns da.«

»Aber Ali!«

»Aber Ali!!!«

»Politik ist scheiße«, erklärt Ali. »Alles nur gegen Menschen. Vor dem Krieg ich wollte nie weg aus Syrien. Dann wurden meine Eltern und meine Schwester getötet. Kann nicht erzählen, wie. Kann niemals erzählen, niemals, niemandem.«

»Das habe ich nicht gewusst«, flüstert Lisa.

»Ich glaube, wir sollten gehen«, sagt Viktor. »Ich danke Ihnen für das Essen und die anregende Unterhaltung.«

Ali wendet sich Viktor zu, und sein Gesicht, das noch vor einer Sekunde so traurig war, dass Viktor glaubte, der junge Mann würde demnächst anfangen zu weinen, beginnt wieder zu strahlen. »Wissen Sie, Sie sind der erste Jude in meinem Leben!«, verkündet er begeistert. »Ich habe noch nie Juden gesehen, nur immer so Sachen über sie gehört, aber Sie sind nett.«

»Danke, du bist auch nett, Ali, obwohl ich ebenfalls schon vieles über Araber gehört habe«, erwidert Viktor grinsend. »So Sachen eben.«

»Was Juden in Israel mit Palästinensern machen, ist sehr, sehr schlecht, aber Sie sind okay«, meint Ali.

»Ich bin froh, dass keiner Probleme damit hat, dass ich Niederösterreicherin bin«, sagt Lisa. »Dabei könnte ich euch über meine Landsleute Geschichten erzählen, da fallen euch die Ohren ab.«

»Mich freut es trotz allem, was ich vorhin gesagt habe, dass es mehr Narren als Zyniker gibt«, erklärt Viktor. »Mehr hilfsbereite Menschen als Hetzer, mehr Idealisten als sogenannte Pragmatiker. Wenn alle immer so töricht wären, nur das Vorhersehbare zu wollen und das Offensichtliche zu glauben, wären wir immer noch Menschenaffen und säßen auf den Bäumen. Angela Merkel hat schon recht: Wir schaffen das! Irgendwie.«

»Gut, dass ich schon hier bin und nicht länger im Libanon habe gewartet«, bemerkt Ali. »Manche glauben auch heute, Krieg bald zu Ende. Dummköpfe!«

»Ich glaube, ihr solltet jetzt gehen!«, sagt Barbara, und die unterdrückte Wut, die in ihrem Tonfall mitschwingt, lässt keinen Widerspruch zu.

10

Necla weiß nicht, wo Fouad ist. Sie hat seine Handynummer, darf diese aber nicht weitergeben. Ob sie ihn nicht selbst anrufen könnte?, fragt Viktor. Sie zögert, mustert Viktor und Lisa misstrauisch. »Das sind Freunde von mir«, erklärt Ali, »ich ver-buur-ge mich für sie« (den Begriff hatte er vorhin im Online-Wörterbuch nachgeschaut), doch Neclas Gesicht hellt sich erst auf, als Viktor seinen Salzburger Helferausweis hervorholt. Einer intuitiven Eingebung folgend, hatte er ihn auf die Reise mitgenommen. Nun erweist sich der Ausweis, so wie schon bei der Security-Kontrolle am Eingang, als hilfreich. »Was wollen Sie überhaupt von ihm?«, fragt sie.

»Es geht um einen Konflikt zwischen ihm und meiner Tochter. Diesen möchte ich beilegen.«

Necla seufzt, schaut auf das Display ihres Mobiltelefons, streicht über den Touchscreen und fragt: »Was hat er denn wieder angestellt?«

»Das möchten wir persönlich mit ihm klären.«

»Aha. Und was hast du damit zu tun?«, fragt sie Ali.

»Ich bin nur hier zum Übersetzen, Necla«, antwortet dieser stolz und fügt gewichtig hinzu: »Ganz dringende Sache! Ich kann helfen.« In Wirklichkeit hat er keine Ahnung, worum es geht, weil Lisa auf dem kurzen Weg vom Wohnblock zur Flüchtlingsunterkunft nur ein paar kryptische Andeutungen gemacht hatte.

Necla ist Sozialarbeiterin. Sie ist Anfang dreißig, klein, gedrungen und legt bei allem, was sie sagt oder tut, eine phlegmatische Ruhe an den Tag, die man für Lethargie halten könnte, wenn ihre Augen und ihr Gesichtsausdruck nicht immerwährende Präsenz und Aufmerksamkeit ausstrahlen würden. So bekommt jede verlangsamte Bewegung, jede Handlung oder verzögerte Antwort auf eine Frage Gewicht und Bedeutung.

Neclas Büro ist eine winzige Kammer – kahl und dunkel. Die Wände sind grau und rissig, die Glühbirne an der Decke hängt an einem nur notdürftig isolierten Draht, die Regale sind mit Ordnern und Papieren vollgeräumt. Zwischen Schreibtisch und Eingangstür ist gerade einmal Platz für einen einzigen Stuhl. Viktor nimmt Platz, Lisa und Ali bleiben stehen. Alles in diesem Raum erinnert an die tristen Verwaltungsräume im *Camp Asfinag*, bis auf ein paar Details, die sofort Viktors Aufmerksamkeit erregen. Rechts vom Fenster hinter dem Schreibtisch hängt ein gerahmtes Bild an der Wand, das einen kalligrafisch kunstvoll gestalteten, geschwungenen Schriftzug auf Arabisch zeigt, schwarz auf grünem Hintergrund. Viktor kann nicht Arabisch, aber diese Worte kennt er: *Allahu akbar, Gott ist der Größte.* Gleich neben diesem Bild hängt ein Kruzifix aus Holz und auf der anderen Seite des Fensters ein Foto, welches das Interieur einer Synagoge zeigt. Besonders auffallend sind eine *Menora*, der siebenarmige Leuchter, und ein großes rundes Fenster, in dessen Scheibe ein *Magen David*, der sechszackige Stern, eingearbeitet ist.

»Bon jour, Fouad, c'est moi, Necla. Où es tu? Est-ce que tu es loin du centre? ... Ah oui ... D'accord ... Ici est quelqu'un qui veut te rencontre. Il dit que c'est très important ...« Den Rest versteht Viktor nicht mehr, weil Necla zu schnell spricht.

»Er kommt her, in zwanzig Minuten ist er da, sagt er«, erklärt Necla, nachdem sie das Gespräch beendet hat. »Aber wenn er sagt, in zwanzig Minuten, können Sie damit rechnen, dass Sie auch eine ganze Stunde auf ihn warten müssen oder länger.«

»Fouad ein bisschen durchgeknallter Typ«, erklärt Ali. »Ich kenne ihn nicht gut, aber was ich kenne, ist genug.«

»Ein Problemfall«, sagt Necla. »Ich vermute, er ist schon lange in Europa, wahrscheinlich war er in Frankreich oder Belgien, aber Näheres weiß ich nicht. Er erzählt immer wieder eine andere Geschichte. Sie sind Flüchtlingsbetreuer in Salzburg?«

»Freiwilliger Helfer. Ich war in zwei Camps und davor bei der Caritas am Hauptbahnhof.«

»Sehr viele unserer Flüchtlinge sind über Salzburg nach Deutschland gekommen. Die meisten sagen, dass die Zustände dort gut oder zumindest erträglich waren.«

»Im Vergleich zu Camps in Griechenland oder Serbien auf jeden Fall.«

»Auch im Vergleich zu den Zuständen hier bei uns. Wir platzen aus allen Nähten. Wir sind ein Erstaufnahmezentrum. Nach spätestens sechs Monaten sollten alle Asylwerber auf andere Unterkünfte verteilt werden, doch davon kann keine Rede sein. Wir haben zu wenig Personal, inzwischen auch zu wenige Freiwillige, im September wollten alle mithelfen, Kleider sortieren, Essen verteilen, Deutsch unterrichten, inzwischen ist das anders. Die Security-Leute sind schlecht ausgebildet, ein paar haben wir entlassen müssen. Die Konflikte der Flüchtlinge untereinander machen allen das Leben schwer, und seit einiger Zeit tauchen hier immer mehr Neonazis mit ihren Pöbeleien und Schmierereien an unseren Wänden auf: *Rapefugees go home!* oder *Deutschland erwache! Islam verrecke!* Wir erstatten jedes Mal Anzeige, aber es bringt nichts. Vor kurzem mussten wir einen Zaun rund um das Gelände errichten, um uns vor solchen Leuten zu schützen, damit sie nicht direkt vor dem Eingang zum Gebäude auftauchen und die Flüchtlinge beschimpfen. Und für morgen ist eine große Rechtsradikalendemo geplant: Gigrida, AfD, die durchgeknallten Glatzen, der ganze Abschaum. Das wird schlimm.«

»Ich möchte endlich arbeiten dürfen«, bemerkt Ali. »Arbeiten, nicht nur warten, warten, warten.«

Jemand klopft an die Tür. »Nicht jetzt!«, schreit Necla. Die Tür wird trotzdem geöffnet. Drei junge Männer betreten den Raum, drängen zum Tisch, schieben Lisa zur Seite, als wäre sie ein Möbelstück. Es wird sehr eng im Raum, und auf einmal hat Viktor nur Jeans und Jacken, baumelnde und gestikulierende Arme und Hände vor Augen, Körper, die um ihn herum und an ihm vorbeibalancieren. Zwischen Schultern und Hüften tauchen Neclas Oberkörper und der Schreibtisch auf und verschwinden wieder. »Nein!«, erklärt Necla laut, diesmal ohne zu schreien. »Um sechzehn Uhr! Come back at four. At four pii eem!!! If you need something now, go to Cornelia.« Sie richtet ihren Oberkörper auf, klappt ihren Laptop zu, senkt die Stimme: »You know the rules. There is no exception.«

Viktor steht auf und rückt seinen Stuhl beiseite.

»But we brauchen dein help!«, erklärt einer der drei.

»You promise me this paper we was talk about yesterday«, schreit der Zweite.

»Forget Cornelia. Why Cornelia? I not want speak Cornelia, she never don't know nothing!«, schreit der Dritte. »Cornelia bad woman!« Für den Bruchteil einer Sekunde möchte Viktor eingreifen, die Männer zur Ordnung rufen, doch sofort erinnert er sich, dass er hier, an diesem Ort, weder verantwortlich noch zuständig ist, und hält sich zurück.

»I'm sorry, you know the rules!«, wiederholt Necla mit noch festerer Stimme als zuvor, woraufhin sich Ali in das Gespräch einmischt und die drei Männer in eine kurze, aber heftige Diskussion auf Arabisch verwickelt. Nach einem Wortwechsel, der weniger als eine Minute dauert, ziehen die Männer murrend wieder ab. Der letzte wirft die Tür mit einem lauten Knall hinter sich zu. Lisa und Viktor zucken zusammen, während Necla nicht mit der Wimper zuckt. »So ist es die ganze Zeit«, bemerkt sie trocken. »Wenn wir keine klaren Regeln aufstellen und diese auch unerbittlich einhalten, wird uns die Bude spätestens morgen über den Köpfen zusammenbrechen. Außerdem bräuchten wir mehr männliche Mitarbeiter. Das alte Problem.«

»Was man soll machen, Necla, sie sind dumme Bauern, diese drei«, erklärt Ali. »Eigentlich nett, aber manchmal blöd.«

Necla erhebt sich langsam, fast wie in Zeitlupe, von ihrem Stuhl, bewegt sich, genauso langsam, beinahe lautlos Richtung Tür, dreht sich aber, ohne diese zu öffnen, wieder um und sagt: »Die meisten Menschen hier sind genauso: eigentlich nett, aber manchmal blöd. Sie erzählen grauenvolle Geschichten, auch dann, wenn sie sie nicht erzählen, sitzen tagelang herum und warten. Wir bräuchten entweder einige gute Psychologen, am besten mit universellen Sprachkenntnissen, oder Arbeit für alle, am besten jeden Tag von früh bis spät. Es gibt weder das eine noch das andere. Wissen Sie, ich bin in der Türkei geboren, meine Familie weiß, was Verfolgung bedeutet. Wir sind Kurden. Ich habe Mitgefühl und Verständnis für alle, aber manchmal denke ich ...« Sie bricht ab und fragt: »Sagen Sie mal, soll ich Sie beide hier etwas herumführen? Etwas Zeit hätte ich gerade. Um vier fällt dann die Meute über mich her. Bis jetzt hat sich noch nie ein Kollege von so weit her zu uns verirrt. Wer interessiert sich schon für unser Kaff. Warum sind Sie eigentlich hier?«

»Wegen meiner Tochter.«

»Ach ja!«

»Vielen Dank, Sie brauchen uns nicht herumzuführen, ich habe genug in unseren eigenen Camps gesehen.«

Das wenige, das Viktor mitbekommen hatte, als er und seine Begleiter in der Flüchtlingsunterkunft Fouad gesucht hatten und schließlich an Necla verwiesen wurden, war trist genug: Messebauwände, welche die ohnehin recht kleinen Räume in noch kleinere Einheiten unterteilen, Doppelstockbetten für acht Personen, Warteschlangen vor den Waschräumen, der Kleiderausgabe und den wenigen Büros und Verwaltungsräumen, ein völlig überfüllter Speiseraum, in dem manche auf dem Boden oder auf den Heizkörpern sitzen, weil auf den Bänken kein Platz mehr ist, größere und kleinere Gruppen von Leuten, die vor dem Eingang, in den Gängen oder auf einer improvisierten Terrasse herumstehen, spielende Kinder, Betreuerinnen, Sicherheitsleute, die orangefarbene Jacken mit der Aufschrift *Security* tragen, nirgends Privatsphäre und ein zu dieser Tageszeit niemals abschwellender Lärm. Wenigstens, denkt Viktor, müssen die Menschen nicht in Zelten leben, wie das in Salzburg monatelang der Fall war. »Wir warten draußen vor dem Eingang, schwer zu glauben, aber es ist sonnig«, sagt er.

»Verstehe. Sollten Sie Fouad draußen verpassen, dann hole ich Sie, sobald er bei mir im Büro ist.«

»Eine Frage noch: Wer ist eigentlich der junge Afrikaner, der draußen ganz allein und etwas abseits von allen auf einer Parkbank sitzt? Ein großer, dürrer Bursche, höchstens achtzehn. Er kommt mir bekannt vor, kann sein, dass ich ihn im Dezember bei uns im *Camp Grenze* gesehen habe, aber ich kann mich auch irren, ich habe viele gesehen.«

»Das ist Arok, auch einer unserer Problemfälle. Er kommt aus dem Südsudan.« Necla macht wieder einen Schritt auf die Tür zu, hält aber inne, wirft einen kurzen Blick auf ihre Uhr, dreht sich wieder um und sagt: »Ich dürfte Ihnen das alles gar nicht erzählen, aber inzwischen ist es mir ziemlich egal, was ich alles darf oder nicht darf. Schon möglich, dass Sie Arok in Salzburg gesehen haben. Soweit ich weiß, ist er über Freilassing nach Deutschland eingereist. Sonst kenne ich seine Lebensgeschichte kaum. Jedenfalls stammt er aus einem kleinen Dorf, kann weder lesen noch schreiben, weiß nicht einmal, wie alt er ist, ich schätze ihn auf achtzehn. Er versteht nur seine eigene Regionalsprache, dazu wenige Brocken Englisch und Arabisch, aber nicht genug, um ein Gespräch führen zu können. Jemand müsste ihn alphabetisieren, aber wer? Niemand spricht seine Sprache, niemand hat die Zeit, sich um ihn zu kümmern, und im Sprachkurs, den wir anbieten, sitzt er nur herum und starrt in die Luft. Wie er es aus seiner Heimat bis nach Europa geschafft hat, und was er zu Hause erlebt hat, weiß hier niemand. Arok sitzt meist nur lethargisch irgendwo draußen oder in einer Ecke oder liegt im Bett. Wenn man ihn anspricht, reagiert er kaum, aber ich habe vor kurzem eine Beschäftigung für ihn gefunden ...«

»Entschuldigung!«, unterbricht sie Ali. »Ich gehe hinauf zu mein Zimmer. Rufst du mir, wenn Fouad da ist?«

»Ich hole dich«, sagt Lisa.

»Ich habe für ihn eine Beschäftigung gefunden«, setzt Necla ihre Erzählung fort, während Ali das Zimmer verlässt. Im Augenwinkel erkennt Viktor, wie Ali mit ein paar scharfen Sätzen und deutlichen Handbewegungen einige Leute daran hindert, das Büro zu stürmen, kaum dass sich die Tür geöffnet hat.

»Ich habe eine Arbeit für ihn gefunden. Gleich um die Ecke, in der Straße des 20. Juli, wird eine neue Unterkunft hergerichtet – in einem alten Industriegebäude, das eigentlich abgerissen hätte werden sollen. Dort hilft er mit. Und noch zehn weitere Flüchtlinge. Ehrenamtlich natürlich. Sie können sich nicht vorstellen, was es mich gekostet hat, das durchzusetzen. Damit das überhaupt geht. Ich war beim Bürgermeister, beim Abteilungsleiter des zuständigen Sozial- und Unfallversicherungsträgers, beim Bauleiter. Ich musste sechs Online-Formulare ausfüllen, damit ein paar Flüchtlinge Baumaterialien von A nach B tragen oder Wände streichen dürfen. Jedenfalls wird die Unterkunft nächste Woche eröffnet, und wann immer Arok mithelfen durfte, ist er aufgeblüht. Er ist unglaublich fleißig und möchte abends gar nicht aufhören. Dreimal in der Woche darf er für ein paar Stunden auf die Baustelle, und ich habe den Eindruck, dass er ohne diese Arbeit nicht überleben würde. Keine Ahnung, was ich mit ihm machen soll, wenn das neue Haus eröffnet ist.«

Vor dem Eingang zur Unterkunft hat sich eine Menschentraube gebildet. Alle wollen das gute Wetter nutzen, stehen herum, diskutieren, rauchen. Einige Kinder fahren mit Rollern um die Wette, andere jagen einem Ball hinterher. Zwei Sicherheitsleute stehen etwas abseits mit verschränkten Armen und beobachten die Menschen gelangweilt.

»Du warst so still die ganze Zeit«, sagt Viktor zu Lisa.

»Ich muss dringend aufs Klo«, sagt sie.

Während Lisa ins Gebäude zurückgeht, schaut sich Viktor um. Arok sitzt immer noch auf derselben Parkbank gleich neben dem Eingang zum Areal. Er trägt eine schwarze Jacke, die für die Jahreszeit zu dünn ist, einen ausgefransten pinkfarbenen Schal und eine etwas schief sitzende, weiße Wollmütze. Viktor wundert sich, dass dem jungen Mann nicht kalt ist, doch kommt es ihm vor, als hätte Arok die Verbindung zum eigenen Körper ohnehin verloren: Seine Arme hängen kraftlos herab, die Beine sind unnatürlich abgewinkelt, der Oberkörper wippt langsam, wie mechanisch, vor und zurück, und sein Blick sucht nach etwas Verborgenem und, wie es scheint, Beängstigendem in der Ferne, ohne es fixieren zu können.

Als Viktor sich dem jungen Mann nähert, schaut dieser nicht auf. Viktor verlangsamt den Schritt, geht aber an ihm vorbei. Arok reagiert nicht. Viktor geht um die Bank herum. Als er sich direkt hinter Arok befindet, zuckt dieser plötzlich zusammen, dreht sich blitzschnell um. Für einen kurzen Augenblick blitzt Angst in seinen Augen auf, doch sogleich weicht die Spannung aus seinem Gesicht, das nun kindlich wirkt, die Falten auf der Stirn glätten sich, das Flackern in den Augen erlischt. Arok wendet Viktor den Rücken zu, beginnt wieder vor und zurück zu wippen, der Kopf baumelt hin und her, es scheint, als wäre er nur lose am Körper befestigt und könnte jeden Moment abfallen. Einer der beiden Sicherheitsleute beobachtet die Szene aufmerksam aus der Ferne, rührt sich aber nicht vom Fleck.

Als Viktor die Umrundung der Bank beendet hat, bleibt er vor Arok stehen. »Hallo«, sagt er. »Hallo, I'm Viktor.«

»Arok.« Es klingt dumpf, lustlos, wie mit Mühe aus dem Inneren herausgepresst.

»You remember me?«

Der junge Mann zuckt die Schulter und dreht den Kopf weg.

Viktor klappt sein Smartphone auf, klickt die Bildgalerie an und findet ein Foto, das er Mitte Dezember im leeren Auslasszelt an der Grenze gemacht hatte – früh am Morgen, als alle Flüchtlinge dieser Nacht die Grenze überquert hatten, der nächste Transport erst für den Nachmittag angekündigt war, die anderen Helfer nach Hause gegangen waren, er selbst aber entkräftet, aufgewühlt und wie nach jeder Schicht fassungslos zurückblieb. Zehn Minuten hatte er damals auf einer Bank verharrt, war zwischen den plötzlich nutzlos gewordenen Absperrungen gesessen, das Surren der beiden elektrischen Heizer, die er längst hätte abschalten sollen, und das Prasseln des Regens gegen die Zeltplane im Ohr. Draußen hatte der Soldat weiterhin Wache vor dem leeren Zelt geschoben. Nachdem sich Viktor aus seiner Starre befreit hatte, fotografierte er die Kinderzeichnungen, die an den Wänden hingen, und das Interieur.

Viktor zeigt Arok das Bild vom leeren Zelt und fragt: »You've been there, haven't you?« Dieser betrachtet das Foto, und sein Gesicht hellt sich auf. »Coat«, sagt er und zeigt mit dem Finger auf den Kragen seines Mantels. »Coat!« Er beginnt zu grinsen, dann zu lächeln, dann lacht er, und auf einmal ist Viktor überzeugt, dass Arok jünger ist als achtzehn. Sechzehn dürfte er sein, höchstens siebzehn.

»Coat?«, fragt Viktor und weiß plötzlich genau, wann er Arok das erste Mal getroffen hat, zwingt sich ebenfalls ein Lächeln ab, steckt das Handy wieder ein, klopft dem jungen Mann auf die Schulter. »Good bye! See you later!« Gern würde er mehr sagen, aber es hätte keinen Sinn. Er wendet sich ab, um wieder zurück zum Eingang zu gehen, doch Arok hält ihn am Ärmel fest.

»I'm sorry, I have to go«, bemerkt Viktor freundlich.

»Yes, yes, yes.«

»Dann lass mich doch los. Let me go!«

Arok lässt los, greift in die Innentasche seines Mantels und holt eine Muschel heraus.

»For me?«

»Yes!«

Es ist eine kleine Muschel mit braunen und weißen Streifen. Ein Teil ist abgebrochen.

»Thank you!«, sagt Viktor.

Arok verneigt sich und beginnt, etwas in seiner Sprache zu erklären. »Thank you!«, wiederholt Viktor und hastet davon.

11

In einer Flüchtlingsunterkunft spricht sich schnell etwas herum. Jede Kleinigkeit wird zu einem wichtigen Ereignis. Offenbar hat Ali den Mund nicht halten können, denn als sich ein junger Mann von etwa Mitte zwanzig schnellen Schrittes der Unterkunft nähert, wird Viktor sogleich von drei anderen jungen Männern, die neben ihm stehen, angesprochen.

»You are waiting for Fouad? Here he comes!«

»Das ist Fouad.«

»The guy from Algeria. What you want of him?«

»Muss das denn alles wirklich sein?«, flüstert Lisa.

»Ja, es muss sein«, erwidert Viktor, während er auf Fouad zugeht und Lisa ihm hinterhertrottet. Eine Menschentraube folgt ihnen. »Wo ist eigentlich Ali? Wir brauchen ihn jetzt.«

»Excusez-moi, êtes-vous Fouad?«

»Oui.«

»Je m'appelle Viktor Levin. Il faut que nous parlions.«

»Pourquoi?«

Fouad hat, so wie Lisa es gesagt hatte, in der Tat ein Allerweltsgesicht. Wenn Viktor mit seiner Nase und seinen vollen Lippen dem Klischeebild eines Juden entspricht, so entspricht Fouad dem vermeintlich typischen Bild eines Arabers. Seine Augen sind groß, mandelförmig und glänzend, die Haut olivfarben, die Haare dunkel und lockig, und er hat keinerlei besonderen Merkmale – weder Narben noch markante Gesichtszüge oder sonstige Auffälligkeiten, nach denen er sich durch sein Aussehen im besonderen Maße von anderen unterscheiden würde. Das Einzige an ihm, was sofort ins Auge sticht, ist seine Größe. Er ist fast einen Kopf größer als Viktor und um einiges größer als Ali.

Fouad mustert Viktor und Lisa misstrauisch und ein wenig verächtlich. Die anderen Flüchtlinge reden auf ihn auf Arabisch ein. Er antwortet einsilbig, laut und schnell, wirkt erstaunt, ist sichtlich irritiert und verärgert, offenbar aber doch sehr neugierig, was man von ihm will. »Alors, dites-moi, qu'est-ce que vous voulez?«, fragt er.

»Un petit moment, s'il vous plaît«, sagt Viktor. »On attend Ali qui va traduire pour nous …«

»Bin schon da!«, hört er Alis Stimme. Der junge Mann ist außer Atem.

»Kannst du deinen Freunden bitte sagen, dass wir ein persönliches Gespräch führen und kein öffentliches Schauspiel veranstalten wollen!«, bittet Viktor.

Ali macht ein paar unmissverständliche Gesten und schreit etwas in die Runde, das wahrscheinlich nicht so unfreundlich ist, wie es für Viktors sprachunkundiges Ohr klingt, aber trotzdem zu Protesten führt. Doch eine Minute später befinden sich Fouad, Ali, Viktor und Lisa am anderen Ende des Areals und sind tatsächlich allein. Sie haben eine Wiese überquert und sind nun an einem kleinen, asphaltierten Platz, an dem drei Alleen zusammenlaufen und um den drei Parkbänke eine Art Dreieck bilden. Der Platz wird durch einen Maschendrahtzaun, der das Gelände der Flüchtlingsunterkunft vom Rest der Parkanlage trennt, in zwei Bereiche geteilt. Zwei Parkbänke befinden sich draußen hinter dem Zaun, eine Bank noch im Innenbereich. Fouad setzt sich auf die obere Kante der Rückenlehne der Bank, streckt die Beine aus, zieht den Kragen seiner Jacke in den Nacken, verschränkt die Arme auf der Brust und fragt abweisend und trocken: »Alors, je demande encore une fois: Qu'est-ce que vous voulez?«

Viktor deutet auf Lisa, die plötzlich sehr klein wirkt und zu Boden starrt, und sagt: »C'est ma fille, je pense que vous la connaissez ...«

»Oui!« Fouad starrt Viktor ins Gesicht, doch dieser hält seinem Blick stand.

»Lisa!«, sagt Viktor. »Bitte. Erzähl ihm alles, so wie wir es miteinander ausgemacht haben, und dich, Ali, bitte ich, alles zu übersetzen.«

Lisa schweigt. So vergehen drei, fünf, zehn Sekunden. Zehn Sekunden können zu einer unendlich langen Zeit werden, wenn vier Menschen einander anschweigen, und mit jeder zusätzlichen Sekunde kommt Viktor die Szene bizarrer vor: ein junger Mann, der notdürftig auf der Rückenlehne einer Parkbank Platz genommen hat, hinter der sich, scheinbar unmotiviert, ein Maschendrahtzaun befindet, ein weiterer, etwas kleinerer junger Mann, der verlegen von einem Fuß auf den anderen steigt, eine junge Frau und ein Mann in mittleren Jahren, die etwa eineinhalb Meter von der Bank entfernt in einer Reihe stehen und den Mann auf der Bank anschauen, während dieser zurückstarrt und grinst.

»Alors, j'vais partir«, sagt Fouad schließlich. »Au voir.«
»Lisa!«
»Also es ist so ...« Lisa stockt, hüstelt, schluckt. »Es tut mir leid, die ganze Geschichte, in der Silvesternacht, sie tut mir sehr leid, ich entschuldige mich, ich habe einen Fehler gemacht.«

Ali übersetzt ins Arabische, Fouad antwortet, wechselt dabei aus dem Französischen ebenfalls ins Arabische. In seiner Muttersprache hat seine Stimme eine andere Färbung – sie ist leidenschaftlicher, nuancierter, herber und schöner. Und bedrohlicher. »Die Banditen von Polizei sind zu blöd, um gegen mich etwas zu tun.« Fouad zündet sich eine Zigarette an, während Ali weiterhin nach den passenden Worten ringt. »In den Knast, aus dem Knast, in den Knast, alles egal und besser als mein Leben früher. Polizei blöd.« Fouad kichert, während Ali die Stirn runzelt und mühsam Silbe an Silbe reiht und sich über jeden gelungenen Satz freut. »Gerichte noch blöder.« Jetzt lacht Fouad, aber es klingt alles andere als fröhlich. »Haben keine Ahnung. Verstehen nicht, wie Leben von Menschen wie ich wirklich ist.« Ali atmet tief durch, Fouad bläst ihm den Zigarettenrauch ins Gesicht und gibt noch ein paar Sätze von sich, wobei er sich kurz in den Schritt greift und dann seine Gürtelschnalle umfasst.

»Ich bin Dieb, ich stehle, aber ich überfalle keine Frauen, und Sex machen sie mit mir immer freiwillig.« Ali bittet Fouad um eine Zigarette. Als er sie erhält, zündet er sie nicht an, sondern steckt sie hinter sein rechtes Ohr. »Ich respektiere Frauen. Ich mache nicht Gewalt gegen sie. Frauen muss man schützen, sie sind schwach, denn sie haben keine Eier. Ich bin richtiger Mann!«

»Aber Sie jagen ihr Angst ein, Sie verfolgen sie. Sie sind ein feiger Stalker mit winzigen Eiern und kein richtiger Mann«, bemerkt Viktor. »Lassen Sie sie in Ruhe!«

Kaum hat Ali diese Worte übersetzt, beginnt Fouad auf Arabisch zu schreien. »Das ich möchte nicht übersetzen«, erklärt Ali, während Fouad nicht aufhören kann zu schimpfen. »Es sind Sachen, die richtiger Mann nicht sagt.«

»Ich kann es mir vorstellen«, bemerkt Viktor. »Sag ihm, er soll sich von Lisa fernhalten, sonst bekommt er es mit mir zu tun. Ich bin ihr Vater.« Nachdem Ali übersetzt hat, verstummt Fouad, wirft Viktor einen wütenden Blick zu und wartet.

»Es geht aber noch um etwas anderes, nicht wahr, Lisa?«, sagt Viktor.

»Ich hatte nie behauptet, dass Sie ... eh ... dass du dabei warst bei diesem Überfall, das Phantombild war falsch.« Lisa hat Tränen in den Augen.

»Ich weiß«, übersetzt Ali für Fouad.

»Es war überhaupt alles falsch.« Sie wischt mit einem Taschentuch die Tränen aus dem Gesicht und verwischt dabei ihre Wimperntusche. »Ich wurde in der Silvesternacht nicht überfallen. Ich habe die Geschichte erfunden. In Wirklichkeit ist mir in dieser Nacht gar nichts passiert. Es war alles gelogen.«

Ali starrt Lisa entgeistert an. »Haah?? Warum du hast erfunden solche Geschichte?« Lisa senkt den Kopf, Ali übersetzt, Fouad macht große Augen, wirft die Zigarette weg, steht auf, macht einen Schritt auf Lisa zu und zischt: »Nutte! Schlampe! Ich fick dich!«

»Haben Sie nicht gerade gesagt, Sie respektieren Frauen?«, fragt Viktor.

»Nicht, wenn sie Schlampen sind«, zischt Fouad wütend, abgehackt, und auf Deutsch.

»Ach, Sie können Deutsch? Und gleich solche Ausdrücke!?«

»Ich schlecht Deutsch, aber ein wenig, nur wichtigste Wörter«, erklärt er. »Warum deine Tochter hat? Solche Scheiße?«

»Ja, warum?«, fragt Ali.

»Weil ... Weil ...« Lisa dreht ihr verweintes Gesicht zu Viktor. »Weil ich Angst hatte, weil ich blöd bin, weil ich das Gefühl hatte, das dünne Eis unter meinen Füßen bricht und ich gehe unter, gehe unter und habe dabei ohnehin mein ganzes Leben lang gegen das Untergehen gestrampelt.«

»Was bedeutet gestramp... wie?«, fragt Ali, doch Lisa wirft ihm nur einen wehmütigen Blick zu, beachtet ihn nicht weiter, wendet sich wieder an Viktor. »Du bist ein Sadist!«, schreit sie.

»Warum tust du mir das an? Als ob nicht ohnehin alles beschissen genug wäre. Wer bist du eigentlich? Ein Sadist bist du, ein hinterfotziger, ein fieser Charakter. Du rächst dich an meiner Mama, weil sie dir nie was von mir erzählt hat, indem du mich fertigmachst. Wieso demütigst du mich? Du tauchst in meinem Leben auf und verlangst, dass ich das Richtige mache? Du Bessermensch! Und du selbst? Warum hast du meine Mama damals nicht gefragt, ob sie schwanger geworden ist? Du hast dich einfach vertschüsst. Punkt. Ob sie schwanger wird oder nicht, war dir wurscht! Ein Heuchler bist du, ein arroganter, ein scheinheiliger, selbstgerechter Prediger, und ich kann dir nicht einmal sagen, dass du mir egal bist, dass du ein Arschloch bist, dass du mich überhaupt nichts angehst und dich zum Teufel scheren sollst, dass du …«

»Ich habe nie behauptet, dass ich ein besonders guter Mensch bin«, murmelt Viktor.

»Arschloch!«, schreit Lisa und läuft davon. Viktor, Ali und Fouad schauen ihr nach, sehen, wie sie an einem der Security-Leute vorbei hinaus in den Park läuft und aus ihrem Blickfeld verschwindet.

»Sorry«, erklärt Ali. »Zum Übersetzen das alles zu kompliziert.«

»Macht nichts«, erwidert Viktor. »Das alles muss ich erst einmal für mich selbst übersetzten.« Am liebsten würde er sich verabschieden und gehen, doch genau in diesem Augenblick beginnen die beiden jungen Männer heftig zu diskutieren, ein Gespräch, das nach wenigen Sätzen in ein Gebrüll übergeht. Fouad geht auf Ali los, dieser weicht ihm aus. Für wenige Augenblicke machen sie den Eindruck, als wären sie ein Tanzpaar.

»He, hört auf damit!«, schreit Viktor. »Was ist los?«

»Er sehr aufgeregt«, erklärt Ali. »Sagt böse Dinge über Lisa, nennt schlimme Namen, die man über Frau niemals sagen darf. Ich sage ihm, er soll sie in Ruhe lassen, sie ist meine Freundin, aber er kann nicht akzeptieren Beleidigung, macht Drohungen und nennt mich Sohn von einem Hund. Das auch ist schwere Beleidigung! Warum dieser kleine Kriminelle aus Algerien mich beleidigen wollen? Dieser Hund! Außerdem sagt er, dass alles ist Plan, großer Plan, von böse Deutsche, Amerikaner und vor allem Zionisten, von Rassisten, gegen Menschen aus Nordafrika. Er sagt: Wenn Sie Levin heißen, dann Sie sind Jude, und wenn Sie Jude sind, dann sicher ein Schwein, wie der Koran sagt. Ich sage ihm – das ist alles Blödsinn!«

»Ecoutez!«, wendet sich Viktor an Fouad.

»Diese Schlampe!«, brüllt Fouad, so laut, dass die Security-Leute und die Flüchtlinge vor dem Eingang zur Unterkunft in seine Richtung schauen. »Pourquoi? Warum sie das getan?«

»Hören Sie auf!«, schreit Viktor. »Sie ist meine Tochter! Lassen Sie sie in Ruhe, und unterstehen Sie sich, sie noch einmal Schlampe zu nennen.« Ali übersetzt. »Sie hat einen Fehler gemacht, sie hat sich entschuldigt. Es tut ihr leid, mir tut es ebenfalls leid. Auch ich entschuldige mich. Warum sie das getan hat, ist etwas Privates, worüber ich nicht reden möchte.« Ali übersetzt, Fouad räuspert sich geräuschvoll und spuckt aus. Der schäumende, hellbraune Schleim von der Größe einer Nuss fällt Viktor vor die Füße. Wieder beginnt Ali zu schimpfen und zu gestikulieren, doch Fouad reagiert darauf nicht, sondern mustert Viktor mit einer Mischung aus Hass und Verachtung.

»Hören Sie zu«, erklärt Viktor, diesmal mit ruhiger Stimme. »Ich gebe Ihnen etwas.« Er zieht seine Geldbörse aus der Hosentasche, holt zwei Hunderteuroscheine heraus und reicht sie Fouad. »Nehmen Sie, nehmen Sie, es gehört Ihnen! Aber Sie lassen meine Tochter in Ruhe, hören auf, ihr nachzuspionieren, und vergessen die ganze Geschichte.« Fouad steckt das Geld ein und beginnt, während Ali übersetzt, verächtlich zu grinsen. »Sie halten sich fern von ihr, Sie und Ihre Freunde, Sie verschwinden einfach aus ihrem Leben, so als gäbe es Sie nicht. Abgemacht?«

»Donnez-moi encore cent Euro, papa«, bittet Fouad feixend, »et je vous promis tout ce que vous voulez.«

Viktor gibt Fouad einen weiteren Hunderteuroschein und sagt: »Wenn Sie sich an unsere Abmachung nicht halten, werden Sie es bereuen. Ich habe Einfluss in diesem Land. Ich finde Sie und mache Sie fertig. Ich bin nicht irgendwer, das können Sie mir glauben. Ich schneide Ihnen Ihre kleinen Eier ab. Haben wir uns verstanden?« Ali übersetzt, Viktor hat allerdings den Eindruck, dass er einiges verkürzt oder ausgelassen hat.

»Oh bien sûr, bien sûr, Monsieur le père!« Fouad macht eine tiefe Verbeugung, die aber nichts weiter als Hohn ist. »Au revoir.« Nach diesen Worten dreht er sich um und geht schnellen Schrittes zurück zur Unterkunft.

Ali holt die Zigarette, die immer noch hinter seinem Ohr steckt, greift zuerst in die rechte, dann in die linke Tasche seiner Jacke, dann in die Hosentaschen, findet das Feuerzeug schließlich in einer der Jackeninnentaschen, zündet die Zigarette an, macht ein paar Züge und fragt: »Warum Sie haben dieses Tier so viel Geld gegeben? Er ist Bandit, Verbrecher. Hat keinen Sinn, ihm Geld geben.«

»Es ging mir nicht um ihn«, sagt Viktor. »Er ist in dieser Geschichte ganz und gar unbedeutend.«

»Sie haben recht, ja, unbedeutend«, meint Ali nach einigem Nachdenken und fügt – ausnahmsweise in völlig korrektem Deutsch – hinzu: »Mir wäre aber lieber, er und Leute wie er wären anderswo unbedeutend und nicht hier.«

TEIL 3

1

Ich kenne die anderen, wie man ein Haus kennt, an dessen Toren man vorübergeht. Die Worte reichen wir uns wie Schlüssel. Sie passen nicht und schließen nichts auf. Manchmal höre ich, wie eine Tür zugeschlagen wird, höre Stimmen wie ein Summen in der Ferne, sehe Schatten hinter den zugezogenen Vorhängen. Ich kenne andere, wie man ein Haus kennt, an dessen Toren, Zäunen, Fenstern, Erkern man vorübergeht – den Abhang hinunter. Ich sollte umkehren, doch bergab geht es sich leichter als bergauf, und vielleicht sollte ich ganz hinabsteigen in die Finsternis, um innezuhalten und mit neuer Kraft den beschwerlichen Wiederaufstieg zu wagen.

Viktor weiß nicht mehr, wo er das gelesen hat. Oder hat er es selbst erfunden und bildet sich ein, es gelesen zu haben? Dreimal hat er Lisas Handynummer gewählt, dreimal hat sie nicht abgehoben. Er ist sich nicht sicher, ob er darüber traurig sein oder ob er sich freuen soll. Nun sitzt er am Schreibtisch in seinem Hotelzimmer und überlegt, ob er den Abend allein verbringen oder die Becks anrufen, ob er bleiben oder morgen abreisen soll. Ali hatte gemeint, Lisa würde sich bald bei ihm melden. Sie sei aufbrausend, aber nicht nachtragend, ihre Launen seien wie ein Gewitter im Sommer. So plötzlich, wie sie kämen, würden sie wieder vergehen und alsbald völlig vergessen sein.

»Wenn ich an Sommerregen denke, denke ich an den Regen bei uns in Freilassing«, bemerkte Viktor daraufhin. »Wenn es einmal richtig anfängt, regnet es tagelang, bis es kalt wird wie im November.«

Ali meinte daraufhin, radebrechend, in einer Mischung aus Deutsch und Englisch, er denke an andere Regionen und nicht an Freilassing. Er habe Heimweh, Sehnsucht nach dem Licht und nach der Wärme und nach dem Regen, den man liebt, weil man so lange warten muss, bis er die Hitze vertreibt und Erlösung bringt. Er sehne sich nach den Menschen, wie sie früher waren und nie mehr sein würden, nach Straßen, die es nicht mehr gebe, nach der Welt vor dem Horror. Sein halbes Leben würde er hergeben, um keine Erinnerung mehr zu haben. Manchmal denke er: Es gibt keine anderen Götter außer Allah, aber den gibt es auch nicht. Als er in Salzburg und Freilassing gewesen war, habe übrigens die Sonne geschienen, und es habe kein einziges Mal geregnet.

Aroks Muschel liegt vor Viktor auf dem Tisch. Sie ist so unauffällig und klein, dass sie auf der weißen Tischplatte kaum erkennbar wäre, wenn Viktor nicht wüsste, wo er sie hingelegt hat. Er wird die Muschel auf ein Stück schwarzen Karton kleben, einrahmen und an die Wand hängen. Oder er wird sie in eine Schachtel legen und zu Hause auf seinen Schreibtisch neben den Computerbildschirm stellen.

Er muss an jene Nacht denken.

Viktor ruft Kerstin an. Das Gespräch mit ihr ist nicht sehr erfreulich. Sie bleibt sachlich, trocken, fragt ihn aus, wechselt aber sogleich das Thema, wenn Viktor über seine Empfindungen und seine Pläne zu sprechen beginnt.

»Ich hoffe, du bringst dieses Mädchen nicht zu uns nach Hause«, sagt sie schließlich.

»Das ist eine Option, die ich mir offenhalte.«

»Bei uns im Haus wird sie nicht wohnen. Streich diese Option gleich mal aus deiner Liste«, erklärt Kerstin.

»Ich werde ihr eine Wohnung mieten.«
»Mach das, wenn dir das wichtig ist. Deine Sache.«
»Das Ganze hat nichts mit dir zu tun.«
»Ach wirklich?«, fragt sie höhnisch.
»Ich liebe dich!«, sagt Viktor.
»Ich dich auch«, antwortet Kerstin und legt auf.

Viktor beschließt, Kerstin eine Mail zu schicken, auch wenn er weiß, dass er nichts anderes tun kann, als noch einmal zusammenzufassen, worüber Kerstin und er in den letzten Monaten wieder und immer wieder gesprochen hatten. Worte sind wie Schlüssel, die nichts aufschließen? Manchmal schließen sie auf, doch man steht trotzdem bald vor einer Mauer oder geht durch einen langen Gang, der wieder nach draußen führt. Viktor schaltet den Laptop ein, schafft es aber nicht, auch nur eine Zeile zu formulieren. Ständig muss er an jene Nacht denken, die Nacht und die frühen Morgenstunden des 17. Dezember.

Ali hatte erzählt, dass er täglich darauf wartet, endlich aus dem Erstaufnahmezentrum ausziehen zu dürfen. Er halte die Enge, den Lärm, die Frustration der anderen und die Streitigkeiten nicht mehr aus. Kürzlich hätten radikale Moslems ein paar Christen und Jesiden verprügelt, ein Mädchen sei auf der Toilette vergewaltigt worden, schäme sich dessen aber so sehr, dass sie es nicht gemeldet habe, ein Pakistani, der nicht zum Asylverfahren zugelassen worden sei und dem nun die Abschiebung drohe, habe versucht, sich das Leben zu nehmen, und eine junge Frau aus dem Irak sei mitten in der Stadt beschimpft und bespuckt worden, weil sie ein Kopftuch trägt. Die Bilder, die Necla an der Wand hängen habe, sorgen für böses Blut, insbesondere das Foto, welches das Innere einer Synagoge zeige. Manche Flüchtlinge würden das als Provokation empfinden. Er sei aber trotzdem sehr froh, hier zu sein, hatte Ali beteuert. Im Vergleich zum Zeltlager im Libanon, in dem er fast zwei Jahre gelebt hatte, sei die Unterkunft in Gigricht ein Luxushotel und Deutschland ein Paradies.

Viktor erinnert sich, dass er Gudrun versprochen hatte, mit ihr abends zu skypen. Es ist aber noch nicht Abend, und Viktor hat sich noch nicht entschieden, was er in den kommenden Stunden unternehmen wird. Er starrt auf die Muschel, die er auf den Tisch gelegt hat, und muss an jene Nacht denken. Was für ein aberwitziger Zufall, dass er hier ausgerechnet diesem jungen Sudanesen begegnet ist. Er hatte in den letzten Wochen nie aufgehört, an jene Nacht zu denken.

Hat er diesem schmierigen Algerier wirklich dreihundert Euro gegeben? Bin ich ein Mann oder eine Maus?, fragt sich Viktor. Ich werde mich mein Leben lang für diesen Tag schämen.

Aber wahrscheinlich, denkt er, würde er alles genauso machen, wenn er den Tag wie mit Zauberhand zurückdrehen und ihn noch einmal leben könnte. Es gibt Momente im Leben, da man nur verlieren kann, egal, was man tut, und man muss trotzdem die richtige Entscheidung treffen.

Vielleicht hat Lisa recht, denkt Viktor, vielleicht ist er eitel und selbstherrlich bis zur Selbstschädigung. Als er mit sechzehn seine erste Freundin hatte, spielte er mit dem Gedanken, ihr zu erzählen, dass er keine Kinder zeugen kann. Keine Angst vor Schwangerschaft, das Verhütungsproblem fiele weg: keine lästigen Gummis, unsicheren Zählmethoden oder schädlichen Pillen. Aber er erzählte ihr nichts. Aus Scham? Aus Eitelkeit? Weil er Angst hatte, nicht als »ganzer Mann« zu gelten? Weil er sich von anderen nicht unterscheiden wollte? Weil er ohnehin als anders, als außerhalb stehend, als Eigenbrötler und Streber angesehen wurde und sich denken konnte, welch höhnische Kommentare auf ihn niederprasseln würden?

»Menschen, die nicht so sind oder sein wollen wie wir

selbst, sind ein großartiger Gewinn für uns alle, sie bereichern unser Mensch-Sein und geben ihm Tiefe«, hatte ihm Doris, eine ältere Kollegin aus der Helfergruppe, einmal gesagt. Sie selbst betreut in ihrem Heimatdorf in der Nähe von Salzburg einige Syrer, Iraker und Afghanen, die sie alle »Mama« nennen. In der Weihnachtszeit haben sie und die im Dorf untergebrachten Flüchtlinge ein interkulturelles Fest, das unter dem Motto *Austria Welcomes, Austria Welcome!* stand, organisiert. Die Flüchtlinge selbst hatten den Raum hergerichtet, die Dekorationen – Zeichnungen, Fahnen, Girlanden, Lampions, Plakate – in mühsamer Handarbeit produziert, ein abendfüllendes Programm erstellt, eine Spielecke für Kinder eingerichtet und gekocht: verschiedene Pilaws, Fladenbrot, Falafel, Couscous, Fleisch, Curry-Gerichte ... Der Bürgermeister war anwesend, alle Gemeinderäte (mit Ausnahme jener der FPÖ natürlich), der Pfarrer. Sogar der Bezirkshauptmann schaute kurz vorbei. Das halbe Dorf war gekommen. Es war ein schöner Abend.

Doris hatte Viktor zu diesem Fest eingeladen und ihn gebeten, etwas zum Thema Flucht, Fremdsein und Migration zu sagen, und so saß er, bevor das Buffet eröffnet wurde, auf einem Podium zwischen einem syrischen Flüchtling, der von der Bombardierung der Stadt Aleppo und dem Tod von Freunden und Verwandten erzählte, und einer jungen Frau, die bei *Train of Hope* aktiv war und von ihren Hilfseinsätzen in Ungarn berichtete. Doris hatte Viktor als »besten Beweis dafür, wie sehr uns Menschen, die aus anderen Kulturen zu uns kommen und bei uns heimisch werden, bereichern«, vorgestellt. Was sie sonst noch über ihn sagte, hatte er erfolgreich verdrängt und sogleich verziehen. Doris meinte es gut.

Viktor hatte bei ähnlichen Veranstaltungen schon oft über seine Erfahrungen gesprochen. Diesmal entschied er sich für eine Lesung und stellte einen autobiografischen Bericht vor, einen Text, der mit den Worten *Der Mann beugte sich hinunter zum Kind* begann.

Der Mann beugte sich hinunter zu dem Kind. Das Kind wich aus, machte einen Schritt zurück. Der Mann verzog das Gesicht zu einem bemühten Lächeln, sagte ein paar Worte in der fremden Sprache und streckte die Hand nach dem Kind aus. Die Geste hatte etwas Zaghaftes und Insistierendes zugleich. Der Tonfall der Sprache, den das Kind zu deuten glaubte, obwohl es kein Wort verstand, machte ihm Angst. Der Mann war alt. Alt, traurig und mächtig. Sein Gesicht war rau und dunkel wie der Himmel des fremden Landes, die Haare weiß und schütter, die Augen graugrün wie das brackige Wasser in dem Tümpel hinter dem abbruchreifen, längst nicht mehr bewohnten Haus, das dem Kind als Spielplatz diente. Niemand hatte einen Schlüssel zu diesem Haus. Die Türen und Fenster im Erdgeschoß waren zugenagelt, und wenn man durch die Ritzen schaute, sah man nichts als Spinnweben und nackte Mauern im Zwielicht.

Ob er diesen Text Lisa zeigen soll? Oder vorlesen? Aber Lisa ist nicht da, und Viktor hat den Bericht längst noch nicht fertig geschrieben. Gerne würde er weiter ins Detail und seinen Erinnerungen auf den Grund gehen, die Überlegungen vertiefen. In den Passagen, die noch fehlen, geht es nicht um Bereicherung. Er öffnet die Datei, doch schafft er es auch diesmal nicht, etwas zu schreiben. Die Erlebnisse des Tages lassen ihn nicht los, und immer wieder muss er an jene Nacht im Dezember denken.

2

Am Abend des 16. Dezember 2015 wurde auf der Facebook-Seite der Salzburger Helfergruppe folgende Nachricht gepostet: *Achtung, dringend! Gegen 23 Uhr werden 500 Leute direkt aus Kärnten ins Camp Grenze gebracht. Wer Zeit hat, den Auslass zu machen, bitte melden!*

Viktor rief an. »Ja, super, dass du kommen kannst, danke!«, sagte Gabriel, der Koordinator. »Es herrscht wieder einmal Chaos. Die Verkehrsleitzentrale ist weiterhin nicht fähig, Busse verlässlich durch Österreich zu koordinieren, und wir sind natürlich wie immer die Letzten in der Informationskette. Ich war ja so naiv zu glauben, dass das irgendwann besser wird. Zuerst heißt es: Heute kommt niemand mehr. Dann plötzlich: In zwei Stunden schlagen acht Busse bei euch auf. Widerspruch ist zwecklos. Dann wieder, du kennst das eh: Es kommen zehn Busse. Wir stehen uns die Füße in den Bauch, warten, aber die Busse kommen nicht. Ich habe seit vierundzwanzig Stunden nicht mehr geschlafen und bin nur noch wütend.«

»Kommen denn die angekündigten zehn Busse nun garantiert heute Nacht?«, fragte Viktor. »Wenn ich richtig verstanden habe: direkt von der slowenischen Grenze zu uns, kein Zwischenstopp in der Asfinag, die Leute sind also unbebändert.«

»Sicher ist nur, dass die Flüchtlingskrise noch lange andauern wird«, meinte Gabriel. »Was heute Nacht passiert, kann niemand sagen. Die rechte Hand weiß nicht, was die linke tut. Kommst du?«

»Ja klar!«

Kurz nach elf Uhr abends bringt ein Bus fünfzig Flüchtlinge ins Camp. Diesem folgen in kurzen Abständen neun weitere Busse. Aussteigen, abzählen, über die Rampe in die Tiefgarage führen. Es ist kalt und schüttet in Strömen.

Wieder abzählen. Hundertergruppen bilden. Absperrungen aufstellen. Ein weiteres Mal abzählen. Erstversorgung. Die Soldaten haben Gulasch gekocht. Die Freiwilligen teilen Mineralwasserflaschen aus.

Die Menschen sind entkräftet. Stundenlang waren sie unterwegs, ohne aus den Bussen aussteigen zu dürfen. Manche, vor allem Kinder, erbrechen das Gegessene sofort, anderen ist so übel, dass sie keinen Bissen hinunterwürgen können, obwohl sie Hunger haben.

Das Erbrochene aufwischen. Schauen, ob jemand noch etwas braucht: Kleidung, Medikamente, Verbandszeug. Es ist kein Dolmetscher im Camp, doch Viktors Kollegen – Petra, eine Hausfrau aus Oberbayern, korpulent, ruhig und gelassen, ausdauernd, und Fritz, ein Wirtschaftsfachmann aus Salzburg, sportlich, konzentriert, diszipliniert – sind seit Monaten im Einsatz und haben genug Routine, um schwierige Situationen auch ohne Dolmetscher zu meistern. Koordinator Gabriel, ein Mann um die dreißig aus Freilassing, ist so müde, dass er die Augen kaum noch offen halten kann, hilft aber trotzdem mit.

Die Schicht verläuft wider Erwarten ohne größere Probleme. Es gibt keinen Streit und nur wenige Diskussionen über die Reihenfolge des Grenzübertritts. Die deutsche Bundespolizei akzeptiert sowohl etwas größere als auch kleinere Gruppen. Die Trennung der Fünfzigergruppen in Kleingruppen in der Tiefgarage wird genauso rasch bewältigt wie das Auffüllen des Zeltes.

Vor dem Auslass zählen Viktor und seine Kollegen noch einmal nach, verzählen sich, bringen die Statistik durcheinander.

Um die Menschen nicht länger als nötig im Regen stehen zu lassen, lässt man sie schon im vorderen Bereich des Zeltes eine Schlange bilden.

»Ich zähle sechzehn.«

»Ich zähle achtzehn.«

»Wie das?«

»Hast du alle Kinder mitgezählt?«

»Natürlich habe ich sie mitgezählt.«

Der Abstand zwischen der vorderen Zeltwand und der ersten Absperrung beträgt höchstens vier Meter. Die Schlange windet sich, rollt sich ein und wird plötzlich wieder zu einem Haufen.

»Okay. One line. Please! One line! No, not you! You sit down, you belong to the other group! One line!«

»One line, please!« Mit jeder zusätzlichen Schicht hasst Viktor diesen Satz etwas mehr.

»Jetzt habe ich siebzehn gezählt.«

»Häh?«

»Jo mei.«

»Ach was, ist doch wurscht, schreib's auf«, sagt der Koordinator und macht eine wegwerfende Handbewegung. Seine Augen sind gerötet, sein Blick starr.

Das nächste Mal zählt Viktor eine große Puppe mit, übersieht aber eine Tasche mit Reißverschluss, aus der es plötzlich zu schreien und weinen beginnt. Das Baby ist sicher keine drei Wochen alt. Für die Statistik macht das keinen Unterschied. Es sind fünfundfünfzig Personen im Zelt. Sechsundfünfzig wurden in der Tiefgarage gezählt. Die Zahlen des Militärs und die Zahlen der Freiwilligen im Zelt sollten übereinstimmen. Ist ein Flüchtling verschwunden? Der Soldat, der vor dem Zelt Wache schiebt, zuckt die Schultern. Nein, es sei niemand auf der Toilette, sagt er. Nein, niemand habe das Zelt verlassen. Ist jemand über die Absperrung geklettert und hat sich aus dem Staub gemacht? »Wir können nicht auf alle aufpassen«, murmelt der Soldat. Wie viele Menschen haben, seit das Camp im September eingerichtet worden ist, in diesem Zelt auf den Grenzübertritt nach Deutschland gewartet? Hundertfünfzigtausend? Oder mehr? Eine resignative Haltung macht sich bei Viktor, seinen Kollegen und den Soldaten breit, so als würden alle ahnen, was sie in dieser Nacht noch nicht wissen: Einen Tag später wird das Camp geschlossen werden.

»Nehmen die Deutschen weiterhin nur fünfzig pro Stunde?«

»Ja.«

»Wir haben aber fünfundfünfzig im Zelt.«

»Egal«, meint der Koordinator. »Hin und wieder sollten auch die Deutschen situationselastisch reagieren können. In den letzten Tagen war kaum was los, sie könnten jetzt also etwas mehr Leute auf einmal aufnehmen.«

»In den deutschen Polizeibus gehen aber auch nur fünfzig rein.«

»Ja, aber die Mütter können ihre Kleinkinder auf den Schoß nehmen. Die Fahrt ins ehemalige Möbelhaus dauert nur zehn Minuten.«

Die Zeltwände flattern im Wind, das Regenwasser sickert ins Innere.

»Das Zelt sollte neu imprägniert und befestigt werden«, meint Fritz. »Was für ein Glück, dass wir einen recht milden Herbst hatten. Einen heftigen Schneefall wird dieses Zelt sicher nicht überstehen.«

»Mhm«, murmelt Gabriel, doch ist er zu müde, um diesen Gedanken in irgendeiner Form aufzugreifen. Stundenlang hat er mit Hilfsorganisationen und Einsatzstäben, mit Militär- und Polizeidienststellen telefoniert, um herauszufinden, wohin die

Familie eines Flüchtlings, der sich im *Camp Asfinag* befindet, verschwunden ist, und findet sie schließlich an einem anderen Grenzübergang – in Braunau am Inn. Viktor fragt ihn nicht, wie so etwas passieren konnte.

Wie der deutsche Ort jenseits der Grenze heißt, fragt ein Flüchtling.

»Freilassing.«

»Frei-las-sing.« Ein Zungenbrecher für Menschen aus dem Nahen und Mittleren Osten.

Wie lange sie noch in Transit- und Flüchtlingslagern leben werden? Das weiß Viktor nicht. Wochen. Vielleicht auch Monate. Oder noch länger? Ein Seufzen und Raunen geht durch das Zelt. Eine Frau erzählt, sie habe Verwandte in Mannheim. Ob sie diese bald wiedersehen könne? Wahrscheinlich nicht, sagt Viktor. Leider. Sie werde viel Zeit in einem Erstaufnahmezentrum verbringen. Den Ort, wo sich dieses befinde, könne sie sich nicht aussuchen. Sie werde erfahren, wo sie sich befindet, wenn sie dort angekommen ist.

Die meisten Flüchtlinge, die in dieser Nacht die Grenze überqueren, sind Jesiden aus dem Irak. Sie fertigen bunte Zeichnungen an, auf denen würfelförmige jesidische Tempel mit spitzen Dächern, Berge und Blumen abgebildet sind. *Shingal is the capital auf Yazidian. I love Shingal*, schreibt ein junger Mann auf ein Blatt Papier und klebt es an die Innenwand des Zeltes. *Austria is a beautiful country – like my home Shingal*, betitelt jemand eine Zeichnung, die eine idyllische Berglandschaft, einen See, eine Bucht und ein paar Häuser zeigt. Menschen sieht man keine.

»Hunderttausend Jesiden haben vor dem Krieg im Irak gelebt«, erfährt Viktor von einem Mann Mitte vierzig, der der älteste und wahrscheinlich auch das Familienoberhaupt seiner Gruppe ist, »heute sind kaum noch welche in ihren Dörfern und Städten geblieben.« Der Mann spricht fehlerfrei Deutsch. Schon vor sechs Jahren sei er nach Deutschland geflüchtet, erzählt er, nach drei Jahren aber wieder in seine Heimat im Nordirak zurückgekehrt, um seine kranke Mutter zu pflegen. Nun werde sein Volk ermordet oder vertrieben. Was denn aus seiner Mutter geworden sei, fragt ihn Viktor. Sie sei leider gestorben, sagt der Mann, bemüht sich weiterhin zu lächeln, doch sein Gesichtsausdruck wird bitter und hart. Viktor fragt nicht nach, wie sie starb.

»Wir werden von allen verfolgt! Die Moslems bringen uns um.« Ein anderer Flüchtling, der nicht Deutsch kann, doch offenbar verstanden hat, worüber gesprochen wird, macht eine Bewegung mit dem ausgestreckten rechten Zeigefinger am Hals entlang.

»Ich bin nun ein zweites Mal weg, musste wieder flüchten«, berichtet der Mann. »Derselbe Weg nach Deutschland wie damals. Wieder Türkei, wieder Schlepper, wieder Griechenland, Mazedonien, Serbien. Nur, damals waren wir ein paar Leute und heute fast unser ganzes Dorf. Shingal, unsere wichtigste Stadt, war mehr als ein Jahr von Daesh besetzt. Vor einem Monat haben wir sie zurückerobert, aber es sind nur Ruinen übrig. Kein Mensch lebt mehr dort.«

Viktor steht im vierten Abschnitt des Zeltes. Die Menschen umringen ihn. Kinder ziehen an seiner Warnjacke, bitten um Papier und Buntstifte, streiten um ein Klebeband. Der Mann übersetzt aus dem Kurdischen, lächelt, wird von einem Augenblick auf den anderen freundlicher, offener. Flüchtlinge aus den anderen Bereichen schieben die Absperrungen beiseite, kommen näher. Schon möchte Viktor »Stay with your group« sagen, doch der Koordinator kommt ihm zuvor und meint: »Ach was, lass sie. Wir verzählen uns ja eh ständig.« Und plötzlich ist die Stimmung gut. Trotz der späten Nachtstunde unterhalten sich die Menschen angeregt, lachen, essen die Schokolade und die Kekse, die Viktor austeilt. Manche Kinder sind trotz des Lärms in den Armen ihrer Mütter eingeschlafen, andere haben sich zum Schlafen auf die Bänke oder den Boden gelegt, die meisten jedoch spielen, laufen im Zelt herum oder fahren mit dem Dreirad an den rot-gelb gestrichenen Absperrungen vorbei über die Sektorengrenzen und zurück. Selbstvergessen wirken sie, beinahe glücklich, und Petra sagt mit Wehmut in der Stimme zu Fritz, dass ihr der Hilfseinsatz sicher fehlen wird, »wenn alles einmal vorbei ist«. Die Stunden, die sie im Zelt verbringe, gäben ihr viel Energie für den Alltag.

»Jens an Petra ...«, tönt es aus dem Funkgerät.

»Fritz, du kannst die nächste Gruppe rüberschicken!«

Im zweiten Zeltbereich wartet eine Gruppe älterer Menschen, die Fritz schon in der Tiefgarage als »Pensionistentruppe« bezeichnet hatte: mehrere Frauen und ein Mann in Begleitung eines jüngeren Verwandten. Die alten Frauen sind freundlich, sie lächeln, verhalten, reserviert, manche etwas bemüht, andere mit einer in Jahrzehnten erworbenen Routine des unverbindlichen Gesichtwahrens. Einige versuchen, aufrecht auf der Bank zu sitzen, ohne in sich zusammenzusinken oder einander stützen zu müssen, wollen ein wenig Würde bewahren. Die meisten alten Frauen tragen Nationalkostüme: Gewänder, die mit bunten Bändern verziert sind, Kopftücher, weiße Umhänge. Wenn Viktor das Fotografieren von Flüchtlingen nicht für unangemessen und unzulässig hielte, würde er gerne ein Foto von ihnen machen.

Im zweiten Sektor stehen drei Bänke – zwei von ihnen quer zur Zeltwand, die dritte im rechten Winkel zu den beiden anderen direkt an der Wand. Auf der hinteren Bank sitzen, den Blick Richtung Auslass, die alten Leute, auf der Bank, die im rechten Winkel dazu steht, ein junges jesidisches Paar mit drei kleinen Kindern und auf der vorderen Bank, mit dem Rücken Richtung Auslass, eine einzelne Person: ein afrikanischer Jugendlicher. Er wirkt schmal, fast ätherisch, hat keine Jacke, sondern nur einen zerrissenen Pullover an. Man sieht, dass er erschöpft ist, niedergeschlagen, verwirrt. Er zittert am ganzen Leib.

»I'll bring you a coat«, erklärt ihm Viktor. Der Bursche schaut ihn mit ernsten, vor Müdigkeit und Angespanntheit glänzenden Augen an und sagt kein Wort.

»He don't talk«, erklärt eine der alten Frauen.

»Poor boy«, bemerkt der junge Familienvater. »Fully alone. No word on the train, no word on the bus. I gave him water and food.«

Viktor hält dem Jungen seinen Korb mit Keksen und Schokolade hin, deutet mit dem Finger darauf, doch dieser schüttelt den Kopf.

Viktor wendet sich an Petra und Fritz: »Ich geh schnell rüber und hol dem Kleinen hier einen Mantel, einen Schal und eine Mütze.«

»Aber beeil dich«, sagt Petra. »Kann sein, dass Jens gleich zwei Gruppen auf einmal nimmt. »Die machen das jetzt wirklich ruck, zuck!«

Viktor durchquert schnell das Zelt. Im dritten Sektor sitzt zusammengekauert, still und etwas eingeschüchtert eine afghanische Familie mit Eltern, Großeltern und mehreren Kindern. So wie der Afrikaner ist auch sie durch eine Verkettung von Zufällen zwischen die Jesiden geraten und fühlt sich, während die meisten anderen im Zelt laut und ausgelassen sind, sichtlich unwohl. Viktor hatte versucht, mit ihnen zu reden, doch sie sprechen nur Paschtu.

Er läuft hinaus aus dem Zelt, zieht die Kapuze über den Kopf und in die Stirn, durchquert das Camp. Der Regen ist so dicht, dass er das Flutlicht zersägt, alle Schatten mit dem nassen Grau des Asphalts vermischt und das Eingangstor in die Ferne rückt. Unter dem Flügeldach vor dem Eingang zur alten Zollamtsstation steht ein Soldat und raucht. »Grüß Gott«, murmelt Viktor. Der Soldat wirft ihm einen müden Blick zu und hält ihm wortlos die Tür auf.

Die Kleiderkammer des *Camps Grenze* ist schlecht ausgestattet. Die Hauptversorgung findet im *Camp alte Asfinag* durch die Caritas statt. Im alten Zollamt wird nur das Allernotwendigste für Notfälle gelagert, meist zu wenig. Viktor sieht ein Dutzend Kinderhandschuhe in einem der Regale liegen und einen Karton voller Schuhe, findet aber nur eine einzige Wollmütze für Erwachsene und nur einen dünnen Mantel in der passenden Größe. Der Schal, den er mitnimmt, ist pink, passt farblich nicht zu den anderen Sachen, aber er ist warm.

Er kommt noch rechtzeitig ins Zelt zurück. Die alten Leute, das junge Paar mit Kindern und der afrikanische Jugendliche stehen schon Schlange vor dem Ausgang.

»Vierzehn, fünfzehn und sechzehn«, murmelt Fritz.

»Mist! Ich habe schon wieder nur fünfzehn gezählt«, sagt Petra.

»One line, please! Stay with your group. Is that your child? No? Why is it here then? Zu welcher Gruppe gehört eigentlich dieses Kind?«

Die alten Frauen versuchen, eine Reihe zu bilden, was ihnen angesichts der Enge des Raumes schwer gelingt. Sie diskutieren miteinander, wechseln die Plätze, schieben einander vor und zurück. Immer wieder steht ihnen entweder eine Bank oder eine Absperrung oder der Tisch, auf dem Desinfektionsmittel, Scheren, Papier, Süßigkeiten und das Statistikblatt liegen, im Wege. Der alte Mann hat sich wieder auf die Bank gesetzt. Er will nicht mehr. »One line!« Einige sind so erschöpft, dass sie einander stützen müssen, um auf den Beinen zu bleiben. »Eins, zwei, drei, vier, fünf.« Der junge Familienvater und der zweite junge Mann aus dem Irak versuchen verzweifelt, eine halbmondförmige Schlange zu bilden, ohne dass sich Kopf und Schwanz berühren und somit ein Kreis entsteht, der das Abzählen unmöglich macht. »Sechs, sieben, acht, neun, zehn.« Der junge Afrikaner steht verloren neben den anderen und weiß nicht, wo er sich anstellen soll. Viktor reicht ihm Mantel, Schal und Mütze. Er nimmt die Sachen entgegen, verneigt sich, flüstert kaum hörbar ein paar Worte in einer Sprache, und das erste Mal, seit er im Zelt ist, lächelt er. Viktor sieht, dass ihm ein Schneidezahn fehlt. »Elf, zwölf, dreizehn.« Warum man nicht alle einfach hinsetzen lässt, um sie in Ruhe zu zählen, fragt sich Viktor, und empfindet plötzlich mehr als je zuvor in vergleichbaren Situationen ein Gefühl von Scham. Ist es nicht erbärmlich, dass er hier steht und alten Frauen, die vom Alter her seine Mutter, seine Tanten oder sogar Großmütter oder Großtanten sein könnten, Anweisungen erteilt – laut, im barschen Befehlston? Wurde er nicht selbst oft herumkommandiert und gedemütigt, ohnmächtig der Willkür von Menschen ausgeliefert, die scheinbar mächtig waren? Und was ist er heute? Ein Systemerhalter, der Verwalter einer Krise, ein Handlanger des Versagens, ein Abwickler des Inhumanen im Namen der Humanität. »Vierzehn, fünfzehn, sechzehn.« Gibt es etwas Demütigenderes als den Zwang, andere demütigen zu müssen? Muss er?

Hinaus in den Regen. »Wait!« Erstes Schiebetor auf. »Follow me!« Zweites Tor auf. Als Viktor »Good bye and good luck« sagt, eilen alle, so rasch sie können, zur Brücke, so als könnte sich das wie durch Zauberhand geöffnete Fenster ins Gelobte Land jederzeit wieder schließen. Die älteste Frau der

Gruppe kommt kaum nach, humpelt den anderen, auf einen Gehstock gestützt, hinterher, wirft besorgte Blicke in Richtung der Zelte am anderen Ufer. Wie alt ist sie? Fünfundsiebzig? Achtzig? Oder erst Mitte sechzig? Viktor weiß, dass Flüchtlingsfrauen oft älter aussehen, als sie sind.

Sie hat einen krummen Rücken, hinkt, atmet schwer, strengt sich an, schafft es trotzdem nicht, ihre Gruppe einzuholen, bleibt einige Meter zurück. Ihr Kleid und ihr Kopftuch sind makellos weiß. Trotz des starken Regens glänzen sie im Licht der Straßenlaterne, die den Fahrradweg zwischen dem ersten und dem zweiten Gitterzaun beleuchtet. Bewundernswert, dass sie es auf der Balkanroute sauber halten konnte und im mitteleuropäischen Winterklima weiterhin trägt. Ihre offene Jacke schützt sie wohl kaum vor der Kälte.

Wie infam ist es, denkt Viktor, dass diese alte Frau, die ihren Lebensabend sicher am liebsten in ihrem Heimatdorf im Kreise ihrer Enkel und Urenkel verbringen wollte, heute ausgerechnet hier, an diesem Ort, sein muss. Was zum Teufel, denkt er, macht sie am 17. Dezember bei strömendem Regen, mitten in der Nacht, auf der Rad- und Fußgängerbrücke zwischen Salzburg und Freilassing, die normalerweise kein Einheimischer zu dieser Uhrzeit und bei diesem Wetter jemals aufsuchen würde?

Die nächste Gruppe darf hinaus, und dann bemerkt Petra, dass eine der alten Damen ihre Handschuhe vergessen hat: schmale, rote Handschuhe, klein wie die eines Kindes. Viktor nimmt sie und läuft über die Brücke auf die deutsche Seite. Vor dem Eingang zum ersten deutschen Zelt, das genau so aussieht wie das österreichische, steht die letzte Gruppe, die er »ausgelassen« hatte, im Regen und wartet.

»One line, please!«, sagt der deutsche Polizist, während ein zweiter sie abzählt. »One line! Wait!«

Die Menschen stehen und warten und sehen viel trauriger

aus als noch wenige Minuten zuvor. Viktor übergibt dem Polizisten die Handschuhe, aber er vergisst den Rollstuhl, den er in Deutschland hätte abholen sollen. Eine halbe Stunde zuvor hatte damit Fritz ein gehbehindertes, zwölfjähriges Mädchen über die Brücke gefahren. Auf der anderen Seite musste sie aus dem österreichischen Rollstuhl in einen deutschen umsteigen.

Eine weitere Stunde vergeht. Das Zelt wird geleert und neu aufgefüllt. Es ist vier Uhr nachts. Ein Mann geht hinaus in den Bereich zwischen Zelt und erstem Zaun. Viktor folgt ihm. Es ist stickig im Zelt, und er braucht eine Pause. Der Mann ist um die vierzig, trägt eine leichte, beigefarbene Sommerjacke, eine löchrige Hose und durchgetretene Schuhe, die auseinanderzufallen drohen. Die Absätze sind abgebrochen. Fersen und Zehen stehen heraus.

Der Mann hält sich Zeige- und Mittelfinger der rechten Hand vor den Mund, bewegt sie vor und zurück, schaut Viktor fragend an. Die Geste ist unmissverständlich, doch Viktor raucht nicht. Er geht ins Zelt zurück und bittet Petra um eine Zigarette und ein Feuerzeug.

Der Mann bedankt sich für die Zigarette und deutet an, dass ihm kalt ist. Ob er Englisch kann?, fragt Viktor. Er schüttelt den Kopf. Französisch? Nein. Russisch? Nein. Nur Kurdisch und Arabisch. Er zeigt mit dem Finger auf seine Jacke und seine Schuhe, aber es ist zu spät, in die Kleiderkammer zu gehen. In fünf, spätestens zehn Minuten wird er die Grenze überqueren. Wir hätten schon in der Tiefgarage bemerken müssen, dass er neue Schuhe und einen Mantel braucht, wie konnten wir ihn nur übersehen, denkt Viktor, ärgert sich und versucht, dem Mann begreiflich zu machen, dass er im Freilassinger Camp im ehemaligen Möbelhaus warme Kleidung und neue Schuhe bekommen wird, doch der Mann versteht ihn nicht. Stattdessen erzählt er Viktor auf Kurdisch seine Geschichte, unterstreicht und erläutert das Gesagte durch Zeichen und Gesten. Sein Boot sei auf der Überfahrt gesunken. Fünf Stunden sei er bis zur griechischen Küste geschwommen. Er spreizt die Finger der rechten Hand und nennt eine Zahl. Dann rudert er mit den Armen und zeichnet mit den Händen die Silhouette eines Kleinkindes ins regnerische Halbdunkel. Er habe, gibt er Viktor zu verstehen, das Kind mit den Zähnen an der Jacke festgehalten, als er nach Griechenland geschwommen sei. Er nimmt Viktors Warnjacke in den Mund, um zu verdeutlichen, was er meint. Dann seufzt er und senkt den Kopf. Ob das Kind überlebt habe?, fragt Viktor auf Englisch, versucht es ebenfalls mit Zeichen, Gesten und Bewegungen des Körpers. Der Mann antwortet, Viktor versteht nichts, fragt aber trotzdem nach, der Mann antwortet wieder, lang, insistierend. Einige Male noch reden sie aufeinander ein, so als glaubten sie an ein plötzliches Wunder, das den Turmbau zu Babel ungeschehen machen würde.

Viktor schaut hinein ins Zelt. Zu der Gruppe, welcher der Mann zugeteilt ist, gehören einige Kleinkinder. Keines dieser Kinder hat eine Ähnlichkeit mit dem Mann, keines schaut in seine Richtung, keines ist ihm hinaus ins Freie gefolgt. Alle Kinder scheinen in Begleitung ihrer Eltern oder älterer Geschwister, die neben ihnen auf der Bank sitzen, unterwegs zu sein.

Viktor bittet Petra um eine Packung Zigaretten. Sie kramt in ihrem Rucksack, gibt ihm wortlos eine noch ungeöffnete, in Zellophan verpackte Packung Marlboro, die er genauso wortlos an den Mann weiterreicht.

3

»Österreicher müsste man sein!«, verkündet Bruno Beck begeistert. »Die Ösis, die haben noch Pepp, Phantasie, Witz. Wie nennt ihr das doch schnell? Schmäh. Ja, genau, Schmäh, ihr seid ein Land, wo der Schmäh noch läuft. Und was ist hier bei uns?«

»Da läuft nichts, sondern kriecht nur so dahin?«, fragt Viktor.

»Exakt!«, schreit Bruno, lacht und klopft sich auf den Oberschenkel. »Schau dir doch mal unsere AfD an – einige gute Leute sind dabei, in Wirklichkeit ist es aber ein Verein lahmarschiger, bürgerlicher Langweiler. Zerstritten, manchmal peinlich. Ein Haufen Dilettanten. Denen fehlt es sowohl an Schmäh als auch an leidenschaftlicher, kraftvoller …«

»Entäußerung?«

»Konsequenz! Und die Pegida einschließlich unserer lokalen Organisation, der Gigrida? Proleten! Psychopathen und Nazis sind sicher dabei, größtenteils aber ehrlich-kernige Gestalten, viel Muskelmasse, berechtigte Empörung, aber wenig Hirn!«

»Zu welcher dieser beiden Gruppen gehörst denn du selbst?«, fragt Viktor. »Zu den ehrlich-kernigen Langweilern oder zur bürgerlichen Muskelmasse?«

»Könnt ihr vielleicht irgendwann einmal über etwas anderes reden«, bittet Lisa.

»Ach, lass die Männer ein bisschen spielen«, meint Beate. »Bruu genießt es sehr, wenn er sich mal so richtig aufregen kann und jemanden findet, der dagegenhält. Außerdem muss er sich auf den morgigen Tag einstimmen.«

»Ich halte nicht dagegen, Wadlbeißer ertrage ich mit Gleichmut«, erklärt Viktor.

»Du hältst ihnen also die andere Wade hin«, meint Beate schmunzelnd.

»Manchmal rutscht ihm allerdings der Fuß aus«, bemerkt Lisa.

Ali hatte offensichtlich recht. Wenn Lisa wirklich zornig gewesen ist, dann scheint dieser Zorn inzwischen verpufft zu sein. Nachdem Viktor die Becks angerufen und diese ihn sofort zum Abendessen eingeladen hatten, befürchtete er, Lisa würde ihn schroff behandeln oder gar nicht sehen wollen, doch sie begegnete ihm freundlich, wenn auch ein wenig reserviert. Als er sie fragte, ob sie am nächsten Morgen wieder zu ihm ins Hotel kommen wolle, sagte sie sofort zu. Während Bruno schwadroniert, macht sie Fotos mit ihrem Handy – Viktor mit Beate, Viktor mit Luise, Luise mit Bruno, alle zusammen am Esstisch, Luise in der Küche, Wohnzimmerimpressionen, Blick aus dem Fenster.

»Ich bin ein großer Bewunderer der FPÖ«, erklärt Bruno. »Die Leute dort sind Profis, die genau wissen, was sie tun. Sie kennen die Sorgen und Nöte der Menschen und richten sich danach.«

»Vergessen dabei aber auch ihre eigenen Bedürfnisse nicht«, sagt Viktor. »Kaum sind sie irgendwo an der Macht, folgt ein Korruptionsskandal auf den anderen, und früher oder später stehen einige von ihnen vor dem Richter.«

»Papperlapapp. Korrupte Individuen gibt es überall. Aber euer H. C. Strache – das ist ein ganzer Kerl!«

»Also meiner ist er nicht.«

»Für jemanden wie dich ist sogar die dämliche Obertussi Simone Peter schon ein ganzer Kerl. Von Merkel ganz zu schweigen. Hi, hi, hi.«

»Ich steh nicht auf Kerle.«

»Ach nö? Apropos: Hat euer Strache nicht einmal gesagt:

Die Ärmsten der Armen hat man im Stich gelassen und macht lieber Politik für die Wärmsten der Warmen?«

»Das finde ich blöd«, murmelt Lisa und macht ein weiteres Foto.

»Aber es stimmt!«, ereifert sich Bruno. »Man macht Politik für Minderheiten, für Sozialschmarotzer, für Schwule, für linke Radikalfeministinnen und für Invasoren, wirft Werte wie Ehe und Familie über Bord, hofiert den Islam, der uns vernichten möchte ...«

»Schwule, schmarotzende islamistische Invasoren, die uns vernichten möchten?«

»Hast du nicht schon genug Fotos gemacht?«, fragt Beate.

»Wartet nur, was eure IS-Freunde mit eurer Conchita Wurst anstellen!«

»Darf ich denn nicht fotografieren?« Lisas Tonfall ist schnippisch, herausfordernd.

»Doch, doch, nur zu!« Beate schüttelt erstaunt den Kopf, und auch Luise hebt überrascht die Augenbrauen.

»Man zwingt uns eine lächerliche politische Korrektheit auf und macht aus uns einen Nanny-Staat.« Bruno, sichtlich verärgert darüber, dass er unterbrochen wurde, wird lauter. »Ein Nanny-Staat, in dem uns androgyn aussehende Binnen-I-Fetischisten und Bahnhofsklatscherinnen diktieren, was wir sagen dürfen und wie wir denken sollen, ein Staat, in dem verbeamtete Quotenfrauen, grüne Gutmenschinnen und islamistische Bereicherer die knappen Ressourcen untereinander aufteilen ...«

»Heute gibt's afrikanischen Linseneintopf«, verkündet Luise. »Brunos Lieblingsspeise.«

»Die Ressourcen untereinander aufteilen, während afrikanische Hartz-IV-Empfänger kaum Geld zum Überleben haben ... Verflucht, ihr bringt mich durcheinander, ich wollte sagen: während heimische Hartz-IV-Empfänger und hart arbeitende Menschen wie ich dieses volksverräterische Teddybärwerferinnenselbstvernichtungsexperiment finanzieren müssen ...«

»Ich hoffe, du hast nichts gegen Linsen und scharfe Gewürze?«, fragt Luise.

»Er hat sicher nichts gegen irgendetwas, das aus Afrika kommt und besonders scharf ist«, erklärt Lisa höhnisch und macht gleich mehrere Fotos hintereinander, als Luise gerade einen großen Tontopf voll mit gekochten Linsen und Gemüse auf den Tisch stellt.

»Wie meinst du das?«, fragt Luise.

»Das böse Erwachen kommt erst ...«, unterbricht sie Bruno.

»Bruno und Luise haben vor zehn Jahren eine lange Abenteuerreise durch Burkina Faso und Niger gemacht«, erzählt Beate. »Von dort stammen die Masken an der Wand. Seitdem ist Bruu ein großer Afrika-Fan.«

»Das böse Erwachen kommt erst, wenn die putzigen, hübschen, blonden Refugee-welcome-Ladys und ihre jüngeren Teenie-Schwestern von unseren neuen Allahu-akbar-Freunden vergewaltigt werden.«

»Jetzt hör aber auf!«, ruft Luise aus, während ihr der Schöpflöffel aus der Hand gleitet und auf den Boden fällt. »Willst du uns allen den Appetit verderben? Ich mag es nicht, wenn du so derb wirst, Ausdrücke wie Allahu akbar möchte ich beim Essen nicht hören.«

»Bei seiner morgigen Rede wird er hoffentlich nicht ganz so pointiert formulieren«, meint Beate.

»Ach komm!«, entgegnet Bruno. »Man wird Dinge wohl noch zuspitzen dürfen. Es wird alles immer schlimmer. Heute wird man ja schon als Neonazi bezeichnet und angezeigt, wenn man das alte Kinderlied *Zehn kleine Negerlein* singt.«

»Das Lied passt gut zu jemandem wie dir, Onkel Bruu«, meint Lisa.

»Unsinn, ich habe nichts gegen Schwarze«, beteuert Bruno. »Ich habe auch nichts gegen Zuwanderer und bin überhaupt nicht fremdenfeindlich. In meinem Betrieb arbeiten Türken, Serben, Russen, sogar ein Assyrer aus dem Irak ist dabei, aber wir müssen darauf achten, dass wir in unserem eigenen Land nicht irgendwann zur Minderheit werden und dem Propheten Mohammed huldigen müssen.«

»Welche Rede musst du denn vorbereiten?«, fragt Viktor.

»Schon vergessen? Morgen findet die große Demo gegen die neue Asylunterkunft statt. Komm doch mit! Du lernst dabei sicher etwas dazu und bist dann nicht mehr so grün hinter den Ohren. Wir treffen uns um elf Uhr in der Straße des 20. Juli …«

»Nein, danke!«, unterbricht ihn Viktor. »Wirklich nicht. Ich muss mir nicht alles antun. Mir reichen schon unsere eigenen Rechtsradikalen. Bei uns in Freilassing gibt es eine Gruppe mit der Bezeichnung *Wir sind die Grenze, denn wir sind das deutsche Volk*. Diese Leute hatten angekündigt, sie würden zu uns ins Camp marschieren und es dichtmachen, die Grenze mit Stacheldraht absperren und dafür sorgen, dass kein Flüchtling mehr nach Deutschland rüberkommt. Einmal im Dezember haben sie tatsächlich vor unserem Camp demonstriert, mit Fahnen, Transparenten und Parolen, doch gerade an diesem Tag waren ohnehin keine Flüchtlinge unterwegs. Von uns war auch niemand dort. Keiner also, den dieser Mob einschüchtern konnte. Muss für diese Leute frustrierend gewesen sein.«

»Wenn wir morgen demonstrieren, wird sich bestimmt niemand von den Invasoren aus der Unterkunft heraustrauen«, sagt Bruno stolz.

»Wir sind die Grenze, denn wir sind das deutsche Volk. Ich

diesen Leuten auf Facebook geschrieben und sie gefragt: Wenn ihr die Grenze und gleichzeitig das deutsche Volk seid, welche Völker wohnen dann diesseits und jenseits der Grenze? Sie haben mir nicht geantwortet.«

»Haa, haaa, das war gut!«, schreit Bruno und lacht. »Typisch linkslinke Arroganz. Wenn einfache Leute Angst haben und sich Sorgen machen, dann macht ihr euch über sie lustig und dreht ihnen die Worte im Mund um. Doch wartet nur: Auch ihr linksversifften Wortklauber habt euer Schicksal.«

»Gewiss. Sollte ich vor dir sterben, bist du herzlich zu meinem Begräbnis eingeladen«, erklärt Viktor.

»Ich glaube, wir sollten jetzt wirklich das Thema wechseln«, meint Luise. »Nur Gott allein ist der Meister unseres Schicksals. Er ist es, er allein, auf den wir vertrauen müssen. Wenn es nach mir ginge, könnten alle Rechten und Linken zusammen mit den Flüchtlingen im Mittelmeer versinken, damit wir hier endlich in Ruhe leben können wie früher.«

»Es gibt keine Flüchtlinge«, bemerkt Beate trocken. »Nur Migranten.«

»Es sind Menschen in Not«, erklärt Viktor. »Wenn ich ein Kind sehe, das leidet, frage ich nicht, ob es Flüchtling nach der Genfer Konvention und durch wie viele sogenannte sichere Drittländer es gekommen ist, sondern helfe ihm.«

»Ich ziehe es vor, unseren, den einheimischen Menschen in Not zu helfen«, meint Beate. »Davon gibt es genug. Es gibt linke Demagogen, die mich für eine solche Aussage schon als Nazi bezeichnen würden.«

»Fremde sind dir also egal?«

»Wir können nicht die ganze Welt retten, und schon ein einziger Verbrecher aus dem Ausland, der als ungebetener Migrant zu uns kommt, ist einer zu viel. Wir haben einheimische Kriminelle, mit denen wir uns wohl oder übel auseinandersetzen müssen, die meisten von ihnen sind unsere lieben Mitbürger mit Migrationshintergrund.«

»Könnten wir bitte, bitte dieses Thema nun abschließen!«, insistiert Luise.

»Du hast recht, meine Liebe«, sagt Bruno. »Nur eines noch: Für meine Rede morgen auf der Demo habe ich einen wunderbaren Zugang gefunden. Ich werde ausschließlich Zitate von H. C. Strache, Norbert Hofer und einigen anderen FPÖ-Politikern verwenden. Sie haben in den letzten Jahren schon alles viel besser formuliert, als unsere Nachahmer von der AfD es jemals tun könnten.«

»Von der FPÖ lernen heißt siegen lernen?«, fragt Viktor.

»So ungefähr. Das wollen wir alle, und wir werden immer mehr. Dank Merkel und der Flüchtlingskrise!«

»Danke, Merkel«, murmelt Viktor.

4

Stockfinster ist es. Aber nur in Viktors Innerem. Die Becks ziehen eine kuschelige Show ab – mit afrikanischem Essen, Silberbesteck, bunten Servietten, exotischer Musik, Kerzenlicht – und wirken dabei so Mainstream-Multikulti, so stockbürgerlich-pseudoalternativ und normal, dass niemand, der nicht wüsste, welch abgedroschene Absonderlichkeiten sie von sich zu geben vermögen, jemals auf die Idee käme, er befinde sich mitten in der Höhle einer düsteren AfD-Clique. Die Becks haben ein Patenkind in Burkina Faso, dem sie durch kleine, aber regelmäßige Spenden eine Ausbildung finanzieren, dem sie hin und wieder Geschenke schicken und mit dem sie per Mail auf Französisch korrespondieren. Die Armut in Afrika habe ihn schockiert, erzählt Bruno, genauso wie ihn die Herzlichkeit der Menschen überwältigt hatte. Man könne die Probleme dieser Länder allerdings nicht durch Massenmigration nach Europa lösen.

Was hatte sich Viktor eigentlich erwartet? Skinheads mit Springerstiefeln? Proleten, die auf den Boden spucken und an jeden Satz einen Analausdruck anhängen? Hakenkreuze und SS-Runen an der Wand und das Dröhnen von *Die Fahne hoch, die Reihen fest geschlossen* aus Lautsprecherboxen? Seit seiner Jugend hatte Viktor keinen engeren Kontakt mehr zu Menschen gehabt, deren Ansichten man gemeinhin als »rechts« bezeichnet. In seinem Betrieb gab es einige Mitarbeiter, von denen er annahm, dass sie FPÖ oder AfD wählen, doch sein Verhältnis zu ihnen war rein beruflicher Natur. In seinem und Kerstins Freundes- und Bekanntenkreis gab es zwar einige konservative Menschen, doch wenn jemand von ihnen gesagt hätte, er würde FPÖ oder AfD wählen, hätten Kerstin und er darauf mit derselben Fassungslosigkeit und Empörung reagiert wie auf ein offenes Bekenntnis zur Kinderzüchtigung, zur gesunden Ohrfeige und dem Rohrstock bei schweren Vergehen oder auf das Geständnis, ein Verbrechen wie Raub oder Vergewaltigung begangen zu haben. So wie es abscheulich war, Kinder zu prügeln oder jemanden auszurauben oder zu vergewaltigen, so abscheulich und schockierend war es in Viktors und Kerstins Kreisen, AfD oder FPÖ zu wählen oder gar noch »rechtere« Positionen einzunehmen. Man verstand einfach nicht, wie man diese Dinge anders sehen konnte, ohne entweder dumm oder böse oder verkommen zu sein, und wenn man in anderen Fragen oftmals durchaus verschiedener Meinung war, Konflikte austrug, sich hasste oder liebte, sich zerstritt und wieder versöhnte, so war doch die Ablehnung rechtspopulistischer Parteien sowie des rechten Gedankenguts im Allgemeinen etwas, worin sich alle immer und jederzeit einig waren. »Kennst du eigentlich irgendwelche FPÖ-Anhänger?«, fragte man sich manchmal im Freundeskreis. »Persönlich? Nein, ich glaube nicht. Nein. Also, jedenfalls nicht bewusst. Und du? Auch nicht?« Und jemand bemerkte sogleich: »Mir kommt immer vor, es gibt sie gar nicht. Wer wählt eigentlich solche Parteien? Seltsam. Leute aus der Unterschicht? Modernisierungsverlierer? Aber auch die müssten eigentlich verstehen …« Oder: »Wenn ich sie wählen würde, wäre mir das so peinlich, ich würde im Boden versinken.«

Das war vor der Flüchtlingskrise.

Bei Viktor kam hinzu, dass er rechte Gesinnungen mit seiner Kindheit und Jugend und der Emigration in Verbindung brachte. Das Wien seiner Kindheit war für ihn in erster Linie ein Ort der Schäbigkeit und der Armut, eine Stadt der gewalttätigen alten Männer und der keifenden alten Frauen, die über Ausländer, Gastarbeiter oder Juden, über alleinerziehende Frauen, verzogene Kinder und faule, langhaarige Studenten herzogen, Menschen, denen er, das jüdische Gastarbeiterkind und Sohn einer Alleinerzieherin, ohnmächtig ausgeliefert war, solange er noch klein und schwach war. Natürlich hatte es einige Menschen gegeben, die auf seiner Seite gewesen waren, die ihn unterstützt hatten, Menschen, ohne deren Hilfe er die schwierigen Jahre seiner Kindheit nicht überstanden hätte, Menschen, denen er stets dankbar bleiben würde, doch wenn er an seine Kindheit zurückdachte, überwogen die schlechten Erinnerungen. Dies änderte sich erst in der Zeit der Waldheim-Affäre, als Viktor vierzehn Jahre alt war. Eines Tages fuhr er mit der Straßenbahn und hörte, wie ein älterer Mann einem anderen erklärte, die Österreicher würden wählen, wen sie wollen, und nicht, wen die Juden wollen. Die »widerwärtigen Subjekte« vom Jüdischen Weltkongress, allen voran den »schamlosen Saujuden Bronfman«, habe man vergessen zu vergasen, und gegen die »linke Brut«, die Lügen über Waldheim verbreite, helfe nur Brachialgewalt. Früher wäre man ganz anders mit ihnen verfahren.

Bis dahin hatte Viktor in ähnlichen Situationen immer geschwiegen, hatte sich davongeschlichen und tagelang nur Scham und Ekel empfunden, am meisten vor sich selbst. Diesmal jedoch fühlte er auf einmal eine ungeheure Wut in sich aufsteigen, eine Wut, zu der sich ein Gefühl von Kraft gesellte, das er bis dahin noch nie empfunden hatte, und plötzlich war beides stärker als seine Angst. Er stand auf, schob eine Frau, die im Mittelgang zwischen den Sitzreihen stand, beiseite, beugte sich zu dem alten Mann hinunter und sagte im breitesten Wienerisch: »Halten S' die Goschn, Sie alter, dreckiger Nazi, sonst ...« Er ballte die Faust und hielt sie dem Mann vor das Gesicht, und erst als er seine eigene Faust sah, die gerötet war, so als hätte er schon zugeschlagen, als er spürte, wie schmerzvoll sich die Nägel in seine Handfläche eingruben, als er merkte, wie seine Beine auf einmal schwach wurden und zu zittern begannen, da erst hielt er inne. Er fragte sich später, ob er jemals die rote Linie überschritten hätte, wenn im Bruchteil der Sekunde nach dem von ihm laut ins Gesicht der beiden Alten gebrüllten Wort »Nazi«, das sämtliche Gespräche im Wagen sofort verstummen ließ, etwas anderes geschehen wäre als das, was sich tatsächlich zutrug, und konnte niemals eine Antwort darauf finden. Vielleicht hätte er tatsächlich zugeschlagen, wenn der Mann aufbrausend reagiert, wenn er ihn beschimpft oder verhöhnt hätte. Stattdessen jedoch wichen beide Männer zurück, pressten ihre Oberkörper gegen die Sitzlehnen, zogen die Köpfe ein und die Schultern hoch, starrten ihn an und sagten kein Wort, und in ihren Gesichtern erkannte Viktor etwas, was er bei Einheimischen noch nie gesehen hatten, wenn sie ihm begegneten – Furcht. Einer der Männer war rundlich, wie aufgeblasen, der andere dürr, wie ausgedorrt. Kleiner und schwächer als er mit seinen vierzehn Jahren waren sie, kleinlaut, runzelig und alt, und als sich zu der Furcht in ihren Augen etwas Gefälliges, beinahe Dackelhaftes und, wie ihm schien, Schäbiges gesellte, wandte sich Viktor ab und verließ fluchtartig die Straßenbahn, die gerade am Floridsdorfer Spitz angehalten hatte. Schnellen Schrittes überquerte er den Platz, drehte sich noch einmal kurz um und bog, das Rattern der Straßenbahn hinter seinem Rücken im Ohr, in die Brünner Straße ein. »Wir haben den Krieg gewonnen, wir, wir, wir, nicht sie!«, flüsterte er, allerdings so leise, dass es niemand hörte. Stark fühlte er sich in diesem Augenblick, voller Energie, groß, erwachsen und frei. Die ganze Welt lag ihm zu Füßen. Aber nur für kurze Zeit. Als er vor dem Eingang des Hauses stand, in dem die Wohnung seiner Mutter war, und krampfhaft in der Hosentasche nach dem Schlüssel suchte, fühlte er sich schwach und elend, wollte schreien und heulen wie ein Kind, empfand keinen Stolz mehr, sondern nur mehr Ekel und Abscheu vor seiner Faust. Die Stimme des alten Mannes und das Wort »vergasen« hallten in seinen Ohren nach, setzten sich im Gedächtnis fest, ließen sich weder vertreiben noch durch die Erinnerung an den Dackelblick versöhnen. Die Knöchel von Viktors rechter Hand schmerzten, obwohl er nichts und niemanden berührt hatte, und im Nacken spürte er weiterhin die Blicke der anderen Fahrgäste. Sämtliche Passagiere waren während der Situation passiv und still geblieben – manche gleichgültig, andere erschrocken, irritiert, die meisten jedoch neugierig, abwartend, lauernd. Intuitiv wusste Viktor, dass sie auf seiner Seite waren, solange er stark und selbstsicher auftrat, dass sie sich aber sofort gegen ihn wenden würden, wenn er Schwäche zeigen oder im falschen Augenblick zögern würde.

»Welchen Eindruck hat sie denn auf dich gemacht, Viktor? Oder willst du nicht darüber reden? Viktor?!«

Viktor stellt das Weinglas wieder auf den Tisch. »Was?«, fragt er. Beate hat ihn aus seinen Erinnerungen gerissen. In den letzten Minuten hat er das Gespräch nicht mitverfolgt. »Wen meinst du?«

»Meine Cousine Barbara.«

»Sie hat eine große Ähnlichkeit mit dir.«

»Ja, alle halten uns für Schwestern.«

»Hast du gewusst, dass sie und ihr Mann euch durch das Fenster beobachten, so tun, als wüssten sie, worüber ihr redet, und sich dabei köstlich amüsieren?«

»Typisch«, meint Bruno. »Gutmenschen sind wie Spielzeugminen. Schauen wie kuschelige Teddybären aus, aber wenn man nicht aufpasst und sie hochhebt, reißen sie einem den Kopf ab.«

»Du bist ja heute ganz besonders charmant, Onkel Bruu«, bemerkt Lisa und macht ein weiteres Foto. Es dürfte ungefähr das fünfzigste an diesem Abend sein.

»Also, ich habe nichts gegen die beiden«, erklärt Luise. »Schade, dass wir uns zerstritten haben. Ich habe es immer sehr schön gefunden, wenn Barbara Klavier gespielt hat. Übrigens beobachten wir sie doch ebenfalls immer durchs Fenster. So wie sie uns. Schaut mal rüber: Sie glotzen uns gerade an.«

Alle schauen Richtung Fenster. In der Wohnung der Beck-Bernhards im Haus gegenüber brennt Licht. Barbara und Günter stehen am Fenster ihres Wohnzimmers. Günter hat einen Gucker in der Hand, den er gerade an Barbara weiterreicht.

»Gutmensch is watching you!«, bemerkt Bruno feixend.

»Ali spielt ebenfalls ganz wunderbar Klavier«, sagt Lisa plötzlich, doch keiner geht auf diese Bemerkung ein.

»Babsi war immer eine Träumerin, wehleidig, larmoyant

und schnell gekränkt«, erzählt Beate. »Schon als Kind war sie auf der Suche nach einem besonderen Sinn für ihr Dasein. Gerade einmal zwölf Jahre alt, aber traurig, dass sie die Welt noch nicht gerettet hatte.«

»Wahrscheinlich hat ihre Mama sie zu wenig gesäugt«, wendet Bruno ein. »Oder zu viel.«

»Eine Zeitlang war sie radikale Tierschützerin, und jetzt geht ihr Engagement nahtlos in die Flüchtlingshilfe über.«

»Mich hat es befremdet, dass sie und Günter und andere vom Tierschutzverein *Schwanz und Pfoten* nach Rumänien und Bulgarien gefahren sind, um Straßenhunde zu kastrieren«, erzählt Luise, während sie die Nachspeise – Pfannkuchen mit Eis und Marmelade – serviert.

»Na und? Was ist daran schlimm?«, fragt Lisa.

»Es kommt mir pervers vor, in Länder zu fahren, wo Zehntausende Straßenkinder in der Kanalisation leben und ein Drittel der Bevölkerung unter dem Existenzminimum oder, noch schlimmer, im Elend dahinvegetiert, um ein paar Straßenköter zu kastrieren, damit es nicht so viele davon gibt.«

»Die Straßenhunde werden eingefangen und getötet«, sagt Beate. »Babsi hat einmal von Hunde-KZs und der Endlösung der Straßenhundefrage gesprochen.«

»Ja, ich weiß. Die Straßenkinder tötet man nicht, sondern lässt sie krepieren«, meint Luise.

»Das ist doch wunderbar!«, mischt sich Bruno wieder ins Gespräch ein. »Wenn sie Kastrationserfahrung hat, dann soll sie diese bei unseren jungen Bereicherern aus dem Orient anwenden. Das löst gleich mehrere Probleme auf einmal: Die sexuelle Frustration und die daraus entstehenden Sexualverbrechen verschwinden von selbst, die testosteronbedingte Aggressivität geht zurück, der ethnische Supergau und die Islamisierung, die uns bevorstehen, finden nicht statt ...«

»Bruno!«, schreit Luise empört und zieht ihrem Mann den Teller mit Pfannkuchen, den sie gerade eben vor ihm auf den Tisch gestellt hatte, wieder weg. »Schäm dich!«

»Bruu, mach dich nicht lustig über unsere arme Babsi«, sagt Beate. »Sie hat ein unerschöpfliches und demzufolge stets unausgeschöpftes Entwicklungspotenzial zur dummen Pute, sie ist zweifellos naiv und moralisierend, aber sie ist eine gute Seele. Wir waren einmal beste Freundinnen, und das schon im Kindergarten: Babsi und Bee. Unzertrennlich.«

»Man wird doch noch einen Witz machen dürfen«, brummt Bruno und fuchtelt frustriert mit der Gabel, die er immer noch in der Hand hält, obwohl ihr der Pfannkuchen, den sie angepeilt hatte, jäh abhandengekommen ist. »Ihr seid ein humorloser Haufen!«

»Ich bereue es, dass wir uns zerstritten haben«, erklärt Beate. »Die alten Geschichten holen einen stets ein, man kann ihnen nicht entrinnen.«

»Ging es nicht um Libyen?«, fragt Viktor.

»Vordergründig.«

»Darüber sollten wir besser nicht reden«, meint Bruno. »Es ging, so viel kann ich verraten, um Freundschaft, Verrat und Enttäuschung …«

»Ach was«, fällt ihm Lisa ins Wort, »es ging doch um diesen schmierigen Grün-Politiker, den Cousine Barbara der Tante Bee ausgespannt hat, derselbe, der sie dann ein Jahr später wegen einem noch jüngeren Mädchen böse abserviert hat, das dann wiederum ihm selbst bald den Laufpass gegeben hat. Und so ein schäbiger Provinzcasanova mit Staralllüren, der heute, versoffen und von allen längst vergessen, in Mallorca am Strand herumliegt und wehleidig seinen großen Zeiten nachtrauert, als er vor fünfundzwanzig Jahren kurz Stadtsenator war, ist schuld daran, dass eine langjährige Freundschaft zerbricht.«

Bruno lässt die Gabel auf den Tisch fallen, Luise bleibt vor Überraschung der Mund offen, Viktor kann sich nicht zurückhalten und beginnt zu kichern, Beate wird rot, springt auf, holt tief Luft und setzt sich wieder. Alle starren Lisa an, doch diese bleibt gelassen und sagt, breit grinsend, leise und mit gespielter Gelassenheit: »Leute, ihr seid großartig. Bitte genau so bleiben!« Sie hebt ihr Handy auf Augenhöhe und macht schnell von jedem am Tisch ein Foto.

»Hör endlich auf mit dieser dämlichen Fotografiererei!«, brüllt Beate und schlägt Lisa das Handy aus der Hand. Es fällt geräuschvoll zu Boden, macht ein paar Hasensprünge Richtung Fenster und landet schließlich auf dem Teppich vor dem Sofa. In Lisas Augen blitzt Zorn auf, doch hört sie nicht auf zu grinsen, steht auf, holt das Gerät, das offenbar keinen Schaden genommen hat, klappt es zu, steckt es ein.

»Ich werfe dich raus!«, schreit Beate. »In spätestens einer Woche, nein, in drei Tagen bist du ausgezogen. Verstanden?!«

»Kein Problem«, erklärt Lisa mit einem Lächeln, das Viktor plötzlich gemein und zynisch vorkommt. »Ich ziehe zu meinem neuen Vater.«

Nun schauen alle Viktor an, und dieser, völlig überrascht, überrumpelt, nicht wissend, wie ihm geschieht, flüstert heiser, doch für alle deutlich hörbar: »Ja, ich nehme sie mit nach Freilassing. Wir reisen morgen ab.«

5

Alte Geschichten haben die Eigenschaft, früher oder später an die Oberfläche der Erinnerung zu drängen und die mühsam aufgebaute Fassade, mit der wir die Auswirkungen dieser Geschichten zu verbergen trachten, niederzubrennen, so als wäre dieser kunstvoll errichtete Schutz nur aus dünnem Papier. Ein Funke zum falschen Zeitpunkt genügt, und schon bleibt von der schönen, bunten Wand nur mehr Asche übrig. An ihre Stelle tritt ein Medusenkopf, eine Fratze, die uns die Zunge zeigt, oder aber ein ganzer Berg rollt auf uns zu, und wir nehmen Reißaus, um nicht darunter begraben zu werden. Bekanntermaßen schaffen wir das nicht immer und müssen in mühsamster Kleinarbeit Meter für Meter einen Stollen graben, um wieder an die Oberfläche und ans Licht zu gelangen. Es gibt keine Abkürzung und auch keinen Zauberstab, der den Berg einfach verschwinden lässt. Ein Vierteljahrhundert lang hatten Beate und Barbara über einen Vorfall in ihrer Jugendzeit nicht gesprochen, hatten nach einem emotional geführten Versöhnungsgespräch so getan, als wären alle Verletzungen ausgeräumt und als seien sie weiterhin die besten Freundinnen. Damals, kurz nach der »schlimmen Episode des Verrats und der Enttäuschung«, begann Beate angeblich »kritische Fragen zu stellen«, in denen sie »die Heuchelei, die weihevolle, übergriffige Selbstherrlichkeit und latente Frauenfeindlichkeit der Linken« bloßstellte. Sie sei gemobbt, sei von der »mobilisierten Parteibasis« fertiggemacht worden. Wie bei einem stalinistischen Schauprozess sei es dabei abgelaufen, erklärte Beate. Sie habe aber »zum richtigen Zeitpunkt die richtigen Bücher gelesen und die richtigen Leute kennengelernt«, streitbar sei sie gewesen, provokant, habe stets mit offenem Visier gekämpft, was vom »vereinigten Establishment mit einem totalen Krieg«

gegen sie beantwortet worden sei. Anderenfalls hätte sie bestimmt die angestrebte Uni-Karriere gemacht. Ihre Freundschaft zu Barbara sei von alledem unberührt geblieben, weil, so Beate, »der Schmutz der Unterwelt, die uns umgibt, der Kraft des wahren Gefühls und der Verbundenheit seit Kindertagen nichts anhaben kann«.

Dann allerdings genügte ein scheinbar unbedeutendes politisches Streitgespräch, das in ähnlicher Form schon Dutzende Male geführt worden war, als Anlassfall, um die vernarbten Wunden aufzureißen. Ein Wort ergab das andere: eine sarkastische Nebenbemerkung, eine Andeutung, ein unpassender Vergleich. Der Hinweis auf den »miesen Charakter« der anderen, der »schon damals« und »nun wieder …«. Die empörte Gegenfrage: »Wann damals?« Und kurz danach: »Was? Kommst du jetzt mit dieser alten Geschichte daher?« Weitere zehn Minuten später zerbrach eine wertvolle afrikanische Vase aus Togo, die Beate und Bruno in Burkina Faso gekauft hatten.

»Wenn Männer streiten, fließt Blut, wenn Frauen streiten, fließt Galle«, meinte Bruno. Viktor fragte nicht nach, was passiert, wenn Männer mit Frauen streiten oder umgekehrt. Er war froh, dass der Abend schließlich versöhnlich endete, dass Beate meinte, Lisa dürfe gerne noch ein paar weitere Tage bei ihr bleiben, dass sich die beiden umarmten und sich, was die Abreise betrifft, auf »übermorgen«, den Tag nach der Demo, einigten. Viktor war das recht. Er würde mit Lisa einen weiteren Tag in Gigricht verbringen und mit ihr am Folgetag die Heimreise nach Freilassing antreten. Für die erste Woche würde er für Lisa in einem Hotel ein Zimmer reservieren und sie danach bei Freunden unterbringen, bis er für sie eine kleine Wohnung oder einen Platz in einer WG gefunden haben würde. Und dann?

»Dann«, sagt Lisa, »werde ich mir zuallererst einen Job suchen. Hast du vielleicht Arbeit für mich – in deiner Rollstuhlfabrik?«

»Wir stellen längst keine Rollstühle mehr her«, erklärt Viktor, »sondern sind eine international renommierte Hightech-Firma. Unsere Herz-Lungen-Maschinen verkaufen wir bis nach Argentinien, und in Osteuropa und auf dem Balkan expandieren wir schon seit Jahren.«

»Das weiß ich doch! Das mit den Rollstühlen war nur ein Scherz. Ich bin nicht so blöd, wie ich mich manchmal präsentiere.«

»Das weiß ich doch.«

Während die Becks auf ihrer Rechtsradikalendemo sind, haben sich Viktor und Lisa in das gemütliche, wenn auch kitschige *Café Odessa* zurückgezogen. Das russisch-jüdische Lokal hatte Viktor schon bei seinem ersten Spaziergang durch die Stadt ausgemacht. Dass es sich in der Judengasse befindet, macht die Sache noch stimmiger. Das Interieur ist mit einer ganzen Sammlung russischer wie jüdischer Nippes dekoriert. Das Spektrum reicht von russischen Puppen und einem hinter der Kassa auf einem Regal ausgestellten Samowar über Reproduktionen des russischen Landschaftsmalers Lewitan, fliegenden Ziegen und Schtetlimpressionen von Chagall bis hin zu alten Fotografien von Odessa, einschließlich einer besonders großen, eine halbe Wand einnehmenden, welche die durch Eisensteins Film *Panzerkreuzer Potemkin* berühmt gewordene Treppe zeigt. Ein Bild des Schriftstellers Isaak Babel darf natürlich auch nicht fehlen. Auf der Speisekarte findet sich allerdings neben Blini, Kwas, Borschtsch, koscherem Wein, Falafel und Gefilte Fisch auch ein klassisches deutsches Angebot mit Würstchen, Sauerbraten, Schnitzel, Kebab und Schinken-Käse-Toast, und die Kellnerin spricht Deutsch mit türkischem

Akzent. Was wirklich angenehm auffällt, ist, dass das Café darauf verzichtet, seine Gäste nicht nur optisch, sondern auch noch musikalisch zu berieseln. Es ist so angenehm ruhig wie in kaum einem anderen Lokal. Lisa und Viktor bestellen beide Cappuccino und Apfelkuchen.

»Ich frage mich jetzt oft, was es für mich bedeutet, dass ich einen russischen und jüdischen und ein bisschen sogar einen ukrainischen Hintergrund habe«, bemerkt Lisa. »Bis vor kurzem hat mich ja die ganze Diskussion über Migrationshintergründe und die Frage, ob wir ein Einwanderungsland sind oder nicht, kaum interessiert. Ich war eine ganz gewöhnliche, stinknormale Niederösterreicherin.«

»Du bist auch weiterhin eine ganz gewöhnliche, stinknormale Niederösterreicherin.«

»Sicher. Aber du weißt, wie ich es meine.«

»Als Kind wohnte meine Mutter mit ihren Eltern in Lwów, also Lemberg, in einer Kommunalwohnung«, erzählt Viktor. »Diese Wohnung befand sich in einem alten Haus aus der K. u. k.-Zeit und hatte fünf Zimmer. In jedem von ihnen war eine Familie untergebracht. Alle mussten sich dieselbe Küche, das Waschbecken und die Toilette teilen. Zum Duschen ging man außer Haus in eine öffentliche Badeanstalt – ein Fußweg von gut zwanzig Minuten. Es gab einen ausgeklügelten Plan, wer und wann die gemeinsamen Räume putzen, ans Telefon gehen oder sich um Reparaturen kümmern sollte. In der Küche sperrten meine Großeltern ihren Kochtopf mit einem Vorhängeschloss ab, damit, wenn sie die Küche einmal kurz verließen, der Inhalt nicht von den Nachbarn gestohlen wurde. Es gab Streit, hin und wieder sogar Schlägereien. Im Vorraum hing ein Schild mit der Aufschrift: *Wenn Du eine Sau bist und den Boden verdreckst, vergiss bitte nicht, laut zu grunzen, damit jeder weiß, wer Du bist!*

In einem der Zimmer ging eine Prostituierte ihrem Gewerbe nach. Sie hieß Nina und war Straßenbahnschaffnerin. Prostitution war in der Sowjetunion verboten, aber das kümmerte niemanden. Die Hure hatte einen Ehemann. Dieser lag meistens betrunken im Korridor herum, während seine Frau mit ein paar Kolleginnen im Zimmer die Freier bediente. Diese riefen oft am Telefon an, um sich einen Termin auszumachen. Meine Großmutter hatte meiner Mutter strengstens verboten, ans Telefon zu gehen, doch hin und wieder tat sie das trotzdem. Wenn jemand nach Nina verlangte, ging meine Mutter in deren Zimmer und fand sie meist im Bett unter einem Mann liegend vor. Auf der Couch lag oft ein weiteres Paar und auf dem Teppich ein drittes. Nina hatte zwei Kolleginnen, die ihr Zimmer benutzen durften. Dass meine Mutter ins Zimmer kam, störte niemanden. Nina wies sie an, dem Freier zu sagen, er solle in einer halben oder in einer oder in eineinhalb Stunden vorbeikommen. Meine Mutter war damals elf Jahre alt.«

»Warum erzählst du mir das?«, fragt Lisa.

»Du wolltest erfahren, aus welcher Welt ich komme.«

»Aber das hast du alles nicht selbst erlebt.«

»Nein, aber ich bin mit dieser und mit ähnlichen Geschichten aufgewachsen. Nina hatte ein Kind, einen Jungen, der später an Gehirnhautentzündung starb, und ein Mädchen, das sie nicht haben wollte. Das Mädchen wurde nur eineinhalb Jahre alt. Nach dem Begräbnis kam Nina gut gelaunt nach Hause. Sie war betrunken. Nun bin ich wieder frei und kann das Leben genießen, erklärte sie in der Küche ihren Nachbarn. Mein Mann hat den kleinen, widerlichen Mistkäfer mit einem Kissen erstickt. Seht ihr, wie gut ich ihn erzogen habe! Ich habe ihm gesagt, er soll die Göre aus der Welt schaffen, und er hat mir gehorcht … Nach der dritten Abtreibung wurde Nina nicht mehr schwanger.«

»Ich hoffe, die beiden kamen ins Gefängnis.«

»Nein. Keiner hat sie angezeigt. Jeder wusste, dass einflussreiche Persönlichkeiten zu Ninas Freiern gehörten. Es hätte keinen Sinn gehabt, zur Miliz, also zur Polizei zu gehen.«

»Und was bedeutet das für dich und dein Leben?«, fragt Lisa, doch Viktor gibt ihr nach einigen Augenblicken betretenen Schweigens keine Antwort, sondern sagt stattdessen: »Ich habe gestern Abend mit Gudrun und Lupo geskypt. Sie haben mir erzählt, dein Vater lasse jetzt einen Vaterschaftstest machen. Er hat in einer deiner alten Bürsten ein paar Haare von dir gefunden …«

Lisa beginnt zu kichern, und dann lacht sie, so ausgelassen, dass Viktor überrascht nachfragt, was denn mit ihr los sei. Schon als sie sich morgens im Hotel getroffen hatten, hatte Lisa einen fröhlichen Eindruck gemacht. Launig erzählte sie, wie sich Bruno für die »Nazi-Demo« zurechtgemacht, zwanzig Minuten lang geduscht, drei verschiedene Anzüge anprobiert habe und immer wieder das Manuskript mit seiner Rede durchgegangen sei, vor- und zurückgeblättert, die richtige Akzentuierung, Mimik und Gestik eingeübt habe. »Onkel Bruu im vollen Lampenfieber. Als ob das für die Trottel auf dieser Demo in irgendeiner Weise wichtig ist, was für Klamotten er trägt, ob seine Haare frisch gewaschen sind oder nicht und an welcher Stelle er seine Hetzparolen betonen soll. Was glaubt er, wer er ist? Der Demosthenes des 21. Jahrhunderts?« Viktor wunderte sich, dass Demosthenes für Lisa ein Begriff ist. Nun gut, immerhin hat das Mädchen Matura, dachte er.

»Lupo hat gemeint, der Vaterschaftstest sei ein wichtiger symbolischer Akt, der einen Abschluss ermöglicht, Trauer und Aufarbeitung zulässt und dadurch folgerichtig neue Wege eröffnet. Das waren ziemlich genau seine Worte.«

Lisa verschluckt sich am Kaffee, hustet und kann sich nicht mehr halten vor Lachen. »Lupo! Mamas edler Harlekin mit großer Leidenschaft für Kalendersprüche. Ein Meister des drittklassigen Aphorismus. Soll ich dir ein paar peinliche Geschichten über ihn erzählen? Nachdem ihn seine Freundin verlassen hat, ist er auf unseren Kirchturm geklettert ...«

»Hör auf!«, unterbricht sie Viktor. »Ich will das alles nicht wissen.«

»Ja, Papa«, sagt sie, ruft die Kellnerin und bestellt einen zweiten Apfelkuchen und ein Glas Weißwein.

»Ich habe nichts gegen Lupo«, sagt sie. »Ich mag seine Bilder, er ist ein lieber Mensch, auch wenn er anstrengend und verschroben ist. Für mich war er immer der wichtigste Onkel von allen.« Sie trinkt einen Schluck Wein, setzt es ab, zögert kurz und trinkt plötzlich gleich mehrere Schlucke hintereinander, ohne abzusetzen, bis das Glas fast leer ist. »Ich habe nichts gegen verschrobene Clowns, solange sie nett und amüsant sind. Es gibt eigentlich niemanden, gegen den ich wirklich etwas habe. Ich finde sogar durchgeknallte Rechtsradikale wie Bruno und Beate sympathisch, solange sie mir ihre Meinungen nicht aufzwingen wollen.« Mit jedem Wort wird ihre Stimme schriller, sarkastischer. »Moslems finde ich ebenfalls sympathisch, außer sie vergewaltigen mich oder sprengen sich neben mir in die Luft, und wenn sie mir erklären, der Islam sei eine Religion des Friedens, werde ich aggressiv. Ali ist übrigens scharf auf mich, aber ich halte ihn auf Distanz. Natürlich verstehe ich, dass er notgeil ist, und genau deshalb darf er mich nicht vögeln. Er will nicht mich, sondern meine, na du weißt schon, was. Wenn er wirklich mich meinen würde, wäre das was anderes.«

»Vielleicht mag er dich wirklich.«

»Ach komm! Glaubst du, ich kann Geilheit nicht von echter

Zuneigung unterscheiden? Ich bin ein wohlerzogenes Mädchen, hi, hi, und ich habe ein großes Herz. Du bist mir ebenfalls sympathisch, ich finde es total lieb, dass du mir eine Wohnung mieten und mich unterstützen möchtest. Warum tust du das eigentlich? Weil du keine eigenen Kinder hast? Wieso eigentlich nicht? Irgendwas stimmt nicht mit dir, das wusste ich gleich. Welche Rolle hast du mir denn zugedacht? Sag schon, ich spiel sie. Ich bin es gewohnt, Rollen zu spielen.«

»Warten wir den Vaterschaftstest ab«, sagt Viktor leise.

»Mach dir keine Illusionen. Du glaubst doch nicht, dass du unser Blut durcheinanderbringen und dich einfach davonschleichen kannst.«

Ich sollte ihr die Wahrheit sagen, denkt Viktor. Die ganze Wahrheit. Jetzt, sofort!

Aber er kommt nicht dazu.

»Soll ich dir erzählen, warum ich aus Wien verschwunden bin?«, fragt Lisa.

»Ja, erzähl!«

»Aber nur, wenn du mir versprichst, dass wir die Geschichte mit der Silvesternacht vergessen: Keine Polizei! Keine Besuche in der Flüchtlingsunterkunft mehr. Ich hoffe, ich sehe diesen widerlichen Algerier nie wieder!«

»Einverstanden. Wir reisen morgen ohnehin ab. Erzähl!«

Lisa bestellt sich ein weiteres Glas Weißwein, isst den Apfelkuchen fertig und beginnt zu erzählen.

6

»Schon als Kind habe ich mich gefragt, warum mich meine Mutter anders behandelt als meine Schwester. Monika konnte machen, was sie wollte, sie wurde als das gesehen, was sie ist. Ich aber galt als besonderes Kind. Wenn ich als Kleinkind etwas gezeichnet habe, ist Mama in Begeisterung ausgebrochen: Eine kleine Kritzelei, und schon wurde mir ein außergewöhnliches Talent unterstellt. Kaum klimperte ich ein bisschen auf dem Klavier, wurde mir eine Zukunft als große Pianistin vorhergesagt. Mama rief begeistert: Ooch und aach! Und alle anderen, Papa, Onkel, Tanten, Oma und Opa, haben es ihr gleichgetan, weil sie keine Ahnung hatten. Wenn Mama behauptet hat, etwas ist schön, dann war es das auch. Mama gilt in unserer Familie als die Kluge, die Gebildete, ob in Langenlois oder in Gföhl, wo Papas älterer Bruder zu Hause ist, und in Stixneusiedl, Mamas Geburtsort, sowieso. Sogar Sepp, ihr Säufercousin, ein wirklich schwerer Alkoholiker, hört auf sie und tut, was sie ihm anschafft. Mama hat auf dem zweiten Bildungsweg die Matura gemacht. Sie ist die Erste in unserer Familie, die Matura hat, ich bin die Zweite. Sie hat die Pädagogische Akademie absolviert, hat viel gelesen und mehrere Kurse und Fortbildungen besucht. Es ist sehr wahrscheinlich, dass sie bald Schuldirektorin wird. Als Schülerin habe ich unzählige Male von ihr zu hören bekommen, was für ein dummes, ignorantes und naives Trutscherl sie in ihrer Jugend gewesen ist. Ich solle ja nicht so werden wie sie, sondern fleißig lernen, studieren, etwas aus meinem Leben machen, besser sein als andere. Ich sei außergewöhnlich begabt und solle meine Talente nicht verschleudern. Wenn ich in der Schule einmal einen Dreier im Zeugnis hatte, war sie außer sich vor Wut, und ich musste mir anhören, wie faul und undankbar ich bin. Wenn Monika einen Dreier oder einen

Vierer hatte, hieß es: Na gut, Hauptsache, sie kommt durch. Ich denke, Mama hat sich selbst von ihrem Leben mehr erwartet, als in einem Nest wie Langenlois als Volksschullehrerin zu versauern, aber mehr war bei ihr nicht drin. Besser gesagt: Mehr als das hat sie sich nicht zugetraut oder zugestanden.«

»Und dein Vater?«, fragt Viktor.

»Ach, der Papa … Der Papa steht doch total unter Mamas Fuchtel. Er ist ein netter Mensch. Er ist bescheiden, hilfsbereit, wirklich liebenswert. In seinem Beruf ist er keine große Nummer. Einsame Spitze ist er nur in seiner Bowling-Mannschaft. Selten, aber regelmäßig, ein paarmal im Jahr oder so, hat er einen Wutanfall. Dann brüllt er wie ein Wahnsinniger, dass er es allen zeigen wird, dass er mich und Monika erziehen wird, dass er Mama zurechtstutzen wird, weil er ihre Frechheiten satthat, dass wir ihn noch nicht richtig kennen, aber bald kennenlernen werden. Niemand nimmt ihn ernst, alle warten geduldig, bis er sich beruhigt hat, und dann sagt Mama: Ja, Schatzl, du hast recht. Soll ich dir ein Bier bringen? Wenn er das Bier getrunken hat, entschuldigt er sich bei allen. Ich sollte das ja gar nicht laut sagen, aber es hat Momente gegeben, da habe ich mir gewünscht, er würde nicht nur herumschreien, sondern jemanden von uns ohrfeigen. Endlich einmal beißen und nicht nur bellen! Schau mich nicht so entsetzt an. Ich weiß, dass man so etwas nicht einmal denken darf!«

»Du warst also eine gute Schülerin?«, wechselt Viktor das Thema.

»Alles nur mit Sitzfleisch. Ich bin weder überdurchschnittlich begabt noch etwas Besonderes, aber ich wollte eine gute Tochter sein und alles richtig machen. Meine Schwester hat ihre Pubertät voll ausgelebt und den Eltern Saures gegeben. Mir blieb nichts anderes übrig, als brav zu sein, und wenn ich einmal versuchte zu rebellieren, wenn ich frech wurde, hat

Mama mit blankem Entsetzen reagiert. Ständig hat sie mir ein schlechtes Gewissen gemacht. Aber Lisa, wie kannst du nur! Oder völlig empört: Liiisa!!! Du bist doch die Vernünftige, die Kluge. Warum tust du mir das an? Von dir habe ich so etwas am wenigsten erwartet. Monika ist Monika, aber du hast doch ein anderes Format.«

»Deine Schwester muss dich gehasst haben.«

»Sie war neidisch auf mich, und ich war neidisch auf sie. Wir blieben uns nichts schuldig. Als Kind habe ich sie ein paarmal verdroschen, und sie hat meine Spielsachen ruiniert, aber alles in allem verstehen wir uns sehr gut. Wir haben ja beide ein gemeinsames Feindbild, wenn auch aus verschiedenen Gründen. Wenn wir uns heute treffen, ist Mama bald das Hauptthema.«

»Aber du hast doch sicher andere Verwandte gehabt, Onkel, Tanten, Großeltern …«

»Natürlich. Einige waren sehr wichtig für mich, haben manches aufgefangen, abgefedert. Stundenlang bin ich bei ihnen gesessen und habe mit ihnen über meine Eltern geredet, besonders als ich fünfzehn, sechzehn war. Wenn ich bei meiner Großmutter war, konnte ich so sein, wie ich bin. Meine Großtante Gusti in Bruck an der Leitha, die wir regelmäßig besucht haben, mag ich ganz besonders. Zu ihr komme ich noch.«

»Aber nach der Matura konntest du schließlich ein eigenes Leben beginnen …«

»Die Jahre vor der Matura waren nicht leicht. Das Gute war, dass ich meine Schönheit entdeckt habe. Ich begann, mich für Mode zu interessieren, habe mich geschminkt, schick gekleidet und Stöckelschuhe angezogen. Die Jungs waren plötzlich alle scharf auf mich, und einige männliche Lehrer haben mir auf einmal alles durchgehen lassen und bessere Noten gegeben. Mama hat oft gesagt, dass Männer blöd sind, und in diesem Punkt muss ich ihr ausnahmsweise recht geben. Ich musste nur den Kopf ein bisschen neigen, auf eine bestimmte Weise dämlich grinsen und in einem Tonfall, der noch dämlicher ist, säuseln und mich anschmiegsam zeigen, und schon sind sie geschmolzen wie Butter. Soll ich dir zeigen, wie das geht?«

»Danke, nein. Das weiß ich schon.«

»Ich hatte gedacht, Mama würde toben. Aber nein! Sie ist mit mir einkaufen gegangen, und alles, was ich mir ausgesucht habe, hat sie sich selbst gleich gekauft. Aber das habe ich dir schon vorgestern erzählt. Mein Gott war das peinlich! Langenlois ist ein Kaff. Wenn wir miteinander unterwegs waren, haben uns Bekannte angesprochen und zu Mama gesagt: Ihr schaut nicht aus wie Mutter und Tochter, sondern wie Schwestern, und man weiß gar nicht, wer die ältere ist. Mama hat gestrahlt, und ich wäre am liebsten im Boden versunken. Mit siebzehn! Einer dieser Idioten, so ein alter Fettsack, hat gemeint: Oje, jetzt wird sie puterrot, die Kleine … Und hat dabei eine Grimasse geschnitten wie ein Affe. Am liebsten hätte ich ihm ganz fest mit dem Knie … Aber egal, ich hab's natürlich nicht getan … Jedenfalls ist Mama mit mir in dieser Zeit oft nach Wien gefahren. Wir waren einige Male im Burgtheater, in der Oper, im Kino und haben Konzerte besucht. Stell dir vor, sie hat mich in sämtliche Sinfonien von Schostakowitsch geschleppt. Dabei mag sie klassische Musik gar nicht.«

»Unglaublich!«, murmelt Viktor.

»Ja, nicht wahr? Sie hatte nun einmal den Ehrgeiz, mich umfassend zu bilden. In ihren Augen war ich eine Hochbegabte. Alles, was ich tat, war entweder außergewöhnlich oder nicht gut genug, vor allem dann, wenn es weder das eine noch das andere war. In gewisser Weise verstehe ich sie, jetzt noch viel besser als früher. Ich mag meine Mutter, trotz aller Konflikte und all der vielen Dinge, die ich ihr vorwerfe. Im Stich gelassen hat sie mich nie. Nur manipuliert und nie losgelassen. Übrigens habe ich mit Auszeichnung maturiert – mit Sitzfleisch und Wut im Bauch. Ich habe mich durchgequält. Was ich lieber gemacht hätte, wirst du mich vielleicht fragen ...«

»Gute Idee: Ja, dann frage ich das jetzt: Was hättest du lieber gemacht?«

»Du wirst lachen, aber am liebsten wäre ich Kindergartenpädagogin geworden. Ich mag Kinder.«

»Ein wichtiger Beruf.«

»Das war natürlich ganz und gar unmöglich. Einmal habe ich angedeutet, ich würde gerne ins BAKIP gehen, um die entsprechende Ausbildung zu machen, schon hatte Mama einen hysterischen Anfall. Eine Aufregung und ein Kreischen waren das: Du schmeißt dein Leben weg! Tu mir das nicht an! Wenn ich Kinder mag, dann soll ich doch Kinderärztin werden, Kinderpsychologin oder zumindest Gymnasiallehrerin, hat sie gemeint. Aber ich habe nach der Matura Betriebswirtschaftslehre und Jus studiert.«

»Warum das denn?«

»Es war eine Trotzreaktion. Ich dachte damals: Wenn alle, alle, alle glauben, ich sei etwas Besonderes (sogar die Lehrer haben das behauptet, obwohl sie es eigentlich hätten besser wissen müssen), dann werde ich allen zeigen, wie tough ich wirklich bin, und werde Topmanagerin. Oder Staatsanwältin. Oder Richterin am Obersten Gerichtshof. Völlig zu versagen oder alles hinzuschmeißen wäre entweder unglaublich peinlich oder voll cool. Aber so cool war ich damals noch nicht.«

»Irgendwann hast du aber dann doch alles hingeschmissen.«

»Bis dahin musste aber noch viel Wasser die Donau hinunterfließen und viele Tränen von meinen wunderschönen Wangen auf den ausgedorrten Boden vor meinen Füßen tropfen.«

»Das hast du schön gesagt.«

»Gell?! Lupo, der Malerfürst, lässt grüßen. Ich habe viel von ihm gelernt. Das prägende Merkmal unserer Zeit ist ihre Ortlosigkeit. Wir erschaffen neue Mythen und machen dadurch verschüttetes Wissen transparent. Das hat sinnstiftenden Charakter.«

»Wau!«, ruft Viktor begeistert aus. »Ich bin beeindruckt. Das ist Quatsch auf hohem Niveau!«

»Geil, nicht wahr?« Lisa grinst vergnügt, reibt sich die Hände und bestellt eine Weißweinschorle. »Ein so unbedarftes, kleines Tussilein, wie du geglaubt hast, bin ich nicht. Als wir in dieses Lokal gekommen sind, hast du auf das Foto drüben an der Wand gedeutet und mir erklärt, wer Isaak Babel ist. Stell dir vor, ich habe die meisten seiner *Geschichten aus Odessa* gelesen. Neben meinem regulären Studium habe ich Vorlesungen zur Literaturgeschichte besucht. Unter anderem.«

»Ich hatte nie den Eindruck, dass du unbedarft und tussenhaft …«

»Du lügst schon wieder«, unterbricht ihn Lisa. »Aber das macht nichts. Langer Rede, kurzer Sinn: Ich habe studiert, gearbeitet, Praktika gemacht. Was ich sehr bald verstanden habe, ist, dass es heutzutage nicht genügt, eine gute Ausbildung, ein bisschen Glück und Ehrgeiz zu haben, um Karriere zu machen. Das war in Mamas und deiner Jugend noch so. Heute strampelst du. Du läufst wie ein Hamster im Rad, du knüpfst Kontakte und schläfst mit den richtigen Leuten, du gibst hundertzwanzig Prozent und hast trotzdem niemals die Gewissheit, dorthin zu gelangen, wo du eigentlich gerne sein möchtest. Irgendwann habe ich nur mehr Ekel vor dieser Welt empfunden. Ich hätte ins BAKIP gehen sollen.«

»Irgendwann hattest du genug und bist ausgestiegen.«

»Lass mich ausreden. So einfach ist es nicht. Ich musste erst reifen, hi, hi. Eine Zeitlang war ich spielsüchtig. Das habe ich nie jemandem erzählt, und darüber möchte ich kein weiteres Wort verlieren. Ich habe nie Drogen genommen, ich habe nicht einmal geraucht, ich habe gespielt. Es war schlimm. Außerdem habe ich Stöckelschuhe gekauft. Nicht ein Paar und nicht zwei, sondern Dutzende. Ich brauchte Geld und hatte zeitweise drei Jobs. Mein Beziehungsleben war eine Katastrophe. Ich hatte ein paar Freunde auf Facebook und Instagram, mit denen ich regelmäßig kommuniziert habe, darunter eine ältere Dame. Mit ihnen habe ich mich besser verstanden als mit den meisten Leuten im realen Leben. Das alles wusste die Familie in Langenlois und anderswo natürlich nicht. Mama und Papa haben sich allerdings gewundert, warum ich einen Job in einem Callcenter angenommen hatte. Sie würden mich doch ausreichend unterstützen, haben sie gemeint. Richtig. Für ein bescheidenes Leben hätte es gereicht. Aber ich war nicht bescheiden, ich war unter Stress. Ich bin nicht einmal zu meiner Lieblingsgroßtante Augusta gefahren, zur Gusti-Tant', als sie nach einem Oberschenkelhalsbruch ins Krankenhaus musste. Mama hat gebettelt, ich möge sie dorthin begleiten, aber ich hatte schlichtweg keine Zeit oder glaubte, keine Zeit zu haben. Ein paar Tage später habe ich ein schlechtes Gewissen bekommen und bin doch ins Landesklinikum Hainburg gefahren. Das hat mein Leben verändert.«

»Der Besuch im Landesklinikum?«

»Die Gusti-Tant' hat sich unglaublich gefreut, mich zu sehen. Ich bin einen halben Tag lang an ihrem Bett gesessen und habe mit ihr geredet. Früher war die Tant' schlagfertig, witzig, manchmal richtig böse, hat Sachen auf den Punkt gebracht. Ich habe sie sehr gemocht. Das heißt: Ich mag sie natürlich weiterhin sehr! Inzwischen ist sie Mitte achtzig und beginnt nachzulassen, vergisst, was man ihr eben erst erzählt hat, fragt dreimal hintereinander dasselbe, jammert, wie schlecht es ihr geht. Das hat sie früher nie getan. Es ist traurig. Ich hatte sie ein paar Jahre nicht gesehen. Ihr Zustand, der Unterschied zu früher, war für mich ein Schock, natürlich auch, weil sie gerade im Krankenhaus war. Selbstverständlich habe ich geduldig alle ihre Fragen beantwortet, auch mehrmals dieselben. Sie wollte genau wissen, wie es mir geht und was ich mache. Ich habe ausführlich berichtet: Es war logischerweise die Schonvariante, eine sehr beschönigte Version. Sie war beeindruckt – die vielen Studien und Fortbildungen, ein Marketingkolleg, das ich in der Mindestzeit absolviert hatte, die vielen Jobs. Plötzlich sagt sie: Kein Wunder, Juden sind sehr begabte Leute, sie sind so programmiert. Deshalb sind so viele von ihnen reich und erfolgreich. Ich denke mir: Wovon redet sie eigentlich? Das Alter ist wirklich etwas Schlimmes und Trauriges, denke ich. Sag ich zu ihr: Tant' Gusti, ich bin doch keine Jüdin! Antwortet sie: Aber dein Vater. Du hast jüdische Gene, deshalb bist du so begabt und fleißig. Ich muss sie daraufhin ganz blöd angestarrt haben. Auf einmal rollt sie die Augen, richtet sich im Bett auf, beginnt wie wild mit den Armen zu fuchteln und mit den Beinen zu zucken und kreischt so laut, dass ich es richtig mit der Angst zu tun bekomme: Aaaah! O Gott, o Gott, Jössasmaria, Kruzitirk no amoj, jetzt hab ich mich verredet. Dass mich der Teufel holt, deine Mama bringt mich um! Den Rest kannst du dir denken. Ich: Wie? Was? Sie: Ich darf darüber nicht reden, hab schon viel zu viel gesagt. Die Zunge soll mir altem Tratschweib abfallen. Ich: Tante, wenn du mir nicht sofort alles erzählst, brauchst du dich vor Mama nicht zu fürchten, weil vorher ich dich umbringe … So habe ich schließlich alles erfahren. Die Großtante ist die Einzige gewesen, der Mama die ganze Wahrheit erzählt hatte. Sie war damals ihre einzige Vertrauensperson. Lupo hat sie erst ein paar Jahre später kennengelernt. Die Gusti-Tant' hatte versprochen, wie ein Grab zu schweigen, und das hat sie auch, bis sie sich verredet hat. Das Alter sei eine Strafe Gottes, hat mir die Tante erklärt. Das stimmt. Aber für mich war es in diesem Fall Gottes Segen. Oder das Tor zum Fegefeuer. Wer weiß …«

»Und dann hast du alles liegen und stehen lassen und bist einfach abgehauen?«, fragt Viktor erstaunt. »Warum hast du Gudrun nicht einfach zur Rede gestellt?«

»Das wollte ich nicht! Mama hat mich die ganze Zeit belogen und aus mir etwas Besonderes gemacht. Warum? Weil ich jüdische Gene habe?«

»So ein Scheißklischee!«, zischt Viktor und schüttelt den Kopf.

»Genau! Warum, glaubst du, dass sie Gudrun heißt? Aber von Großpapa und Großmama in Stixneusiedl erzähle ich dir ein anderes Mal. Hast du gewusst, dass Großpapa Mama einmal mit dem Kopf gegen die Wand geschlagen hat?«

»Ja.«

»Kann sein, dass Mama dich wirklich geliebt hat. Mehr als sie sich je eingestanden hat. Deshalb war ich etwas Besonderes für sie. Aber was kann ich denn dafür?«

»Du hättest mich ausfindig machen können.«

»Ich wollte, dass sie mir endlich die Wahrheit sagt, und ich wollte es ihr nicht leichtmachen. Aber jetzt brauche ich noch ein Glas Wein. Bin ohnehin schon besoffen, also was soll's.«

»Kannst du dann überhaupt noch stehen?«

»Sei nicht albern. Neben den anderen Rollen, die ich spiele, bin ich ein Party-Girl. Ich halte einiges aus. Niemand merkt, dass ich besoffen bin, außer mir selbst.« Tatsächlich macht Lisa keineswegs den Eindruck, betrunken zu sein. Sie bestellt den Wein und geht festen Schrittes auf die Toilette, wippt rhythmisch mit den Hüften, streckt den Oberkörper, was ihren schlanken Hals noch länger und zierlicher erscheinen lässt, bewegt lasziv Kopf, Schultern und Arme. Jede Bewegung bis hin zu den leichten Zuckungen der Fingerspitzen ist wie durchchoreografiert, das Klackern der Schuhabsätze ist nicht zu laut, sodass es störend wirkt, aber laut genug, um Aufmerksamkeit zu erregen. Nichts scheint dem Zufall überlassen. Die enge Jeans sitzt wie angegossen. Die weiße Bluse betont perfekt die Figur. Die männlichen Gäste im Raum schauen Lisa nach, bis sie auf der Treppe, die nach unten führt, verschwunden ist, und fixieren sie sofort mit ihren Blicken, als sie wiederkommt. Das volle Weinglas steht inzwischen schon auf dem Tisch. Lisa macht einen Schluck und erzählt weiter.

»Anfangs war ich verzweifelt, zornig, traurig und verwirrt zugleich. Ich stand völlig neben mir. Nachdem ich kurz in Tschechien war, fuhr ich quer durch Deutschland, machte einen Abstecher nach Amsterdam, lernte dort ein paar dumme Typen kennen. Sie waren völlig irre, unreif und ständig bekifft, besonders der eine, mit dem ich schließlich in Gigricht gelandet bin. Der ist dann auf und davon. Ich war froh, ihn los zu sein. Was dann passiert ist, weißt du, aber du weißt nicht alles.

Ein paar Tage nachdem ich bei Tante Bee eingezogen war, rief ich Monika an. Du kannst dir denken, wie erfreut und gleichzeitig überrascht sie gewesen ist, meine Stimme zu hören. Ich habe ihr alles erzählt. Nach einigen Augenblicken der Schockstarre folgte ein sehr leidenschaftliches Gespräch mit gegenseitigen Vorwürfen, ein Hin und Her, das schließlich in ein gemeinsames Schluchzen überging. Es hat mich viel Überzeugungskraft gekostet, sie auf meine Seite zu ziehen. Sie ist eine gute Seele, aber manchmal schwer von Begriff. Jedenfalls hat Monika nach einigem Zögern und ein paar bösen Sätzen, die ich kommentarlos runtergeschluckt und sofort vergessen habe, dann doch mitgespielt, und es hat alles wunderbar funktioniert. Sie war es, die Lupo eingeredet hat, einen Privatdetektiv zu engagieren, und er hat diese Idee auf seine unnachahmliche Art meinen Eltern schmackhaft gemacht.

Sobald ich erfahren habe, wer der Privatdetektiv ist, habe ich ihn angerufen, und er ist tatsächlich hierher nach Gigricht gekommen. Monika hat ihm ein Zusatzhonorar gezahlt, damit er die Klappe hält. Ich habe ihm erklärt, wie die Sache laufen soll. Leider erwies sich der Typ als ein schmieriger, kleiner Provinzschnüffler, eine Mischung aus Möchtegern-Sherlock-Holmes, Dorfdiscoaufreißer, Schmeißfliege und Almdudler-Limonade. Angebaggart hat er mich, wollte mit mir bumsen. Wenn ich mit ihm schlafe, verzichtet er auf Monikas Zusatzhonorar, hat er mir erklärt. Wenn nicht, erzählt er alles meinen Eltern. So ein Dreckschwein! Ich habe Onkel Bruu auf ihn losgelassen, und der hat ein paar ernste Worte mit ihm gewechselt: von Mann zu Mann. Danach war dieses Schmalspurdetektivlein lieb und nett wie ein Schoßhündchen. Auf Monikas Zusatzhonorar hat er übrigens wirklich verzichtet, weil ich den Erpressungsversuch mit dem Handy aufgezeichnet (der Blödmann hatte das nicht einmal bemerkt) und ihm dann alles vorgespielt habe.

Es war eine Frage der Zeit, bis Mama hier auftaucht. Natürlich ließ ich sie schmoren, habe so getan, als wolle ich sie nicht sehen. Onkel Bruu musste den bösen Onkel spielen und sie hinauswerfen. Danach habe ich gewartet. Ich wusste nicht, was passiert. Ich hoffte sehr, es würde alles so kommen, wie es dann auch wirklich gekommen ist. Monika hat etwas nachgeholfen, hat Mama im Hotelzimmer hier in Gigricht angerufen und ihr den Rat gegeben, sie solle mir einen Brief schreiben oder eine Mail schicken, hat dabei ein paar kryptische Bemerkungen einfließen lassen – über Ehrlichkeit, Offenheit, unangenehme Wahrheiten, die gesagt werden sollten, über Entgrenzung, Grenzüberschreitungen und die befreiende Wirkung des Loslassens. Sie hat alle Register gezogen, ohne auf den Punkt zu kommen und sich damit zu verraten … Gut, ich gebe zu, dass ich sie gecoacht hatte, damit sie weiß, was sie sagen soll.

Mama hat den Brief geschrieben. Endlich, endlich ist sie ehrlich zu mir gewesen! Aber ich wollte sie nicht sehen. Noch nicht. Stattdessen haben wir zwei Stunden lang telefoniert. Ich hatte nicht den Eindruck, dass sie alles verstanden hat, was ich ihr an den Kopf geworfen habe. Aber es war ein Anfang. Den Rest kennst du.«

Zuerst weiß Viktor nicht, ob er Bewunderung oder Abscheu empfinden soll oder beides, ob er sich vor dieser jungen Frau fürchten oder ob er sie bemitleiden soll. Er bestellt sich einen Wodka, trinkt ihn auf ex und fragt: »Glaubst du nicht, dass ich heute Abend Gudrun anrufen und ihr alles erzählen werde?«

»Das wirst du nicht«, antwortet Lisa mit einem verschmitzten Lächeln.

»Woher weißt du das?«

»Weil du selbst nicht ganz koscher bist. Außerdem ist das längst bedeutungslos. Wir spielen mit offenen Karten. Welchen Unterschied macht es dann noch, dass die Karten gezinkt sind?«

Du weißt aber nicht, dass die Karten nicht gezinkt sind, sondern gar nicht existieren, denkt Viktor. Wir spielen nicht mit offenen Karten, das Spiel selbst ist Fiktion.

»Was denkst du gerade?«, fragt Lisa.

»Ich überlege, wie es jetzt wohl weitergeht.«

»Was gibt es hier viel zu überlegen? Ich fahre mit dir nach Freilassing, suche mir einen Job und mache nebenher in Salzburg eine Ausbildung zur Kindergartenpädagogin.«

7

Ein entgangener Anruf von Kerstin, vier entgangene Anrufe von Gudrun und sechs von Lisa. Meine Banalisierung schreitet voran, denkt Viktor. Das Erste, was ich morgens mache, wenn ich aufwache, ist, sofort auf das Display meines Handys zu starren, und zwar noch bevor ich aus dem Bett gestiegen bin. Noch vor zehn Jahren hätte ich niemals gedacht, dass ich mich jemals so verhalten würde.

Die Anzeige der elektronischen Uhr, die in Viktors Hotelzimmer auf der Kommode neben dem Bett steht, zeigt 08:76 an. Das Gerät ist ein Museumsstück – eine Kombination aus Wecker und Transistorradio mit ausziehbarer Antenne. Ein Wunder, dass es hier überhaupt noch steht. Fünfviertel neun, schießt es Viktor durch den Kopf und gleich darauf – höchst seltsam – das Wort »Kruzihaxn«, das er vor vielen Jahren oftmals von Frau Schnürpel in der Geriatrie und danach nur mehr selten gehört hatte.

In Wirklichkeit ist es fünf vor halb neun, in eineinhalb Stunden sollte Viktor bei den Becks sein, um Lisa abzuholen. Bruno hat sich diesen Vormittag extra freigenommen, Beate kann sich als »Freiberuflerin« die Zeit einteilen. Alles ist längst ausgemacht. Warum also ruft ihn Lisa sechsmal an? Gestern hat er sie nachmittags nach dem Gespräch im *Café Odessa* und einem gemeinsamen Spaziergang durch die Altstadt mit dem Auto in die Siedlung gefahren und vor dem Haus der Becks abgesetzt. Noch vor dem Zähneputzen ruft Viktor sie zurück.

»Du musst unbedingt gleich herkommen!«

»Ja eh. Um zehn bin ich bei euch.«

»Nein, komm bitte nicht in die Wohnung, sondern in die Straße des 20. Juli. Bruu und Bee sind ganz außer sich. Wir gehen jetzt alle dorthin.«

»Was? Ich verstehe kein Wort.«

»Ja, weißt du denn noch nichts?«

»Nein. Was sollte ich wissen? Bin gerade aufgewacht.«

»Die gestrige Demo ist eskaliert. Es gab Raufereien zwischen Neonazis und Antifa-Leuten, dann hat irgendwer die neue Asylunterkunft angezündet, und die AfD hat Onkel Bruu rausgeworfen, weil er angeblich so radikale und unmögliche Dinge auf der Demo gesagt hat. Nun schäumt Onkel Bruu vor Wut und gibt vor der abgebrannten Asylunterkunft ein Interview und ein Statement für die lokale Presse ab.«

»Wann?«

»Na jetzt, in einer halben Stunde!«

»Was hat er denn auf der Demo gesagt?«

»Schau dir die Online-Ausgabe des *Gigrichter Tagblattes* von heute früh an – da ist ein Artikel, in dem alles genau beschrieben wird. Wir sind schon auf dem Weg zur Straße des 20. Juli. Das ist hier gleich um die Ecke. Kommst du?«

»Bin in spätestens einer halben Stunde bei euch.«

Der Online-Artikel ist schnell gefunden. Der Titel lautet: *Rechtsradikalen-Demo eskaliert: Straßenschlachten zwischen Neonazis und Antifa. Asylunterkunft abgebrannt!*

Viktor überfliegt schnell jene Passagen, in denen das Versagen der politisch Verantwortlichen angeprangert wird. Zwar habe man einen Demonstrationszug quer durch die Innenstadt verboten und zahlreiche Polizeibeamte abgestellt, um Demonstranten und Gegendemonstranten zu trennen, trotzdem hätte man, meint der Verfasser des Artikels, die bislang größte Veranstaltung aller rechten Gruppen der Stadt nicht am Dietrich-Bonhoeffer-Platz, also in unmittelbarer Nähe zur Asylunterkunft, stattfinden lassen dürfen. Außerdem seien die Behörden von der Zahl der aus ganz Deutschland angereisten links- und rechtsextremen Gewalttätern überrascht gewesen: Schwarzer Block, Identitäre, Neonazis und ganz gewöhnliche Hooligans, die schlichtweg eine Gelegenheit gesucht hätten, sich zu prügeln, Fensterscheiben einzuschlagen, Autos anzuzünden oder Polizisten mit Steinen zu bewerfen.

Viktor scrollt weiter.

Etwa fünfzig Personen wurden vorübergehend festgenommen, mindestens doppelt so viele auf freiem Fuß angezeigt. Gut zwei Dutzend Demonstranten wurden verletzt, fünf davon schwer. Bei einem von ihnen handelt es sich um einen dunkelhäutigen Austauschstudenten aus den USA, der von Skinheads schwer misshandelt wurde. Der 22-Jährige erlitt einen Schlüsselbeinbruch und einen doppelten Kieferbruch. Nach den Tätern wird noch gefahndet.

Gut, dass meine jüdische Nase weit weg von dieser Demo war, denkt Viktor.

Das unprofessionelle Verhalten und letztlich völlige Versagen der Sicherheitskräfte wird angesichts dessen, was in den späten Abendstunden geschah, erst richtig deutlich. Trotz massiven Polizeiaufgebots gelang es unbekannten Tätern, die neue Asylunterkunft in der Straße des 20. Juli, deren Eröffnung für den kommenden Donnerstag geplant war, in Brand zu setzen. Das vierstöckige Gebäude, eine in den 1950er Jahren errichtete Industrieanlage, die seit einigen Jahren leer gestanden hatte, ist so schwer beschädigt, dass sie wahrscheinlich abgetragen werden muss. Personen kamen bei dem Brand glücklicherweise nicht zu Schaden.

Viktor scrollt noch einige Male vor und zurück und findet schließlich jene Passage, die er gesucht hat.

Die aufpeitschenden Reden auf einer von den Veranstaltern am Dietrich-Bonhoeffer-Platz errichteten Bühne trugen in den Nachmittagsstunden in erheblichem Maße zur Eskalation der Lage bei. Etwas kurios muteten dabei die Worte von Melanie Lefzowitz, der Vorsitzenden der Friedensliga für ein islamfreies Europa, an.

»*Freunde, ihr müsst eure Männlichkeit wiederentdecken*«, *schrie sie dem begeisterten, aber keineswegs ausschließlich männlichen Publikum zu.* »*Denn nur, wenn ihr eure Männlichkeit wiederentdeckt, werdet ihr mannhaft, und nur dann werdet ihr wehrhaft! Das müsst ihr aber sein in Zeiten wie diesen!*«

Nach den üblichen Angriffen auf Merkel, die Bundesregierung, auf Hilfsorganisationen und die EU, auf Flüchtlinge und den Islam, nach Schimpftiraden gegen die »*Lügenpresse*« *und die* »*linken Eliten*«, *betrat gegen 17 Uhr Detlev Jäger, Vorsitzender der lokalen NPD, das Podium. Herr Jäger (53), der in den 1980er Jahren eine Haftstrafe wegen der Zugehörigkeit zu einer rechtsradikalen Wehrsportgruppe und in den 1990er Jahren eine weitere wegen Leugnung des Holocaust absitzen musste, verkündete im aufgeregten Tonfall, Angela Merkel sei Jüdin (sic!). Diese Behauptung löste bei den Tausenden Zuhörern, die sich auf diesem weitläufigen Platz versammelt hatten, einen schwer zu beschreibenden Tumult aus: Zuspruch, Jubelrufe, Empörung, Gelächter, Buhrufe. Sogleich legte Herr Jäger noch ein Schäuflein nach und brüllte ins Mikrofon:* »*Die Juden schicken uns das ganze Muselpack, sie haben den Masterplan für den Genozid an uns Deutschen entwickelt. Was Juden heute tun, ist ihre Rache für die Gaskammern von gestern.*«

Es ist davon auszugehen, dass Detlev Jäger für diese monströsen Aussagen mit einer Anklage wegen Volksverhetzung zu rechnen hat. Gleichfalls ein Skandal ist es allerdings, dass Bruno Beck, 1. Stellvertretender Kreisvorsitzender der AfD, der sofort im Anschluss an Herrn Jäger das Podium betrat, sich bei seinem »*Vorredner*« *überschwänglich bedankte. Dieser habe, so Beck, manches* »*in bewährter Manier auf den Punkt*« *gebracht. Diese Aussage kostete Bruno Beck, wie inzwischen bekannt wurde, alle seine Funktionen innerhalb der Gigrichter AfD. Erschwerend sei, so AfD-Kreisvorsitzender Dr. Florian Schaffka, die Tatsache, dass der bekannte Gigrichter Transportunternehmer Beck in seiner Rede dann auch gleich wieder Bezug auf die Juden genommen hatte. Im Wortlaut: »Wir, die national gesinnten Bürgerinnen und Bürger, sind die Juden von heute, man will uns auslöschen.« Was Beck sonst alles gesagt hatte, scheint die AfD-Verantwortlichen weniger zu stören: »Wir von der AfD stehen für eine Politik für die Ärmsten der Armen statt die Wärmsten der Warmen – die Lieblinge unserer immer linker werdenden Republik.« Gleich darauf bezeichnete er die Grünen als »ehemalige Päderasten-Partei«. Diese Sager lösten einen wahren Freudentaumel unter den Demonstranten aus. Viel Applaus erntete der für seine flotten Sprüche bekannte AfD-Vize auch für den Satz »Der Halbmond hat bei uns nur zwei fixe Plätze, nämlich am Nachthimmel und als Croissant zum Frühstück« sowie für den von ihm mehrfach wiederholten Slogan: »Gigricht soll nicht Ouagadougou werden!« Dass Ouagadougou die Hauptstadt von Burkina Faso ist, wussten von seinen Zuhörern wahrscheinlich die wenigsten. Der Slogan wurde trotzdem begeistert aufgenommen.*

Heute um 11 Uhr findet vor der abgebrannten Asylunterkunft ein öffentliches Pressegespräch mit Bruno Beck und Dr. Florian Schaffka statt.

Die Straße des 20. Juli ist kein schöner Ort. Wenn man von der Bushaltestelle kommt, sieht man rechter Hand einen aufgelassenen, eingezäunten Industriepark und neben diesem ein paar Wohnblocks, allerdings bei weitem nicht so schöne und moderne wie in der Sophie-Scholl-Straße. Die abgebrannte Asylunterkunft befindet sich gleich gegenüber – auf der linken Straßenseite. Das Gebäude steht zwischen alten Fabrikgebäuden und Lagerhallen. Hinter den geborstenen Fensterscheiben sind die Reste des vernichteten Interieurs in völlige Dunkelheit getaucht. Ob das Flachdach eingestürzt ist, kann man von unten nicht erkennen. Vor der rußgeschwärzten Fassade des Gebäudes sieht man Polizeiautos, einen Feuerwehrwagen, Absperrungen und eine große Anzahl von Menschen, darunter einige Polizisten, Feuerwehrmänner, zahlreiche Schaulustige, einen Kastenwagen mit der Aufschrift *ARD*, Kameraleute, Tontechniker, einige Journalisten mit Mikrofonen und Aufnahmegeräten. Sie alle umringen zwei Männer, die dicht vor einem Gitterzaun stehen, so als wären sie in eine Ecke gedrängt worden, aus der es kein Entkommen gibt. Einer der Männer erklärt etwas – laut, gehetzt, heftig gestikulierend. Es ist Bruno.

Eine wogende, summende, zischende Menschenmauer versperrt Viktor den Weg, stößt ihn hin und her, bis er jemanden mit ganzer Kraft zur Seite schiebt, eine unfreundliche Bemerkung erntet, zurückschimpft, sich sogleich entschuldigt und plötzlich am Ärmel seines Mantels gefasst und nach vorne gezogen wird. Er hört die Stimmen von Günter und Barbara, kann aber im allgemeinen Lärm nicht ausmachen, was sie ihm sagen, sieht auf einmal Lisas Gesicht vor sich, spürt ihre Hand in der seinen und ist wenige Augenblicke später keine zwei Meter von Bruno entfernt. Neben ihm steht ein schmächtiges Bürschchen mit einem riesengroßen, olivfarbenen Mikro, auf dem in weißen Lettern die Worte *Radio Gigricht 3* zu lesen sind. »Herr Beck«, schreit der junge Mann mit hoher, durchdringender Stimme, »ich frage Sie ganz direkt: Sind Sie Antisemit und Rassist?«

»Ich habe es schon fünfmal erklärt, wiederhole es aber gerne noch einmal …« Brunos Stimme klingt heiser, fremd, unnatürlich. »Als Herr Jäger gestern seine unverzeihlichen Bemerkungen gemacht hat, von denen ich mich in aller Deutlichkeit distanziere, befand ich mich hinter dem Podium, habe meine Rede vorbereitet, habe mich ganz auf meinen eigenen Auftritt konzentriert und deshalb kein einziges Wort von dem mitbekommen, was Herr Jäger da von sich gegeben hat. Nein, ich bin weder Antisemit noch Rassist! Ich hätte mich nicht heute, hier, an dieser Stelle, zu einem Pressegespräch bereiterklärt, wollte ich nicht ganz bewusst ein Zeichen gegen Rassismus und Gewalt setzen. Ihre Suggestivfrage ist eine Frechheit. Wer sind Sie überhaupt?« Bruno hat sich in Schale geworfen, trägt ein braunes Jackett und eine blaue Krawatte, sein Haar ist ordentlich frisiert, in seinem wie mit dem Lineal gezogenen Mittelscheitel glänzen die Schweißtropfen im Sonnenlicht, doch sein Gesicht sieht aus wie ein faltiges Leichentuch. Es scheint, als sei er über Nacht um zehn Jahre gealtert. »Die NPD war nicht zur Veranstaltung eingeladen, weder von Gigrida noch von uns hat sie jemand eingeladen und von unseren Mitveranstaltern von der Friedensliga für ein islamfreies Europa schon gar nicht.« Mit jedem Wort wird Bruno lauter, ungeduldiger. »Herr Jäger hat sich selbst auf die Rednerliste gesetzt ...«

»Lag es nicht in Ihrer Verantwortung, dem vorzubeugen, Herr Doktor Schaffka?«, fragt der junge Reporter und wendet sich dem Mann zu, der links neben Bruno steht. Doktor Schaffka ist ein gesetzter Herr in mittleren Jahren mit rundem Gesicht, Glatze und buschigem, weißem Oberlippenbart. Viktor kommt es vor, als bemühe er sich krampfhaft, besonders gewichtig und ernsthaft zu erscheinen, was ihm jedoch nicht recht zu gelingen vermag, sodass er eher der Karikatur eines strengen Steuerprüfers gleicht. Doktor Schaffka räuspert sich und erklärt mit sonorer Stimme: »Hören Sie, junger Mann, die Rednerliste zu erstellen oblag dem geschätzten Herrn Hundegger von Gigrida ...«

»Herr Dieter Hundegger hat leider die Teilnahme an diesem Pressetermin verweigert«, unterbricht ihn der Reporter. »In einem Telefongespräch, das ich mit ihm geführt habe, meinte er allerdings, Sie, Herr Doktor Schaffka, hätten die Rednerliste geprüft und freigegeben.«

»Das ist eine glatte Unwahrheit«, empört sich Doktor Schaffka. »Ich habe an der Planung der Liste mitgewirkt, doch oblag es mir nicht, irgendetwas freizugeben.«

»Dass ich mich bei Herrn Jäger bedankt habe«, mischt sich Bruno wieder ins Gespräch ein, »war nichts weiter als eine Höflichkeitsfloskel. Man bedankt sich eben beim Vorredner, wenn man ein Podium betritt. Das ist eine Frage der Umgangsformen, insbesondere dann, wenn man Mitveranstalter ist.«

»Auch dann, wenn es sich um einen stadtbekannten Neonazi handelt?«, fragt ein anderer Reporter.

»Er hat seine Strafe längst abgesessen«, wendet Doktor Schaffka ein. »Im Zweifelsfall gilt der Vertrauensgrundsatz.«

»Was?!«, ruft eine Journalistin aus. »Wir reden über Nazis, nicht über die Straßenverkehrsordnung!«

»Lassen Sie mich doch erklären!«, ereifert sich Bruno. »Wenn ich gewusst hätte, was der Inhalt von Herrn Jägers Statement ...« Seine Worte gehen in einer ganzen Flut von Fragen und Zwischenrufen unter. »Judenfeindschaft ist mir völlig fremd, ja, sie ist mir zutiefst zuwider!«, schreit Bruno, und sein Gesicht, wenige Augenblicke zuvor noch bleich, läuft rot an. »Der Großvater meiner Frau war Vierteljude, unser Sohn hatte viele Jahre eine jüdische Lebensgefährtin, ich bin ein Freund Israels ...« Wieder Fragen. Alle reden durcheinander. Die Menschenmenge um Viktor herum wird unruhig, reißt Viktor von Lisa los und schiebt ihn zwischen Beate und Luise. Beate flüstert ihm etwas ins Ohr, das er nicht versteht, Luise hält ihn am Oberarm fest. Lisa hingegen verschwindet in der Menge. Viktor schaut sich um, kann sie aber nirgendwo ausmachen. Was macht er hier überhaupt noch?, fragt er sich. So bizarr es ihm vorkommt, dass AfD-Funktionäre sich zu einem Interview vor einer niedergebrannten Asylunterkunft bereiterklärt haben, geht ihn die Gigrichter Provinzposse eigentlich nichts an. Wo ist Lisa? Er sollte längst mit ihr zusammen im Wagen sitzen und Richtung Süden unterwegs sein. »Wir lehnen Gewalt auf das entschiedenste ab«, hört er Doktor Schaffkas Stimme. »Wir sind heimatbewusste Bürger, wir stehen für traditionelle Werte wie Ehe, Familie, Christliches Abendland, Grenzsicherung, Grundgesetz und Freiheit, der Ausdruck *Deutsches Volk* ist für uns kein Schimpfwort, aber jegliche Form von Rassismus und Antisemitismus ist der AfD völlig fremd. Gestern waren es nicht unsere Anhänger, sondern die linken Chaoten, die die Spirale der Gewalt in Gang gesetzt haben. Man grenzt uns aus, die versammelten Antifa-Truppen der Mainstream-Journaille drängen uns ins rechte Eck – und das ist die Folge davon: Gewalt. Gewalt von links! Während wir, die wahren Demokraten, wir Patrioten, wir, die verzweifelten Kassandrarufer gegen die Gefahren der Islamisierung und Umvolkung, als Nazis beschimpft werden, sind diese Linksextremen und ihre Handlanger die eigentlichen Faschisten von heute.«

»Und was sagen Sie zur Behauptung, Bundeskanzlerin Angela Merkel sei Jüdin?«, fragt jemand.

»Was soll denn diese blödsinnige Frage?!«, schreit Doktor Schaffka wütend. »Es ist mir völlig schnuppe, ob Frau Merkel Jüdin ist oder nicht. Das spielt überhaupt keine Rolle. Merkel muss weg! Und was hat das mit dem zu tun, was ich gerade gesagt habe?«

Viktor hört nicht mehr zu. Er schaut sich um, er sucht Lisa. Doch Lisa ist nirgendwo auszumachen. Er dreht sich um, macht zwei Schritte, aber er kommt nicht weg. Die Menschenmenge ist größer geworden. Gleich hinter Viktor stehen vier junge Männer mit Bürstenhaarschnitt, finsteren Gesichtern und Lederjacken, auf denen Runenzeichen angebracht sind, die eine Ähnlichkeit mit Hakenkreuzen haben, und eine junge Frau in Motorradkleidung. Diese Gruppe bildet eine undurchdringliche Sperre und rührt sich auch dann nicht vom Fleck, als Viktor höflich darum bittet, man möge ihn doch durchlassen.

Doktor Schaffka erklärt unterdessen, dass »die vorläufige Suspendierung meines guten Freundes Bruno Beck« eine notwendige Maßnahme gewesen sei, um »jeglichen Missverständnissen vorzubeugen«, während Bruno betont, er sei ein »Bauernopfer« auf dem Altar der politischen Korrektheit, zu deren Sklaven leider auch die Führungsmannschaft der AfD degeneriert sei. »Ich habe den AfD-Kreis hier bei uns in Gigricht gegründet und aufgebaut«, lamentiert er, »und nun schiebt man mir den schwarzen Peter zu. Ich bin ein Mann der klaren Worte, und gerade deshalb vermute ich hinter der ganzen Geschichte eine Intrige innerhalb der Partei.«

»Was denn für eine Intrige?«, brüllt Doktor Schaffka, der nun völlig die Fassung verliert. »Mensch, Bruno, was is'n das für'n Quatsch?! Du hast Scheiße gebaut, also musst du sie auch ausbaden.«

»Und du musst natürlich nachtreten! Drehst dich mit dem Wind. Die Worte *Treue* und *Loyalität* kannst du wohl nicht einmal buchstabieren.«

»Treue ist mein zweiter Name, so wahr ich Schaffka heiße!«

Inzwischen hat Viktor einen Freiraum zwischen einem der Kerle mit Bürstenhaarschnitt und der jungen Frau in Motorradkluft ausgemacht. In diesen schmalen Raum könnte er sich seitlich hinein-, hindurch- und hinauszwängen. Die Frage eines Journalisten, der bis jetzt geschwiegen hat, lässt ihn jedoch noch einmal innehalten.

»Benedikt Fürst, Herausgeber der Zeitschrift *Gigricht andersrum*. Herr Beck! In Ihrer Rede kamen neben anderen menschenverachtenden Äußerungen auch einige homophobe Sätze vor. Was stört Sie an schwulen oder lesbischen Menschen, und wieso machen Sie sich über Maßnahmen lustig, die der Gleichstellung dieser Menschen dienen?«

Viktor kann Benedikt Fürsts breiten Rücken und sein blondes Haar erkennen, sein Gesicht bleibt für ihn im Verborgenen. Brunos Reaktion auf die Frage ist für ihn aber weder zu überhören noch zu übersehen. Bruno wirft sich in Pose, hebt sogar die Arme in die Höhe, so als würde er Gott als Zeugen herbeirufen, und schreit so laut, dass es sicher auf der ganzen Straße zu hören ist: »Diese unglaublichen und böswilligen Unterstellungen weise ich auf das schärfste zurück! Ich wollte nur auf die verfehlte Minderheitenpolitik einschließlich der völlig sinnlosen Quotenregelungen und auf die Auswüchse des Gender-Wahnsinns aufmerksam machen. Schwule und Lesben, Quotenfrauen und Moslems haben starke Lobbys in diesem Land, Alleinerzieherinnen und Hartz-IV-Empfänger nicht. Die sozial Schwachen haben weder die Möglichkeit noch die Zeit, um Networking zu betreiben, Mainstream-Journalisten zu hofieren, auf Regenbogenparaden zu balzen oder in Moschee-Vereinen herumzuallahuakbarisieren. Unsere Politik sollte ihre Schwerpunkte an der richtigen Stelle setzen und für die wirklich Bedürftigen da sein und nicht für jene, die am lautesten schreien ...«

»Sie haben Ausdrücke wie *die Wärmsten der Warmen* verwendet«, unterbricht ihn Benedikt Fürst. »Das ist Hetze.«

»Hetze ist eine Erfindung der Linken. So etwas gibt es nicht. Wir haben Meinungsfreiheit. Jeder soll sagen können, was er will!

»Sie haben H. C. Strache zitiert«, sagt der Reporter empört. »H. C. Strache! Wissen Sie, wer H. C. Strache ist?«

»Ja, ich habe den von mir sehr geschätzten österreichischen Politiker H. C. Strache zitiert. Na und? Strache hat nichts gegen homosexuelle Menschen. Ich auch nicht. Ich habe selbst einige schwule Freunde.«

»Freunde?«, fragt Benedikt Fürst höhnisch. »Freunde oder Partner? Liebhaber?«

Kichern. Gelächter. Jemand klatscht in die Hände.

»Ich verbitte mir das!«, entgegnet Bruno empört. »Ich bin glücklich verheiratet.«

»Mit einem Mann?«

Das Lachen wird lauter. Die Viererbande hinter Viktors Rücken wiehert, das Kichern der Frau an ihrer Seite überschlägt sich, wird zum Crescendo.

»Mit einer Frau! Mit meiner Frau!«, protestiert Bruno. »Wir haben einen Sohn. Doch völlig unabhängig davon: Wir von der AfD sind keineswegs homophob. Wir sind offen für alle. Einige unserer Funktionäre sind …« Im allgemeinen Gelächter ist er kaum noch zu hören. »Alice Weidel, bekanntlich eine unserer Spitzenpolitikerinnen, sie ist im Bundesvorstand der AfD, ist lesbisch, und wir respektieren das alle.« Kichern. Schreie. Bruno holt tief Luft. »Unser Kreisvorsitzender, mein guter Freund Florian Schaffka, der jetzt neben mir steht, ist doch selbst schwul!«

Auf einmal herrscht Stille.

»Schwul und heimatverbunden schließt sich nicht aus. Haben Sie sich übrigens schon überlegt, was die vielen sogenannten Flüchtlinge, die zu uns kommen, über homosexuelle Menschen und über Juden denken?«

Alle Augen sind auf Doktor Schaffka gerichtet. Dieser starrt Bruno mit weit aufgerissenen Augen fassungslos an. Dann schüttelt er einige Male den Kopf, so als wolle er alles, was gerade um ihn herum geschieht, loswerden, ungeschehen machen, und beginnt auf einmal zu schrumpfen. Jedenfalls kommt es Viktor so vor. Der Hals des Mannes wird kürzer, der Kopf –

feuerrot – verschmilzt mit dem Oberkörper, die Ohren berühren die Schultern, und dann bricht aus der Tiefe seiner Kehle etwas hervor, das mehr wie ein Bellen als wie ein Schreien, ein Schimpfen oder Lamentieren klingt: »Wie, wie, wie kommst du dazu, mich hier zu outen, du Arsch!?«

»Wie kommst du dazu, mich fallen zu lassen wie eine heiße Kartoffel, du Schwuchtel!?«, knurrt Bruno. »Ich habe dich erst zu dem gemacht, was du bist, du undankbarer Hund!«

»Was? Wie hast du mich genannt? Wiederhol das!«

»Herr Doktor Schaffka, sind Sie schwul?«, fragt Benedikt Fürst schnell, bevor Bruno die Gelegenheit hat, das Gesagte zu wiederholen.

»Ja. Jawohl! Ja, das bin ich, und ich bin stolz darauf! Was dagegen?«

»Also, ich sicher nicht«, sagt Benedikt Fürst, und plötzlich, genau in diesem Moment, ertönt aus dem Hintergrund eine tiefe männliche Stimme: »Was mich trotzdem sehr interessieren würde: Ist Angela Merkel wirklich Jüdin?«

Sogleich reden alle wieder durcheinander. Die Reporter stellen Fragen. Die Schaulustigen lachen, kommentieren, streiten. Fotoapparate blitzen. So vergehen zehn, vielleicht fünfzehn Sekunden, doch bevor Bruno oder Doktor Schaffka noch etwas Weiteres sagen können, schreit jemand so laut, dass seine Stimme alles andere übertönt: »Da! Schaut doch! Da oben! Mein Gott!« Auf diesen Ausruf folgt ein weiterer: »Dort oben!« Und eine weibliche Stimme: »Um Gottes willen!« Viktor dreht den Kopf dorthin, wo auch alle anderen reflexartig hinschauen, und sieht einen dunkelhäutigen Mann auf dem Dach der abgebrannten Unterkunft. Er bewegt sich langsamen Schrittes am äußersten Rand des Daches von rechts nach links und dann wieder zurück, so als würde er am Abgrund entlang flanieren. Einige Augenblicke später bleibt er stehen, schaut auf die Menschen hinunter, verschränkt die Arme, senkt den Kopf und verharrt regungslos in dieser Pose. Ein kleiner Schritt vorwärts, und er wird in die Tiefe stürzen, und Viktor erkennt sogar aus der Ferne, dass Arok immer noch denselben Mantel trägt, den er einst im Salzburger Grenzcamp geschenkt bekommen hat.

8

Zahlreiche Menschen drängen zu den Absperrungen. Andere holen ihre Handys heraus und beginnen zu fotografieren und zu filmen. Feuerwehrleute laufen ins Gebäude. Kameras werden nach oben geschwenkt, Bruno und Doktor Schaffka wird von einem Augenblick auf den anderen keine Aufmerksamkeit mehr geschenkt, und dicht hinter Viktor ruft jemand plötzlich sensationslüstern und höhnisch: »Spring!«

Viktor zuckt zusammen, dreht sich um, kann aber nicht erkennen, von wem diese infame Aufforderung gekommen ist.

»Ja, spring doch!«, greift jemand anderer den Gedanken auf, und nun tönt es von allen Seiten: »Mensch, spring doch! Spring!« Sogleich folgen empörte Gegenstimmen.

»Widerwärtig!«

»Unglaublich!««

»Ihr Unmenschen! Hol doch jemand den armen Menschen dort herunter!«

»Spring endlich!«

»Cool!«

»Spring, Neger, spring! Hopp, hopp, dann hast du für immer Asyl bei uns.«

»Bis in alle Ewigkeit!«

»Spring! Dann gibt's einen weniger von euch!«

»Noch so ein Satz, und ich schlage Ihnen ins Gesicht!«
»Versuch's doch!«
»Nazischwein!«
»Jemand sollte ihn herunterholen! Wir sind doch alle Menschenkinder!«
»Halt die Klappe, du Fotze!«
»Aua! Au! Aaaah!«
»Hilfe! Polizei!«
»Mein Handy! Mein Handy! O Gott, wo ist mein Handy? Leute, ihr zertrampelt mein Handy! Was seid ihr nur für Menschen?!«

Die Polizei greift ein. Irgendwer geht zu Boden, irgendwer wird abgeführt. Irgendwo geht ein Brüllen plötzlich in ein Winseln über. Viktor ist überrascht, wie viele Polizisten auf einmal vor Ort sind. Offenbar haben die Verantwortlichen aus den Ereignissen der letzten Nacht gelernt. Dennoch wundert es Viktor sehr, dass Arok die Absperrungen überwinden und sich unerkannt ins Gebäude hineinschleichen konnte. Nun steht er auf dem Dach, und man könnte den Eindruck gewinnen, er wolle von diesem überhaupt nicht hinunterspringen, sondern sei hinaufgestiegen, um zu meditieren, eine kontemplative Pause einzulegen. Einige Feuerwehrleute haben in kürzester Zeit ein Sprungtuch ausgebreitet.

»Also, ich wette um zwanzig Euro, dass er nicht springt.«
»Die Wette gilt.«
»Hast du auf diesem Gerät eine Zoomfunktion? Bei mir geht das nicht. Zoom den doch mal näher, ich möchte sein Gesicht sehen.«
»Geil!«

Die meisten Menschen verhalten sich passiv. Sie verteilen sich entlang der Absperrung, suchen nach einem noch besseren Aussichtsplatz, halten ihre Smartphones, iPads, Kameras und andere Geräte in die Höhe. Niemand befolgt die barschen Befehle der Polizisten, zurückzubleiben, Abstand zu halten, die Straße zu räumen. Niemand steht mehr hinter Viktor und versperrt ihm den Weg, er könnte gehen, aber er rührt sich nicht. Sein Nacken schmerzt. Er sieht, wie ein Feuerwehrmann auf dem Dach auftaucht, gefolgt von einem zweiten und in einigem Abstand von einem dritten. Zwei Polizisten begleiten sie. Viktor beobachtet, wie sie sich langsam Arok zu nähern beginnen, wie Arok ihnen ausweicht. Gleichfalls langsam schreitet er davon, balanciert am Abgrund entlang, streckt die Arme seitlich aus, so als wäre er ein Seiltänzer, bleibt abrupt stehen, dreht sich um, macht eine abwehrende Geste. Einer der Feuerwehrmänner kommt bis auf etwa zwei Meter an ihn heran. Es sieht so aus, als rede er auf ihn ein. Viktor weiß, dass Arok ihn nicht versteht, und wenn Arok ihm antwortet, wird ihn der Feuerwehrmann nicht verstehen. Aber vielleicht spielt das sowieso keine Rolle in diesem Augenblick.

Die Menschen auf der Straße haben aufgehört zu schreien. Sie beobachten die Szene, manche atemlos, andere ängstlich, wieder andere voller Neugierde, so als handle es sich bei dem, was sich vor ihren Augen abspielt, um einen spannenden Fernsehfilm oder, was wohl noch stimmiger ist, um ein kurzes Schockvideo auf YouTube. Man hört den durchdringenden, auf- und abschwellenden Ton einer Sirene, der immer näher kommt: zuerst einen, dann einen zweiten und einen dritten.

Der Feuerwehrmann streckt den Arm nach Arok aus. Dieser weicht aus, macht ein paar weitere Schritte, und dann springt er. Kopfüber. Die Arme nach vorne gestreckt. So als mache er einen Hechtsprung in ein Schwimmbecken.

Ein Aufschrei geht durch die Menge, der in ein Raunen übergeht. Einige Menschen beginnen zu klatschen. Einige schreien sogar: »Bravo!« Viktor wendet sich ab, sieht einen Krankenwagen, der quer zur Fahrbahn steht, und zwei Sanitäter, die zu den Absperrungen eilen.

»Machen Sie Platz!«, schreit ein Polizist. »Gehen Sie doch zur Seite.«

»Dem ist doch sowieso nichts passiert«, ruft jemand.

»Seht doch, er steht schon wieder!«

»Hoffentlich schicken sie ihn bald dorthin zurück, wo er hergekommen ist.«

»Hat das Sprungtuch mit einem Teich verwechselt. Ich hatte ja gedacht, das Tuch wird reißen.«

»Darauf hätten wir wetten sollen!«

Erst jetzt löst sich Viktors Gliederstarre. Er überlegt kurz, ob er den Sanitätern folgen und sagen soll, dass er Arok kennt. Er könnte ihn in die Arme nehmen, könnte ihm gut zureden, könnte seinen warmen Wintermantel ausziehen und dem jungen Mann über die Schultern legen. Er könnte ... Aber er kann nicht.

»Hallo Papa!«

Viktor dreht den Kopf in Lisas Richtung. Sein Hals wirkt wie eingerostet. Die Bewegung fällt ihm schwer. Lisas Gesicht ist bleich und ernst. Zuerst fasst sie nach seiner Hand, dann umarmt sie ihn. Er lässt es geschehen, lässt die Arme schlaff hängen.

»Wann fahren wir?«, fragt sie mit heiserer Stimme.

»Ich bin nicht dein Vater«, flüstert Viktor. »Verzeih mir.«

»Was? Was hast du gesagt? Du sprichst so leise.«

»Ich bin nicht dein Vater, Lisa. Ich kann nicht dein Vater sein. Ich bin unfruchtbar, ich kann keine Kinder zeugen. Das weiß ich schon, seit ich mit dreizehn eine Mumpserkrankung hatte.«

Sie löst sich aus der Umarmung, weicht einen Schritt zurück, schaut ihn entsetzt an.

»Es war alles Lüge. Ich habe Gudrun belogen, ich habe dich belogen. Der missglückte Coitus interruptus spielte keine Rolle, unsere Ähnlichkeit ist nichts als Zufall. Meine Fahrt hierher, das Spiel, das ich gespielt habe – nichts als der Versuch, das Schicksal zu überlisten, etwas zu erschaffen, wofür es längst keine Form und keinen Platz mehr gibt. Irgendwann bin ich abgereist, aber ich bin nie wirklich angekommen. Ich weiß nicht, wer dein Vater ist, Lisa. Ich bin es jedenfalls nicht. Es tut mir unendlich leid. Fahr zurück zu deinen Eltern, Lisa.«

Lisa schweigt.

»Fahr nach Hause, Lisa. Lisa?«

Doch Lisa sagt nichts, sondern starrt Viktor weiterhin an, und es kommt ihm vor, als wolle sie mit ihrem Blick in seinen Kopf, in seine Gedanken und Gefühle, als wolle sie in seine Seele eindringen. Viktor dreht sich um und geht, geht immer schneller, ohne stehen zu bleiben, ohne auch nur einmal zurückzuschauen.

9

Der Parkplatz der Raststätte ist menschenleer. Viktor hält den Autoschlüssel in der Hand, sein Wagen steht keine zehn Meter von ihm entfernt, doch etwas hindert ihn daran, wegzufahren. Einer plötzlichen Eingebung folgend hatte er hier eine halbe Stunde zuvor angehalten, war ins Innere des hässlichen eingeschoßigen Flachbaus gegangen und hatte sich nach Olga, dem Jaguarkatz-Mädchen, umgeschaut. Anders als vor drei Tagen hatten sich etwas mehr Gäste an diesen unansehnlichen Ort verirrt – einige Lastwagenfahrer, drei Arbeiter in blauen Overalls, ein älteres Ehepaar.

Olga stand hinter der Bar. Viktor freute sich, als er sie sah.

Es hätte sein können, dass ihre Schicht schon vorbei oder noch nicht angefangen hatte. Sie hätte an diesem Tag freihaben oder kurzfristig krank geworden sein können. Warum hatte er wie selbstverständlich angenommen, warum war er so überzeugt gewesen, dass sie unbedingt hier sein musste?

Er winkte sie zu sich.

»Guten Tag, was darf ich Ihnen bringen?«

»Einen doppelten Espresso.«

»Gern.«

»Ach ja, und einen Wodka bitte.«

»Auch einen doppelten?«

»Nein.«

Sie tippte die Bestellung in ihr Gerät, vertippte sich auf dem Touchscreen, seufzte, murmelte ungeduldig etwas, das Viktor nicht verstand.

»Erkennen Sie mich wieder?«, fragte er.

»Ja.«

»Wollen Sie immer noch meine Meinung erfahren?«

»Ihre Meinung?« Sie schaute ihn verständnislos an.

»Das Gespräch, das wir vor drei Tagen geführt haben. Erinnern Sie sich nicht?«

»Ach so.« Sie zuckte die Schultern. »Vergessen Sie's. Es kommt, wie's kommt. Meine Mutter hat immer gesagt: Wenn es dein Schicksal ist, erschlagen zu werden, wirst du nicht ertrinken.«

»Das ist so russisch, dass es kaum mehr auszuhalten ist«, bemerkte Viktor und lachte. »Die Russen müssen aus ihrem Leben eine Posse machen, ein Lustspiel mit bitterem Unterton, bestenfalls eine abgründige Komödie. Wollten sie es als das wahrnehmen, was es meist wirklich ist, nämlich eine Tragödie, würden sie sofort qualvoll abkratzen.«

»Ich habe jetzt keine Zeit.« Die junge Frau wirkte abweisend, beinahe schroff. Kaum etwas erinnerte Viktor noch an das Mädchen mit der Tätowierung eines Schneeleoparden, das er vor drei Tagen kennengelernt hatte. Diesmal trug Olga eine dunkelgraue, langärmlige Bluse, die alles andere als trendig aussah und die Jaguarkatz verdeckte, hatte weder Make-up noch Lippenstift aufgetragen, und ihr Gesichtsausdruck drückte Müdigkeit und Desinteresse aus.

»Wollen Sie noch etwas bestellen?«, fragte sie.
»Nein.«

Viktor legt den Autoschlüssel zurück in die Hosentasche. Auf dem Parkplatz stehen ein paar Pkw und drei Lastwagen, hinter denen man die Autobahn sieht. Auf der anderen Seite der Fahrbahn wachsen ein paar armselige Bäume, die sich zu ducken scheinen. Eine Stromleitung und eine weitere Schnellstraße werden langsam vom aufkommenden Nebel verdeckt. Bald sind nur mehr die Konturen erkennbar. Irgendwo in der Ferne blitzt ein Licht auf und beginnt zu blinken – penetrant, unangenehm. Nach einem warmen, sonnigen Vormittag, der frühlingshaft anmutete, wird es plötzlich wieder frostig, dunkel und feucht.

Viktor macht einige Schritte auf sein Auto zu, und auf einmal sieht er es wieder: das Kind, sein Kind aus dem Traum, das ihn seit Jahren begleitet, das ihm nicht von der Seite weicht, auch dann, wenn es sich nicht zeigt, wenn es im Verborgenen bleibt wie ein ungelebter, mahnender Begleiter, der an seinem Rücken hängt, diesen hinabdrückt und verbiegt und manchmal zu brechen droht und sich dabei doch niemals abschütteln oder fassen lässt. Nun aber sieht Viktor das Kind deutlich vor sich. Groß ist es geworden, einen Kopf größer als Viktor selbst, gewachsen mit der Zeit, wenn auch weiterhin mit verwischten Gesichtszügen, androgyn, schweigsam und unerreichbar. Viktor macht einen Schritt auf das Kind zu, doch wie immer bleibt es auf Distanz und trotzdem so nah, dass Viktor seine Präsenz in seinem Inneren schmerzvoll zu spüren vermag.

»Geh, mein Kind«, flüstert Viktor. »Geh zurück in deine Welt! Ich liebe dich! Ich liebe dich mehr als alles andere, ich werde dich immer lieben und niemals vergessen, aber jetzt ist die Zeit gekommen, dass du gehst.«

Das Kind rührt sich nicht, wird nur blasser, schmaler, ätherischer.

»Wie gerne würde ich dich umarmen, nur ein einziges Mal! Ein einziges Mal dein Lächeln sehen, deine Stimme hören, deine Hand halten dürfen, in deine Augen schauen. Nur einen kurzen Augenblick.«

Aber das Kind hat kein Gesicht und keine Hände, sondern besteht ganz und gar aus Silhouette und aus Stofflosigkeit, die gegenwärtiger ist als jede Berührung, und zum ersten Mal bewegt es sich auf Viktor zu, kommt ihm so nahe, dass er es kaum ertragen kann, dass er einzuknicken droht und das Gefühl hat, die wenigen Schritte bis zu seinem Auto nicht mehr bewältigen zu können. Er streckt seine Arme nach dem Kind aus, zieht sie aber sofort zurück.

»Geh, mein Kind!«, flüstert Viktor. »Geh und sei glücklich – dort, wo dein Platz ist.«

Noch einmal streckt er die Arme aus, doch das Kind entfernt sich wieder. Es geht davon, langsam, gleichmütig, und auf einmal kommt es Viktor vor, als würde es den Boden nicht mehr berühren, sondern schweben, als zerfalle es und setze sich wieder zusammen, als fülle es den Raum in ihm und um ihn aus und sei trotzdem in weite Ferne gerückt.

Viktor wischt sich die Tränen aus dem Gesicht und bewegt sich langsamen Schrittes zu seinem Auto. Unendlich lang kommt ihm der Gang über den brüchigen Asphalt des Parkplatzes vor, und als er mit zitternder Hand nach dem Schlüssel in seiner Hosentasche greift, läutet sein Handy. Es dauert einige Zeit, bis er es schafft, das Gerät aus der Innentasche seines Mantels herauszuholen, es aufzuklappen. Nur mit Mühe gelingt es ihm, seinen Blick darauf zu lenken.

Lisa ruft an, steht auf dem Display.

Viktor möchte das Handy wieder zuklappen, zögert aber und nimmt das Gespräch dann plötzlich doch an.

»Ja?«, fragt er mit gepresster Stimme.

»Wo bist du?«, fragt Lisa. »Wann holst du mich ab?«